봄날은 간다

김재원 수필집

봄날은 간다

2022년 11월 20일 제판1쇄 발행

지은이 | 김재원
펴낸이 | 김종완
펴낸곳 | 에세이스트사

등록 | 문화 마02868
주소 | 서울종로구 삼일대로57 수운회관 501
전화| 02-764-7941
e-mail | essay7942@hanmail.net
e-cafe | http://cafe.daum.net/essayist123
ISBN 979-89958-42-8

값 15,000원

봄날은 간다

김재원 수필집

에세이스트사

책 머리에

　일제 식민지로부터 해방되어 대한민국 정부수립이 되기 전 혼란의 시대에 태어나서 어떻게 살다 보니 희수(喜壽)의 나이까지 왔습니다. 삶이란 것이 심연의 계곡에 걸쳐진 외줄 타기와 같아서 앞으로 나아갈 수는 있지만 되돌아갈 수가 없기에 가끔 고개를 돌려 뒤를 돌아보게 됩니다.

　국민의 대부분이 농업에 종사하던 시절 국토의 한 구석 작은 농촌 마을에서 태어나 산업화시대를 거쳐 정보화시대에 이르기까지 급격한 변화의 시대를 거쳐 왔습니다. 이런 과정에서 나는 외아들로 태어나 육남매의 장남이 되었고 네 식구의 가장을 거쳐 셋 손주의 할아버지가 되었습니다.

　철없던 어린 시절에는 먹고 놀고 공부하면 그것이 끝인 줄 알았기에 걱정도 없고 재미난 일도 많았습니다. 부모님이 흘린 땀방울과 내 고모(김정출 여사)의 희생 덕분에 아무나 다닐 수 없는 대학도 다니고 번듯한 직장도 잡았습니다. 그러나 이때부터 부모님과 동생들에 대한 중압감이 내 어깨를 누르기 시작했습니다.

한 여인을 만나 가정을 이룬 후에는 여러 가지 시련이 다가오기 시작했습니다. 내가 가족을 사랑할 줄 모르는 대가는 혹독했습니다. 산후우울증으로 시름시름 병들어가던 아내는 거의 삶을 포기하는 나락으로 떨어졌습니다. 광야 같은 벌판으로 내몰린 나는 결국 절대자에게 매달릴 수밖에 없었습니다. 그 길이 기독교에 귀의하는 계기가 되었고 교회라는 별난 세상에 발을 들여놓게 되었습니다. 하나님은 잠깐 우릴 회복시켜 주셨습니다. 그러나 은혜의 시간은 짧았고 다시 시련은 계속되었습니다. 늦게 얻은 딸 하나가 우리를 앞서 하늘나라로 갔습니다.

더 이상의 시련은 없는 줄 알았습니다. 그러나 하나님 생각은 내 생각과는 달랐습니다. 너무도 건강하던 아버지가 갑자기 돌아가셨습니다. 그로부터는 홀로 남은 어머니와 다섯 명의 동생이 내 책임이 됐습니다. 아버지를 보낸 후 곧 바로 아랫동생이 아버지를 따라갔습니다. 어린 조카 둘과 제수씨가 걱정거리에 추가됐습니다.

몇 년 후 내가 몹쓸 병에 걸렸습니다. 위장의 70%를 잘라냈습니다. 아내와 딸 둘이 몇 년 동안 나를 돌보느라 고생고생했습니다. 내 몸을 지키기 위해 직장에서 조기 퇴직했습니다. 이런 와중에 교회에서는 장로의 직분을 맡게 되었습니다. 가족뿐만 아니라 교우들의 아픔도 함께해야 했습니다. 누군들 살아가는 여정에 꽃길만 있겠습니까만 내가 지나온 길은 유난히 힘든 길인 듯합니다.

하나님은 모든 것이 합력하여 선을 이루시는 분임을 믿었기에 지금까지 꿋꿋이 살아왔습니다. 이제 나는 내 인생을 마무리해가는 과정에 접어들었습니다. 이 세상을 떠나 다음 세상으로 들어갈 준비를 해야 하는 시간을 맞았습니다. 다음 세상에 들어가기 위해서는 이 세상에 여한을 남기지 말아야 함을 알기에 이 글을 쓰는 것입니다.

이번 기록은 2018년 출간한 『아버지의 눈물』에서 못다한 이야기를 담았습니다. 일개 필부의 보잘것없는 이야기지만 독자 여러분의 세상살이에 조금이나마 도움이 된다면 더없는 기쁨이 되겠습니다.

세상에 못난 한 남자를 만나 끝까지 동행해준 아내 최계식 권사와 사랑하는 두 딸 지혜, 민혜에게 진실로 감사한 마음을 전합니다. 두 딸의 동반자가 되어준 사위 박진용·김동진에게 고맙다는 말씀과 손주 박여진·김은찬·김은파에게 우리 주님의 은혜가 함께하기를 기도드립니다.

끝으로 이 책을 낼 수 있도록 지도해주신 에세이스트 발행인 김종완 선생님과 편집장 조정은 선생님께 감사의 말씀을 드립니다.

2022년 11월

김재원

차례

제5부 아내여 미안하다

제6부 주와 함께 가는 길

제7부 은퇴한 세상에서

김재원론

제1부 어린 날의 추억

우리 뒷집

내가 중학교 1학년 때 사라호 태풍으로 인하여 우리 집이 물에 잠기게 되자 아버지는 그다음해 동네에서 가장 높은 곳에 있는 밭뙈기를 잘라 새집을 지어 이사했다. 이사 가기 전 내가 12년을 살던 집은 전형적인 농촌주택이었다. 본채와 사랑채를 합하여 방 세 개와 부엌과 외양간이 딸린 초가집이었고 마당이 좁아 타작 때가 되면 볏단이 온 마당을 꽉 채워 식구들이 드나들기가 불편할 정도였다.

반면에 우리 뒷집은 '면장 댁'이라 불리는 집이었는데 농촌에 있는 집으로는 어울리지 않게 함석지붕에 대청마루를 갖춘 본채와 널찍한 사랑채를 보유한 대궐 같은 집이었다. 마당도 엄청 넓어 대문에서 본채까지는 한참을 걸어가야 했고 대문가에 위치한 사랑채는 기거하는 사람도 없었고 외양간이 딸려 있었으나 일소도 키우지 않았다.

마당 한구석에는 우물이 있고 우물가에는 크게 자란 포도나무 덩굴이 있었으며 집 뒤에는 감나무밭이 있었다. 감나무밭은 봄에는 노란 감꽃이 피고 가을이면 늦게까지 빨간 홍시가 매달려 있어 늘 까치들 울음소리가 들렸다. 어린 우리는 떨어진 감이라도 주워 먹을까 싶어 밭고랑을 헤집고 다녔지만 얄밉게도 까치가 먼저 선수를 쳐버렸다.

면장 댁에는 할머니 한 분과 아들 내외가 살고 있었다. 할머니는 당시 50대 후반이었고 아들은 내 아버지와 비슷한 연세였는데 내가 다니던 초등학교 교감 선생님이었다. 이름은 정홍식이란 함자를 썼다. 면장 댁 며느리는 당시 부산에 소재한 대기업인 T실업(섬유회사) 사장의 동생으로 영일군(지금 포항시) 청하면에 살 당시 면장 댁 맏아들과 결혼하여 그 댁 며느리가 되었다.

정홍식 선생님 내외는 자식이 없어 면장 댁 넓은 집은 항상 적막했다. 더운 여름철이면 우리 형제들은 비어있는 면장 댁 사랑채에 가서 한나절 놀기도 하고 방학숙제라도 하고 있으면 며느님께서 미숫가루도 타주고 가끔은 설익은 포도송이도 갖다주곤 했다. 면장 댁 할머니와 며느리는 자손이 없었기에 우리 형제들을 무척 좋아했다.

그집에는 해마다 여름방학이 되면 부산에 사는 며느리의 친정 조카 '식진' 이가 놀러 왔다. 식진이가 오면 며느님은 꼭 나하고 같이 놀도록 했다. 그 아이는 나보다 나이가 한두 살 적었는데 며느리의 오빠인 T 실업 사장의 맏아들이었다. 처음 온 날부터 나와 친해져서 매일 함께 놀러 다니고 같이 방학 숙제를 하러 산으로 들로 뛰어다녔다.

식물채집을 하려고 질경이도 찾고 네 잎 클로버를 찾는다고 흐르는 땀을 훔쳐 가며 들판을 뛰어다녔다. 곤충채집을 위해서 풀숲을 헤쳐가며 여치도 잡고 귀뚜라미도 잡았다. 방아깨비를 잡았을 때는 방아 찧는 모습이 하도 재미있어서 서로 가지려다 그만 다리를 부러뜨렸을 때는 다시 풀숲으로 되돌려 보내주었다. 한편 길가에 뒹굴고 있는 쇠똥무더기를 헤치고 쇠똥구리를 잡는다고 야단법석을 떨기도했다 장수하늘소의 집게에 물려 손가락에 핏자국이 생기기도 했다.

어느 날은 잠자리채를 들고 들판에 나가 고추잠자리를 잡아 실로 다리를 묶어 날리기도 하고 매미를 잡는다고 떡갈나무를 올라가다 미끄러져 손바닥에 상처를 입기도 했다. 식진이는 여러 해 여름을 고모네 집인 면장 댁을 다녀갔다. 그러나 내가 초등학교 삼학년이 되던 해 면장 댁은 모두 부산으로 이사를 가서 그 후로는 영영 식진이를 만나지 못했다.

우리 뒷집의 면장 댁 어른은 내가 태어나기 전 일제강점기 말에 면장을 지냈던 분이었다. 내가 초등학교에 입학해서 식진이와 만났을 때는 이미 그 어른은 돌아가셨다. 혼자 된 부인은 두 아들 내외와 살았는데 둘째아들은 살림을 났고 맏아들 내외와 함께 세 사람이 살고 있었다.

우리가 살고 있던 곳은 영일군(지금은 포항시) 흥해읍 흥안리 라는 곳이었다. 흥해읍은 일제강점기에 흥해면, 곡강면, 칠포면의 세 개 면으로 된 지역으로 해방 후 하나로 통합된 꽤 큰 읍이다. 홍안리는 곡강면 관내였고 우리 뒷집에 살던 면장 어른은 해방 전 곡강면장을 지냈다. 어떤 연유로 면장이 되었고 면장을 지내면서 선정을 베풀었는지 아니면 일제의 앞잡이 노릇을 했는지 알 수는 없지만, 아들 두 사람이 모두 교편을 잡은 것으로 보아 살림은 넉넉했던 모양이다. 지역에서는 많은 영향력을 행사했던 것으로 추측이다.

해방은 국가의 주권을 찾은 역사적 사건일 뿐 아니라 국민 개개인의 인권에도 커다란 변화를 가져왔다. 해방의 물결은 곡강면에까지 몰려와 농사일에 정신없던 면민들도 해방의 만세를 불렀고 억눌렸던 반일 감정을 발산하기 시작했다. 관내에 거주하던 일본인들은 미리 정보를 알고 떠났고 남은 일은 일제의 앞잡이 노릇을 했던 관리들에게 분풀이하는 것이었다.

해방의 만세를 부르던 사람 중 몇 사람이 밤중에 몽둥이와 곡괭이 등을 들고 면장 집으로 쳐들어왔다. 불안과 공포의 나날을 보내던 면장 어른은 혼비백산이 되어 몰래 담을 넘어 우리 집 안방으로 숨어들었다. 할아버지는 면장 어른을 다락방으로 올려보냈다. 그리고 몰래 뒷집 상황을 관찰하기 시작했다. 집안을 뒤져도 면장 어른을 찾을 수 없던 사람들은 분을 삼키고 되돌아갔다.

면장 어른을 욕보이러 왔던 사람들은 우리 동네와는 멀리 떨어진 소위 윗동네 사람들이었다. 우리 동네 사람들이나 또 가까운 동네 사람들이 면장 어른을 해치려고 하지 않은 것으로 보아 일제의 앞잡이가 된 면장은 아닌 듯싶다. 날이 밝아오자 아버지는 논밭으로 일하러 나가고 집안을 지키는 일은 할아버지 몫이 됐다. 할머니는 끼니때마다 면장 어른이 숨어있는 다락방에 새까만 보리밥과 풋고추 몇 개와 고추장을 올려보냈고 할아버지는 온종일 집안을 서성거리며 면장 댁을 감시했다.

윗동네 사람들이 몇 번을 더 면장 어른을 찾아왔지만, 번번이 실패하고 돌아갔다. 면장 어른은 치안이 회복되고 면민들의 감정이 진정되기까지 오랫동안 다락방에서 보내야 했다. 이런 연유로 할아버지는 면장 어른의 목숨을 구해준 은인으로 남게 되었다. 그러나 면장 어른은 오래 살지 못했다. 한국전쟁이 막바지로 치달을 때쯤 그분은 폐병으로 세상을 하직했다. 원래 병약한 우리 할머니도 시름시름 앓다 전쟁이 끝난 후 돌아가셨다.

면장 댁이 부산으로 이사간 후 우리 집 누구도 면장 댁 이야기를 하는 사람은 없었다. 정홍식 선생님은 부산의 처남이 사장으로 있는 회사의 중역을 맡았다는 소문이 돌았고 실제로 자기 친척 젊은이들을 데려가 취직자리를 마련해 주기도 했다. 전국적으로 알려진 회사의 높은 자리에 있으니 잘 사는가 생각만 했지 서로 오가는 일이 전혀 없었다.

고향을 떠난 지 삼 년쯤 지난 후에 면장 댁에서 소식이 왔다. 면장 댁 할머니가 회갑을 맞아 잔치를 치른다는 소식이었다. 할아버지와 아버지 어머니 세 사람 모두 회갑잔치에 초청을 받았다. 오가는 여비

는물론 모든 비용을 부담하겠다고 부디 몸만 와서 잔치도 즐기고 부산 구경도 하고 가라는 신신당부였다.

아버지 어머니는 농사일을 미루고 갈 수가 없어 할아버지만 혼자 부산을 가셨다. 1958년 초봄 닷새 동안 부산을 다녀오신 할아버지는 얼마 후 중풍이 발병했다. 그리고 병석에서 육 개월을 계시다 그해 가을 세상을 떠나셨다.

할아버지는 그 부산으로의 행차가 이 세상에서 처음이자 마지막 여행이 된 셈이다.

---

* 이글을 쓰면서 식진씨 행방을 알아보았다. 그는 56세의 젊은 나이에 세상을 떠났다. 정중히 고인의 명복을 빈다.

꿩 사냥

1973년 4월 농협중앙회에 입사하여 횡성군농협에서 근무를 시작했다. 연말이 다가오니 한해 결산을 위해 각종 대출금 회수에 나섰다. 만기가 된 대출금에 대하여 상환안내장을 보내고 직원들이 담당 마을을 정하여 현지 출장을 다니면서 회수 활동을 벌였다. 당시의 조합 수익이라는 것이 대출금이자가 대부분을 차지하고 있어 직원들에게 회수 목표를 배정하고 매일 조회 때마다 실적을 분석하고 독려했다.

당시 내가 맡은 지역은 지금 영동고속도로 횡성휴게소가 위치한 안흥면 소사리와 둔내면 궁종리, 현천리 3개 동이었다. 횡성읍에서 버스를 타고 비포장도로를 한 시간 이상 걸리는 곳이었고 소사리와 현천리는 버스 길에서 얼마 멀지 않은 곳이었으나 궁종리는 버스에서 내려 산길로 3~40분을 걸어가야 동네가 있었다. 길이 험하고 버스도 자주 다니지 않은 지역이라 출장을 가면 당일 돌아오지 못하고 어느 곳에서든지 하룻밤을 자고 이튿날 돌아와야 했다.

12월 결산 시기가 다가오자 직원들이 교대로 출장을 나가기 시작했다. 나도 동료 직원들과 서로 교대해가며 현지 출장을 나갔다. 이틀간 출장을 달고 아침 일찍 버스를 타고 소사리를 거쳐 궁종리에 이르자 해가 넘어갔다. 채무자들 집을 찾아다니는데 무척 많은 시간이 소요됐다. 강원도의 시골 마을은 내가 자란 경상도와는 달랐다. 동네가 집단 마을이 아니고 집들이 넓은 지역 여기저기에 산재되어 있었다. 산골 마을이라 식당이 없으니 점심도 굶은 채 온종일을 돌아다니다 해가 져도 먹고 잘 곳이 없었다. 염치 불고하고 궁종리 이장 댁을 찾아갔다. 이장은 고생한다는 인사와 함께 사랑방으로 안내했다. 같이 저녁 식사를 하고 밤늦게까지 소주를 마시며 이런저런 이야기를 주고받다 하룻밤을 같이 지내게 됐다.

공종리 이장 이완섭 씨는 나보다 5~6세 많은 분으로 비육우 농가였다. 본인이 소규모 비육우 사업을 하면서 그곳 산지에 목초를 재배하여 사료로 쓸 뿐만 아니라 목초 씨앗을 채취하여 강원도청에 납품하고 있었다. 이 납품된 목초 씨앗은 도내 타 군으로 보내져 강원도의 목초 면적을 늘리는 데 공헌이 컸다. 그는 이렇게 오지까지 출장와서 일일이 채무자를 찾아다니는 것이 무척 힘든 일이라며 궁종리의 채무자 명단을 주면 본인이 미리 받아놓겠다고 친절을 베풀었다. 나는 그를 믿고 채무자 명단을 넘겨주고 회수를 부탁했다. 대신 다음 출장 시는 막소주 한 됫병을 사오겠다고 하자 그는 술안주로 꿩고기를 볶아 놓겠다는 약속을 했다.

일주일 후 둔내행 버스를 타고 출장길에 나섰다. 소사리에 내려 채무 농가를 찾아 나서는데 눈이 내리기 시작했다. 가죽점퍼와 청바지에 출장 봉투를 옆구리에 끼고 산길을 왔다갔다하는데 앞이 보이지 않았다. 모자조차 쓰지 않아 머리에 쌓인 눈을 계속 털어내며 궁종리로 갔다. 산골에 눈은 뼁뼁 쏟아지고 오가는 사람도 없으니 내가 이 고생을 하려고 어려운 시험을 거쳐 농협이란 직장에 들어왔나 후회스러운 마음도 들고 한편으로는 이까짓 고생도 못 이기면 인생의 낙오자가 될 것이란 생각도 들어 마음을 굳게 먹고 산길을 올랐다.

동네에 이르러 곧바로 이완섭 이장 댁으로 갔다. 온몸에 덮인 눈을 털고 사랑방으로 들어가는데 고기를 볶은 고소한 냄새가 내 코를 자극했다. 이장은 미리 꿩고기를 볶아 술안주를 준비하고 있었다. 우리 둘은 내가 사 들고 간 막소주와 볶은 꿩고기를 안주로 밤새도록 이야기꽃을 피웠다. 이장은 봄이 되면 비육우 사업을 늘리기 위한 돈도 필요하고 마을에 전기를 끌어오는 일도 해야 하는 등 여러 가지 일들을 위해 농협 대출이 필요하다고 했다. 나는 술이 거나해서 이장의 비위를 맞추어 주느라 호기를 부렸다.

"이장님 대출은 얼마든지 해드리겠습니다."

실제로 당시 나는 대부 업무를 담당하고 있었지만, 대출이란 것이 내 마음대로 결정할 문제가 아니었다. 그래서 화제를 바꾸기 위하여 꿩을 어떻게 잡느냐고 물었다.

"여기는 꿩이 무척 많아요, 그물만 쳐 놓으면 하루에 몇 마리씩 잡힙니다."

꿩 잡는 이야기가 시작되자 내 머릿속에서 옛날 어머니가 들려준 아버지의 꿩 사냥 추억이 생각났다.

내가 돌이 지났을 즈음에 아버지는 한 해 겨울 꿩 사냥에 빠지셨다. 산에 살던 꿩들은 겨울철이 되면 먹이를 찾아 새벽부터 마을 근처로 내려왔다. 이때를 이용하여 꿩 사냥이 시작되는데 그물을 치고 기다리면 꿩이 마을 근처로 내려오지 않기 때문에 맹독성 약물을 먹이로 유인하여 잡았다. 꿩이 좋아하는 흰콩에 날카로운 철사로 구멍을 뚫어 '싸이나'를 넣고 구멍 입구를 양초로 막아 꿩이 내려오는 곳에 흩어놓았다. 그러면 꿩이 콩인 줄 알고 먹으면 뱃속에서 양초가 녹아 독약이 퍼져 죽게 된다. 죽은 꿩은 독이 퍼진 내장을 버리고 고기만 요리해서 먹었다. 아버지는 밤마다 이 일을 했다.

밤이면 호롱불 밑에서 흰콩에 구멍을 뚫어 '싸이나'를 넣고 양초를 녹여 구멍을 막아 새벽이면 뒷산 아래쪽에 흩어놓고 꿩이 내려오기를 기다렸다. 그러나 꿩들도 만만하게 속지 않은 모양이었다. 아버지는 밤마다 '싸이나' 작업을 했다. 이 작업을 할 때마다 꼭 확인해야 할 사항이 있었다. 시작할 때 콩의 숫자와 끝날 때 콩의 숫자가 같아야 했다. 독약을 넣은 콩이 사람의 몸속으로 들어가면 큰일이 나기 때문이다. 이 일은 반드시 어린 내가 잠들고 있는 사이에 작업을 했다. 그날도 내가 아랫목에서 자고 있을 때 아버지의 '싸이나' 작업이 시작됐다.

어머니는 옆에서 뚫어진 양말을 꿰매고 있었다. 초저녁부터 잠자던 내가 눈을 비비고 일어났지만, 아버지 어머니 두 분 모두가 별 신경을 쓰지 않고 하던 일만 계속했고 나는 방안을 이리저리 기어 다니고 있었다. 아버지가 작업이 다 끝나고 콩의 숫자를 세기 시작했다. 콩이 한 알 없어졌다. 온 방을 뒤졌으나 콩은 나오지 않았다. 어머니가 이상한 생각이 들어서 내 입을 벌리고 손가락을 넣어 입안을 검사했다. 내 입에서 '싸이나'가 들어간 콩알 하나가 튀어나왔다. 이 일로 인하여 아버지의 꿩 사냥은 영영 종말을 고했다.

그해 겨울이 지나고 봄날이 왔다. 궁종리 이완섭 이장이 횡성 장날 사무실로 나를 찾아왔다. 비육우 사업을 늘려야 하는데 50만 원이 필요하다고 했다. 당시 송아지 한 마리 사는데 6만 원을 대출해주던 시기니까 엄청나게 큰 금액이었다. 10만 원도 신용대출을 꺼리던 시절에 50만 원 신용대출 서류를 작성하여 결재를 올렸다. 윗분들이 모두 결재를 꺼렸지만 내가 책임지겠다고 강력하게 주장하여 대출을 실행했다. 그는 그 돈으로 비육우 사업을 확충하여 횡성한우의 브랜드를 만드는 선구자가 되었고 그 다음해 새마을지도자대회에서 새마을훈장을 받았다.

영동고속도로를 지날 때마다 횡성휴게소에서 쉬어가게 된다. 2018년 가을 동해안 가는 길에 궁종리 이장에게 전화했다. 이완섭 이장의 소식을 물었다. 아쉽게도 그는 몇 해 전 돌아가셨다는 대답이다. 무심한 내가 나도 싫다.

개떡쟁이의 회심

내가 초등학교 다니던 시절 우리 동네에는 보통 한 학년에 10여 명 정도의 많은 아이가 있었다. 해방 이후 6.25 전쟁이 발발하기 전까지 출산 인구가 갑자기 늘어난 탓이라 추측된다. 내가 1953년도 입학할 당시 우리 동네에는 나보다 상급생은 별로 많지 않았다. 그 상급생 중에는 나보다 2학년 위인 김석구라는 학생이 있었다. 그는 나의 아저씨뻘 되었는데 키가 무척 크고 왼쪽 귀 뒤쪽에 작은 탱자만 한 혹이 있었다. 성질이 고약하여 등하굣길마다 하급생들을 괴롭히기 예사였고 집안에서는 홀어머니의 말을 듣지 않고 어긋난 짓만 해대니 동네 어른들은 그를 "개떡쟁이"라고 불렀다. 개떡은 가래떡이나 송편과는 달리 보릿겨로 만들어 식감이 거칠고 딱딱하여서 목구멍으로 넘기기가 쉽지 않다. 그래서 예부터 보릿고개를 넘기는 방편으로 먹어왔던 음식이다. 개떡은 쌀로 만든 떡에 비하여 질이 낮은 음식이라 "개떡쟁이"라고 하면 행동이 바르지 못한 사람을 일컬을 때 사용되는 비속어다. 그가 동네 어른들에게 자주 심술을 부리자 사람들은 그 심술이 귀 뒤의 혹부리에서 나온다고 하면서 "혹쟁이"라고도 불렸다. "개떡쟁이"나 "혹쟁이"나 행동이 올바르지 못한 석구를 비하하는 별명이었다. 그러나 동네 사람 누구도 그의 앞에서는 별명을 부르지 못했다. 만약 별명을 부르면 석구는 어른들에게는 마구 욕을 해댔고 아이들에게는 곧바로 주먹이 올라갔기 때문이었다.

내가 3학년 즈음 보리 이삭이 패는 초여름이었다. 하학 길에 석구를 만나 싫어도 삼사십 분은 같이 걸어와야 했다. 집까지 오는 동안 그가날 가만 둘 리 없다고 생각한 나는 마음을 단단히 먹고 되도록 빠른 걸음으로 걸었다. 그가 처음에는 자기의 책보를 나에게 맡겼다. 나는 책보 두 개를 매고 갈 수 없다고 완강히 거절했다. 나는 지금도 그렇지만 옳지 않은 일에는 저항하는 성질이 있다. 옳지 못한 완력에는 나보다 힘이 세다고 하더라도 그냥 굽히지 않는다. 그는 내 책보를 빼앗아 필통을 뒤지기 시작했다. 연필, 지우개, 색연필 등을 몽땅 털어 자기 필통에 담았다. 그리고는 내 주머니를 뒤져 얼마 안 되는 동전 몇 푼을 빼앗아갔다. 결사적으로 반항했지만 막무가내로 내 얼굴에 주먹이 날아 왔다. 입술이 깨지고 얼굴이 퉁퉁 부어올랐다. 분하고 억울했지만 당해 낼 힘이 없었다. 어릴 때는 힘이 정의인 듯했다. 찢어진 입술과 퉁퉁 부은 얼굴을 본 어머니는 나를 데리고 석구네 집으로 향했다. 어머니는 화가 머리끝까지 치밀어 석구 어머니께 소리쳤다.

"아니 아지매(석구 어머니를 이름—석구 어머니는 내 어머니에게는 아주머니뻘이 됨)요, 아~를 이러케 패면 우야능교, 이 얼굴 좀 보이소."

그리고는 연필이랑 돈까지 빼앗아갔다고 난리를 피웠으나 석구는 그사이 집을 빠져 도망치고 없었다. 석구 어머니의 하소연이 시작됐다.

"질부야~ 미안허다, 그놈이 에미 말인들 들어야제."

"저리 내빼는 거 봐라, 저녁에 들오면 내가 뭐라 칼게, 할 말이 없대이."

이런 과정을 거치며 석구는 나보다 2년 먼저 초등학교를 졸업했다. 그는 집안 사정이 넉넉지 못하여 읍내 중학교 야간부에 입학했다. 나는 2년 뒤 주간부에 입학하여 통학길에서 석구를 만나는 일은 없었다. 야간부에 다니던 그는 읍내 학생들과도 자주 싸움판을 벌인다는 소식이 들렸다. 사실인지 확인할 수는 없었지만 몸집이 큰 그가 거만하다고 읍내 학생들이 시비를 걸어 집단폭행을 가한다는 소문도 있었다. 그런 연유인지는 몰라도 그는 중학교 생활을 하면서 마음이 변하여 어머니를 도와 열심히 농사를 짓는다는 소문이 났다. 역지사지인가? 본인이 고통을 당해보니 남의 고통을 깨달았던 것일까? 이런 일이 일어나자 동네 사람들은 석구를 "개떡쟁이" 가 "찰떡쟁이"로 변했다고 수군거렸다.

우리는 몇 년을 앞서거니 뒤서거니 하면서 중학교를 졸업했다. 석구는 본격적으로 농사를 짓기 시작했고 나는 포항시내에 있는 고등학교에 진학했다. 우리는 방학 때가 아니면 만날 기회가 없었다. 가끔 만나더라도 옛날 일은 다 잊어버리고 서로의 안부를 물어가며 사이 좋게 지냈다. 그는 열심히 농사를 지었고 나는 고등학교를 졸업하고 서울에 와서 대학교에 다녔다.

내가 대학을 졸업하고 고향에서 머물다가 육군 징집 영장을 받았는데 석구도 같이 받았다. 석구는 실제로는 나보다 2살이 많았으나 호적상 생년월일이 나와 같아서 함께 입대하게 됐다. 우리는 같은 열차를 타고 논산훈련소에 도착했다. 그는 이때부터 집안 아저씨의 역할을 톡톡히 했다. 어릴 때 초등학교 시절 석구가 아니었다. 논산훈련소에서 훈련받을 때는 수시로 만나 내 배고픔을 걱정해주고 매점에서 빵을 사서 나누어주면서 나를 격려했다.

"재원아! 훈련소에서는 고집부리지 말고 그냥 죽은 척하고 시키는 대로 해."

그러면 나는 웃으며 석구 아재를 놀려줬다.

"응~ 이제는 아재(석구)도 다른 군인들 물건 빼앗지 마~."

그는 초등학교 시절 내가 학용품 뺏기지 않으려고 고집부리던 모습이 떠올랐던지 싱긋 웃고 말았다.

우리는 서로 격려해가며 훈련을 마치고 춘천에 있는 제103 보충대를 거쳐 11사단 전차 중대까지 같이 배속되었다. 전차 중대에서 함께 졸병 생활을 하면서 식기를 닦고 빨래를 하면서 두어 달을 보냈다.

우리는 힘들 때마다 만나서 고향 이야기를 하며 고단한 시간을 견뎌 냈다. 석구 아재는 덩치도 크고 나이도 많았지만 고참들에게 고분고 분하며 잘 참아냈다. 서로 의지하며 외롭지 않게 생활하던 중 부사관 학교 교육생 차출이 내려왔다. 중대에서는 졸병 순으로 차출하는 것이 일반적인 관례라 했다. 중대장은 교육대상이 될만한 병사들을 선정하여 며칠 밤을 면담했다. 모두 교육가기를 싫어했다. 6주 신병훈 련을 받고 온 지얼마 되지도 않았는데 또다시 6개월 동안 부사관 생 도 훈련을 그 누군들 받으려고 하겠는가. 정해진 시간이 다가오자 나를 비롯한 세 명이 확정되어 원주 제1 부사관학교로 가는 트럭에 몸을 싣고 중대를 떠났다. 석구 아재는 연병장에서 나를 쳐다보며 눈물을 글썽거렸다. 내 눈에서도 눈물이 흘러내렸다. 우리는 헤어지게 되었고 군대생활 36개월을 보낸 후 고향에서 다시 석구 아재를 만났다.

나는 석구 아재와 이야기 중에 내가 왜 부사관학교 교육생으로 가 게 된 이유를 알았다. 그때 중대장은 교육 대상자를 면담한다고 세 번씩이나 불렀다. 그것도 야간에 퇴근 시간을 미루면서까지. 그 시 간은 면담이 아니라 졸병들의 주머니를 터는 시간이었다. 면담 시간 에 남아있던 현금을 몽땅 바친 석구 아재는 교육대상에서 빠지고 나 는 진짜 면담인 줄 알고 한 푼도 건네지 않아서 교육대상자로 뽑혀 6 개월간 교육을 받고 하사로 근무했다. 나는 줄 돈도 없었지만 있었다 하더라도 내 주변머리에 그런 생각을 하지도 못했을 것이다. 그때 나 는 돈의 위력을 알지 못했다. 당시 군대에서는 이런 말이 떠돌았다.

"군대는 돈이면 안 되는 일이 없고, 돈 없이는 되는 일이 없다."

그 석구아재도 살길을 찾아 고향을 떠나 읍내로 나갔다. 지금도 읍내에 살고 있는지, 아니면 더 멀리 갔는지? 교통시설은 눈부시게 좋아졌는데 고향은 점점 더 멀게만 느껴진다.

단발

어릴 때 살던 시골 마을에는 이발소가 따로 없었다. 군대에서 이발병으로 근무하던 집안 아저씨가 농사를 지어가며 간간이 시간을 내어 동네 남자들의 이발을 담당했었다. 평소에는 보통 아침 식사 전에 아저씨에게 가서 후다닥 머리를 깎고 집으로 돌아와 머리에 붙어있는 머리카락을 털어내고 머리를 감았다. 일 년에 몇 번 머리를 깎으니 머리에 앉은 먼지나 소똥(머리에 눌어붙어 있는 때를 이렇게 불렀다)을 씻어 내느라 몇 번씩 비누칠하고 심할 때는 양잿물을 사용하여 머리를 씻곤 했다.

명절이 다가오면 동네 남자들 모두가 한꺼번에 몰려 아저씨네 집 마당을 서성거리며 차례를 기다려 머리를 잘랐다. 한꺼번에 많은 사람이 몰려오니 어른들의 조발은 이발사 아저씨가 담당했고 학생들처럼 머리만 자르는 경우는 고등학생인 아저씨의 조카 창식이 형에게 맡겼다. 우리는 바리캉 사용이 익숙하지 못한 창식이 형에게 머리를 맡기는 것이 싫었지만 시간이 없으니 할 수 없이 빛바랜 광목 가운을 두르고 머리를 디밀어야 했다. 창식이 형은 머리를 깎는 것이 아니라 머리를 쥐어뜯는 듯했다. 그리고 우리를 골려 먹느라 머리를 다 깎지 아니하고 정수리에 머리카락 한 줌을 남겨두고 그걸 잡아당기며 장난 질을 해댔다. 명절 때는 이발 후에 머리만 감는 것이 아니라 물을 데 워 온몸에 있는 때도 몽땅 벗겨냈다. 어렸을 때 이런 준비를 하고 맞 이하는 명절은 언제나 기쁘고 즐거운 시간이었다. 온 식구가 일 년 동안 기른 머리를 깎고 나면 여름에 보리 한 말 겨울에는 벼 한 말을 수고비로 냈다.

어머니의 헤어스타일은 긴 머리에 은비녀로 쪽진 상태였다. 비녀 를 풀면 긴 머리카락이 목 뒤에 등을 거쳐 허리까지 닿았다. 머리 손 질을 위해 거울 앞에 앉으시면 비녀를 뺀 머리를 풀어 헤쳐 앞가슴 쪽으로 머리카락을 모아서 참빗으로 머리를 빗었다. 혹시 머리에 이 (虱)라도 있나 싶어 샅샅이 살펴보고는 동백기름을 발라 다시 머리 를 틀어 비녀를 쪽지었다. 바쁜 일철에 머리를 감을 때는 찬물에 빨 랫비누를 사용하였고 이것도 없을 때는 양잿물을 사용하기도 했다. 뿌연 양잿물 세숫대야에 머리를 담그고 엉덩이를 치켜든 자세로 머리 카락을 담갔다 올렸다 몇 번씩 반복하고는 머리가 채 마르기도 전에 수건을 머리에 얹고는 빨랫감을 이고 냇가로 향했다.

보리쌀을 삶을 때는 무쇠솥에서 넘치는 쌀뜨물을 받아 머리 감는 물로 사용했다. 쌀뜨물은 기름때를 제거하는 데 효과적일 뿐 아니라 머리카락을 부드럽게 한다고 알려져 보리쌀을 삶을 때는 꼭 머리를 감았다. 일 년에 한 번 단옷날이 되면 창포 삶은 물을 내어 머리를 감았다. 창포는 세척 작용이 강하고 머리카락에 윤기를 나게 하며 비듬이나 피부병을 예방하는 기능이 있다고 알려져 있다. 어머니가 이런 과학적 상식을 알았을 리 없지만 예부터 전래하여 오는 풍습에 따라 단옷날 하루만이라도 윤기 있는 아름다운 머리를 간직하고 싶었을 것이라는 생각이 든다. 여자들은 신체의 어느 부분보다도 머리를 아름답게 가꾸려는 마음이 있는 듯싶었다.

내가 초등학교 5학년 때 어느 봄날 오후, 어머니는 한나절 외출하신 후 저녁 늦게 돌아와 서둘러 저녁 식사를 준비하셨다. 사랑방에 계시는 할아버지 진짓상을 나더러 갖다드리라고 하셨다. 아버지를 비롯한 우리 형제들은 모두 안방에서 함께 식사하고 할아버지는 사랑방에서 혼자 식사하셨다. 할아버지 진짓상은 가끔 우리 형제들이 갖다드리기도 했지만 대부분 어머니가 직접 갖다드렸다. 그날도 아무 생각 없이 어머니 말씀대로 내가 할아버지 진짓상을 드린 후에 안방에서 아버지와 함께 우리 형제 모두가 식사상에 둘러앉았다.

어머니는 집안일이나 들에 나가 일할 때는 머리에 수건을 쓰셨지만, 방안에 들어오면 수건을 벗으셨다. 그런데 그날은 식사 시간에도 어머니는 계속 수건을 쓰고 계셨다. 자세히 보니 어머니 머리모양이 이상했다. 우리 형제 중 누군가가 "엄마! 빠마했구나" 하고 소리를 질렀다. 어머니의 머리에서 수건이 벗겨지자 아버지는 빙그레 웃기만

하셨고 우리 형제들은 깔깔대고 웃어댔다.

나는 어머니가 머리카락 값을 얼마나 받았는지 궁금했다.

"엄마, 달비 팔아 얼마 받았어?"

당시 동네에는 머리카락을 자르면 돈도 주고 파마도 공짜로 해준다는 소문이 파다했다. 실제로 읍내 미장원에서는 시골 마을을 돌면서 머리를 자르고 파마도 공짜로 해주고 다녔다. 어머니가 알든 모르든 단발은 새로운 물결의 시작이었다. 단발은 머리카락을 자르는 행위일 뿐 아니라 반만년 역사의 한 단면을 잘라내는 일이었다. 단발은 산아제한 운동으로 이어졌고 나아가서는 피임 수술까지 급속히 진행됐다. 단발이야말로 여성해방운동의 시작이란 생각이 든다.

과감하게 당신의 머리카락을 잘라낸 어머니도 할아버지 앞에는 불쑥 내밀기가 겁이 나신 듯했다. 머릿수건 속에 감추어두었던 어머니의 머리는 기어이 할아버지 눈에 발각되고 말았다.

"허허 시상 말쪼다."

"여편네가 머리를 	았대이."

"집안이 어찌 되려고 이런 변고가 일어난다야?"

할아버지는 혼자서 한숨을 쉬어가며 놋쇠로 만든 재떨이에 담뱃대를 세차게 두들겨댔다. 어머니는 못 들은 체하고 할아버지를 피해 다니셨다. 며칠을 한탄스럽게 소리를 지르시던 할아버지도 새로운 물결 앞에서는 어쩔 수 없는 듯 더는 뭐라고 하시지 않았다.

돌아보면 역사의 새 물결은 할아버지가 먼저 맞고 계셨다. 내가 처음으로 할아버지를 모습을 보았을 때는 할아버지는 상투 머리가 아니고 민머리로 지내셨다. 외출하실 때는 갓과 탕건을 쓰고 다니셨지만 특별한 일이 없을 때는 전시품처럼 보관하고 편한 복장으로 계셨다. 언제인지 알 수 없지만, 할아버지도 젊은 시절에 단발령으로 상투를 잘리었을 것이다. 조상 대대로 전래되어 오던 상투가 잘릴 때는 할아버지의 마음도 무척 아팠을 것이다.

할아버지도 어머니의 단발을 크게 야단치지는 않았을 것이라는 생각이 들었다. 할아버지는 머리가 자라면 집 안에 있는 이발용 칼을 날카롭게 갈아 아버지에게 머리를 밀게 하셨다. 세숫대야에 더운물을 받아놓고 부자(父子)가 나란히 앉아서 머리에 물을 끼얹어가며 면도질을 했다.

이때만은 할아버지는 한 마리의 순한 양과 같았다. 언제나 할아버지에게 효자였던 아버지였지만 나는 아버지가 할아버지 머리를 깎을 때처럼 정성을 기울이고 조심스러운 모습을 취하는 것을 보지 못했다. 이 모습을 떠올릴 때마다 아버지 살아계실 때 목욕탕에 가서 등 한번 시원하게 밀어드리지 못한 것이 후회스럽다.

봉출이

어릴 때 내가 살던 고향 동네에는 동네 한복판에 동사(洞舍)가 있었다. 동사 바로 옆에는 정미소가 있었고 조금 벗어난 곳에 어린이들이 모여 노는 '술페'라는 넓은 공터가 있었다. 동사는 지금으로 말하면 동사무소나 주민센터 비슷한 곳이었지만 일 년에 몇 번 동민 회의를 하거나 명절에 윷놀이하는 것을 제외하고는 별로 사용하는 일이 없었다.

아이들은 가끔 동사 앞마당에 모여 구슬치기나 딱지치기를 하며 놀기도 했지만 정미소에서 나는 발동기 소음 때문에 얼마 못가 술페로 옮겨가야 했다. 따라서 동사 주변은 정미소를 들락거리는 사람을 제외하고는 발걸음이 뜸했다. 별로 사용하지 않는 동사지만 기금을 모아 동사를 마련했다는 것은 동네 주민들 협동심의 발로가 아니었을까. 오두막집이 많은 시절에 방 세개에다 부엌이 있고 헛간이 하나 딸려 있었으니 웬만한 집보다는 훨씬 좋은 주거지였다.

동사에는 '봉출'이란 동네 고지기가 혼자 살고 있었다. 봉출이가 동사에 살게 된 것은 그가 한쪽 팔이 없는 불구자이고 가족도 없어 오갈 데 없는 처지가 된 것이 이유인 듯싶었다. 나는 아주 어릴 때는 봉출이에 대한 관심이 없었다. 나뿐만 아니라 동네 모든 아이가 그랬다. 우리는 봉출이가 동네 고지기라는 사실밖에는 아무런 것도 알지 못했고 그가 어떻게 삶을 유지해 나가는지 관심이 없었다. 봉출이는 동네 구장의 지시를 받아 고지기 업무를 하고 잔칫집이나 초상집이 생기면 그 집의 잡다한 일을 거들며 끼니를 해결했다.

봉출이의 나이는 서른이 넘었는데 동네 사람들은 어른이나 아이들 모두가 봉출이에게 '하게'를 썼고 반말을 했다. 어른들이 봉출이 이름을 부르니 아이들도 아무런 생각 없이 "봉출아, 봉출아" 하고 불러댔을 것이다. 봉출이는 누가 부르든 굽신거리며 공손하게 대답했다. 철없는 아이들은 봉출이가 "예, 예" 하는 것이 재미있어 쓸데없이 봉출이를 불러대기도 했다. 어른들은 이런 아이들의 행동을 보고도 그것을 지적하여 고쳐주려고 하지 않았다. 먹고 살기 힘든 시절에 인권이나 자존심 따위는 거추장스러운 장식품이었을까?

내가 봉출이에 관심을 갖게 된 것은 1960년 초 아버지가 동네 구장이 되면서부터였다. 아버지는 동민들에게 전달사항이 있으면 나를 봉출이에게 보내 설명토록 하고 봉출이가 동네 구석구석을 다니며 공지 사항을 외쳐댔다. 그러나 봉출이는 머리가 약간 모자라는 까막눈이었였기에 몇 번을 외치고 나면 고지사항을 잊어버리고 엉뚱한 소리를 외쳐댔다. 예를 들면 "오늘 저녁에 비료 타러 구장 집으로 오시오~." 해야 할 것을 "오늘 저녁에 비롯값 가지고 동사로 오시오~" 하는 식이었다. 이렇게 잘못된 고지 소리가 들리면 내가 봉출이를 찾아 고지 내용을 정정해주고 함께 동네를 돌아다니곤 했다.

어느 여름날 저녁 시간에 전달사항이 있어 동사로 봉출이에게 갔다. 봉출이는 부엌에서 저녁밥을 짓고 있었다. 자그만 무쇠솥이 걸린 부뚜막에서 누런 양은 그릇에 보리쌀을 씻고 있었다. 양은 그릇에 물을 부어 몇 번을 휘저은 후에 무쇠솥에 쏟아부었다. 솥뚜껑을 닫고 한 손으로 성냥불을 켜서 불을 때기 시작했다. 한 손이지만 부지깽이로 볏짚을 잘 우겨넣었다. 한 손으로 밥 먹는 것이 궁금해서 부엌에 앉아 이런저런 이야기를 하며 뜸 들도록 기다렸다.

가마솥에서 밥이 익었다는 신호를 보냈다. 봉출이는 솥뚜껑 사이로 세찬 김이 빠지고 밥물이 흐른 한참 후 밥을 퍼서 마른 된장에 비벼 한 그릇을 해치웠다. 한 손이지만 후다닥 밥 한 그릇을 해치웠다. 두 손을 가진 나보다 훨씬 속도가 빨랐다. 식사가 끝나자 그는 물 양동이를 들고 공동우물로 향했다. 봉출이의 가장 힘든 일이 시작됐다.

봉출이는 우물 속으로 두레박을 내리고 두레박줄을 왼손으로 잡고 다음은 입으로 물고 다시 왼손으로 끌어 올리는 방법으로 물을 길었다. 벌써 봉출이의 치아는 성한 데가 없었다. 지금 생각해보면 치아가 상한 것이 두레박줄을 물어 올린 영향이 큰 듯싶다. 물 긷는 모습이 너무 애처로워 내가 도와주려고 해도 봉출이는 한사코 혼자서 우물물 한 양동이를 채웠다. 본인이 할 수 있다는 의지를 보여주려는 것보다는 구장 아들인 내가 자기를 도와주려는 것이 신분에 맞지 않는 일인 것처럼 여기는 듯했고 나로선 그런 봉출이가 아직 조선시대 사람인 것처럼 생각됐다.

나는 아버지의 심부름을 하면서 봉출이와 가까워졌다. 그도 우리와 똑같은 사람이거늘 왜 불구가 되었고 가족이나 친척도 없이 혼자 살게 되었는지 궁금했다. 아버지도 정확히는 모르셨지만 소문에 의하면 그는 6.25 전쟁에서 가족을 잃고 불구의 몸으로 이곳저곳을 전전하다 우리 동네까지 오게 되었다고 했다. 전쟁이 끝나고 생활이 안정될 즈음 마침 동네 고지기가 필요하던 차에 그가 나타나자 고지기 일을 보게 한 것이다.

봉출이는 자기의 성(姓)도 몰랐고 고향이 어딘지 어디에서 살았는지 기억하지 못 했다. 나는 봉출이가 호적에나 올라 있는 사람인지 궁금했다. 동네 사람 누구도 확실하게 알지 못했다. 구장을 지낸 아버지조차도 별 관심이 없었다. 한편 봉출이의 양식은 동민들이 십시일반 부담했다. 그러나 구장은 수시로 봉출이의 식량을 살펴보아야 했다. 당시는 초겨울부터 양식이 떨어져서 굶는 집들이 더러 있었다. 앉아서 굶어 죽을 수는 없으니 밀가루 포대를 들고 집집이 밥을 얻으러 다녔다. 아무리 살기가 힘들어도 같은 동네에서 굶는 집은 없어야 하겠기에 모두가 십시일반 나누며 살았다.

아버지가 구장을 맡고 있던 어느 겨울날 저녁, 아버지는 동사에 가서 봉출이가 잘 있는지 살펴보고 오라고 하셨다. 봉출이가 밥은 먹고 있는지, 양식은 남아있는지?

봉출이를 살피러 간 나는 깜짝 놀랐다. 봉출이가 사늘한 방에서 이불을 덮어쓰고 땀을 뻘뻘 흘리고 있었다. 몸살감기가 심하게 걸린 듯했다. 우선 부엌에 가서 불을 지펴 방을 데운 후 집으로 돌아가 아버지에게 사실을 알렸다. 시골집에 준비된 감기약이 있을 리 없으니 생강 물을 한 주전자 담아서 들고 다시 봉출이에게 갔다. 그는 생강 물을 몇 잔 마시고는 계속 신음을 토하며 끙끙 앓았다. 어린 마음에 봉출이가 죽을까 싶어 지켜보다 그가 잠든 후 집으로 돌아왔다. 밤새 봉출이의 얼굴이 떠올라 잠을 이룰 수가 없었다.

아버지가 구장 업무를 그만두고 내가 고등학생이 되어 포항 시내로 나오면서 봉출이에 대한 관심은 멀어져갔다. 그 시절을 되돌아 보면 봉출이는 나에게 사람에 대한 연민의 정을 깨닫게 해준 고마운 사람이었다.

고래 고기와 칠포 아지매

망종(芒種)은 24절기 중 아홉 번째 절기이며 하지(夏至) 바로 전 절기다. 망종이란 벼 보리 등의 곡식 종자를 뿌려야 할 적당한 시기라는 뜻이다. 한편 '보리는 망종 전에 베라' 라는 속담이 있어 망종 전까지는 보리를 모두 베어내고 모내기를 서두른다. 2모작을 하는 농가에서는 보리를 베어내고 그 자리에 모내기를 해야 해서 일손이 무척 바쁘다. 보리농사가 많았던 남쪽 지방에서는 망종 때는 '발등에 오줌 싼다' 라는 속담도 있고 우리 지방에서는 '발 달린 짐승은 모두 들판에 나간다' 라는 말도 전해져 내려오고 있다. 그만큼 할 일이 많고 바쁘다는 뜻이다.

우리 동네는 논 면적에 비하여 밭이 상대적으로 적었던 터라 보리 수확은 항상 모내기에 밀렸다. 보리 벨 시기를 놓쳐 수확이 감소한다고 하더라도 모내기가 끝나야 보리 베기를 시작했다. 보리는 생육이 강한 작물이다. 늦가을에 파종하여 싹을 틔운 채 겨울을 나고 봄이 되면 다시 성장을 시작하여 따가운 햇볕을 받으며 영글어간다. 파종 후 노지에서 겨울을 보내는 작물은 아마도 보리와 밀 외에는 없는 듯하다. 겨울은 땅거죽이 얼기 때문에 보리가 얼어 죽는 경우가 많다. 유독 추운 겨울이 오면 집집마다 보리밭 밟기에 나섰다. 땅이 얼어 부풀면 뿌리가 땅 위로 노출되기 때문에 꼭꼭 밟아두어야 보리가 얼어 죽는 것을 방지할 수 있다.

정월보름이 되면 아이들은 온 동네 보리밭을 뛰어다니며 쥐불놀이도 하고 연날리기도 한다. 동네 아이들 모두가 온 밭을 뛰어다녀도 어른들은 아무런 제재를 하지 않는다. 보리밭은 겨울에 열심히 밟아주는 만큼 보리 싹이 잘 보존되기 때문이다. 보리는 생육하는 힘이 강하여 웬만한 추위는 잘 넘길 뿐 아니라 자라는 동안 밭을 매거나 잡초 제거도 거의 하지 않는다. 다만 강한 비바람으로 인하여 줄기가 쓰러지지 않으면 별 탈 없이 수확을 할 수 있다.

모내기가 끝나고 보리 베기가 시작됐다. 우리 식구 모두는 각자 헛간에 걸린 낫 한 자루씩을 들고 뒷산 아래 보리밭으로 향했다. 어머니는 누런 주전자에 냉수를 가득 채워 들고 아버지는 숫돌을 들고 가셨다. 가을에 벼를 벨 때는 모든 낫을 대장간에서 날을 세워 사용했지만 보리 벨 때는 녹슨 낫을 그냥 숫돌에 갈아 사용했다. 낫이 잘 들어야 일이 수월한데 미리 날을 세워둘 마음의 여유가 없었다.

매사 경중완급(輕重緩急)이 있듯이 농사일도 마찬가지였다. 보리농사보다는 벼농사가 중요했기에 보리 베기는 항상 모내기에 밀려났다.

햇볕이 내리쬐는 밭에서 허리를 꾸부려 낫질하던 우리는 금방 지치기 시작했다. 수시로 냉수를 마셔가며 쉬엄쉬엄 일해도 얼굴엔 콩죽 같은 땀이 흘러내렸다. 무디어진 낫을 갈던 아버지는 일하는 시간보다 쉬는 시간이 많다고 모두를 다그쳤다.

밀짚모자 하나로 얼굴을 가린 나는 더위에 지쳐 밭고랑 사이에 주저앉고 말았다. 땀은 흐르고 허리는 아파오고 팔에 힘이 빠지니 낫질이 헛나가기 시작했다. 보리를 베어야 할 낫이 내 종아리를 베었다. 솟아나는 시뻘건 피를 흙먼지로 지혈하고 보리 베기는 계속됐다. 어지간한 상처는 된장으로 치료하던 시절이라 낫으로 살갗 정도 베이는 것쯤은 예삿일로 넘어갔다. 보리는 벨 때마다 작은 단을 지어서 볏짚으로 묶어야 한다.

보릿단을 크게 묶으면 베는 힘은 줄어들지만 타작하기가 무척 힘이 든다. 이렇게 벤 보리는 곧바로 집안으로 옮겨야 한다. 만약에 보릿단을 밭에 두었다가 비라도 맞으면 곧바로 싹이 난다. 보리의 특성 중 하나는 습기가 많으면 곧바로 싹이 난다는 것이다. 따라서 비를 맞은 보리는 빨리 말려서 타작하지 않으면 거둔 수확도 큰 손실을 보게 된다. 보리타작이 시작됐다. 아버지와 우리 형제들은 아침 식전부터 보릿단을 옮기고 타작 준비를 했다. 보리타작은 탈곡기를 사용하지 못한다. 벼는 탈곡기로 벼알이 한 알 한 알 분리되지만 보리는 탈곡기 날에 닿으면 낱알로 분리되지 않고 보리 이삭이 통째로 떨어져 나간다. 따라서 보리 탈곡은 보릿단을 새끼로 홀치기를 하여 통나무나 절구통 같은 곳에 메어치는 개상질을 해야 한다. 그래야 보리알이 하나씩 분리되어 완전한 탈곡이 된다. 같은 양을 탈곡하더라도 벼보다 훨씬 많은 시간이 소요되고 무척 힘이 드는 작업이다. 더욱이 보리는 까끄라기(보리 수염)가 있어 이것이 얼굴이나 몸에 달라붙으면 무척 괴롭다. 잘못 건드린 경우는 상처가 나서 피부질환을 일으키기도 한다. 우리는 보리까끄라기가 몸 안으로 들어오지 못하도록 완전무장을 했다.

밀짚모자를 쓰고 얼굴에는 수건을 두르고 긴소매 상의를 입고 개상질에 나섰다. 유월 말의 햇볕은 보릿짚을 태울 만큼 강렬했다. 아침부터 흘린 땀이 한 바가지는 될 듯싶었다. 계속 냉수를 마시고 새참으로 멸치국수를 말아 먹었지만 내 배는 허기가 찼다. 한나절이 지나고 보리가 소복이 쌓여갈 때쯤 대문 밖에서 입맛 당기는 소리가 났다. 가끔 들려오던 칠포 바닷가 아줌마의 목소리였다.

"고래 고기 사이소. 맛 좋은 고래 고기요"

어머니가 얼른 아줌마를 불렀다. 보릿단을 메어치는 가족들에게 고래 고기를 먹이고 싶지만 현금이 없었다. 그렇다고 그냥 돌려보낼 어머니가 아니었다. 고래 고기를 팔러온 아줌마도 농촌에 현금이 없다는 것을 안다. 어머니와 아줌마는 물물교환을 시작했다. 고래 고기보다 몇 배 많은 보리가 건네졌다. 보리를 건네받은 아줌마는 그 보리를 다시 어머니에게 맡겨두고 고기반티를 이고 이웃으로 향했다. 양은솥으로 볶은 고래 고기는 기름이 동동 흘렀고 우리는 입맛을 다셔가며 탱글탱글한 고기를 양껏 먹었다. 고래 고기를 안주 삼아 막걸리 몇 잔을 들이켠 아버지는 힘이 솟는 듯했다. 우리 형제들도 맛난 고기로 잔뜩 배를 채우고 다시 힘차게 보릿단을 메어쳤다.

당시 칠포 앞바다에는 가끔 고래가 몰려왔다. 포경(捕鯨)이 허용됐던 시절이라 어부들은 누구나 고래 잡기에 혈안이 됐다. 그러나 잡고 싶다고 다 잡히는 것이 아니고 가끔 눈먼 고래가 어부의 그물에 걸렸다. 잡힌 고래는 그날로 해체 작업을 하여 아줌마들이 이고 이웃 농사짓는 동네로 팔러 다녔다. 냉장 시설이 없던 시절이라 단시간에 소비하지 않으면 상하기 때문에 칠포 아줌마들이 총동원되어 고래 고기 팔기에 나섰다. 농가는 현금이 없기에 집 안에 있는 곡식과 고기를 바꾸어갔다. 고래 고기를 먹을 기회가 자주 있는 것도 아니고 마침 힘든 보리타작 기간이라 집집마다 고기를 샀다.

고기를 모두 팔고 난 아줌마들은 맡겨둔 곡식을 찾아들고 그들의 마을로 돌아갔다. 고기와 바꾼 곡식은 엄청난 양이었다. 무게나 부피로 보나 고래 고기 양보다 열 배도 넘는 듯했다. 아줌마들은 바꾼 곡식을 머리에 이고, 어깨에 짊어지고, 양손에 들고 날랜 걸음으로 그들의 집으로 향했다. 어두워지기 전에 집에 들어가야 했다. 어둠이 짙어 돌부리에라도 걸려 넘어지면 혼자서 일어나기가 힘들기 때문이다. 나는 세상에 가장 힘세고 억척스러운 여자는 칠포 아줌마라고 생각했다. 고래 고기와 바꾼 보리를 이고, 지고, 메고, 들고 가는 모습을 보면서….

한겨울밤의 미션

농촌의 겨울밤은 길었다. 전기가 없는 호롱불 밑에서 생활하던 때인지라 낮일은 어둡기 전에 모두 마쳐야 했다. 해질 때쯤 저녁 식사를 하고 설거지를 마치면 온 식구들이 안방의 호롱불 곁에 모여 앉았다. 식구들이 모두 모이면 각자의 할 일이 주어졌다. 어머니는 식구들의 뚫어진 양말을 꿰매고 우리 형제들은 모여 앉아 각자의 내복을 벗어 이(虱)를 잡기 시작했다. 아버지는 할 일이 없으니 담배 몇 대를 피우시곤 주무시기 위하여 사랑방으로 건너가셨다.

식구들이 많으니 매일 구멍난 양말이 나왔다. 어머니는 어두운 호롱불 아래서 바느질을 하느라 수시로 손가락이 찔려 깜짝깜짝 놀라곤 했다. 농사일로 마디마디 갈라진 손이 바늘에 찔리니 어머니 손엔 반창고 조각이 떨어질 날이 없었다. 읍내 약국에 "멘소래담"이란 손발용 연고가 있었으나 그조차도 사서 바를 형편이 못 됐다. 반창고라도 붙여야 찬물에 손을 넣을 수 있고 설거지도 할 수 있었다. 거칠 대로 거칠어진 어머니의 손은 거북 등과 같았다.

각자의 내복을 벗어들고 호롱불 곁에 앉은 우리 형제들은 내복의 겨드랑 부분과 사타구니 부분을 샅샅이 뒤져가며 이를 찾기 시작했다. 잡힌 이를 방바닥 장판 위에 놓고 엄지손톱에 최대한 힘을 가하여 사정없이 짓눌렀다. 손톱에 묻은 피를 닦으며 작은 승리의 쾌감을 느꼈던 것은 그놈들에게 시달린 고통 때문이었으리라. 여름엔 모기와 파리, 겨울에는 이와 벼룩이 우리를 괴롭히는 대표적인 미물들이었고 그중에서도 이는 속옷에 붙어있어 밤낮없이 우리를 못살게 했다.

한편 내복의 주름 사이에 달라붙은 서캐는 손으로 잡아내기가 힘들어 호롱불에 태워서 죽여야 했다. 이도 서캐도 생물인지라 불에 태울 때는 고약한 냄새가 났다. 그 냄새는 호롱불의 그을음 냄새와 어우러져 방안은 숨이 막힐 지경이었다. 그러나 모진 찬바람에 문을 열 수도 없어 방안에 찬 그을음은 우리 식구들의 콧구멍을 통하여 정화됐다. 사람의 몸에 기생하는 이는 몸과 의복을 청결하게 하면 방지할 수 있다.

그때는 겨우내 목욕하기도 힘들었다. 읍내에 나가면 간이 목욕탕이 있었으나 그마저도 갈 형편이 못 되어 설날이 돌아오면 무쇠솥에 물을 끓여 헛간에서 때를 밀곤 했었다. 한편 빨래를 하려면 앞 냇가에 나가 얼음을 깨고 맨손에 양잿물로 주물러서 빨았다. 각종 해충을 죽이려면 내복을 무쇠솥에 삶아서 다시 찬물에 헹궈야 했다. 이렇게 겨울철 빨래는 무척 힘든 작업이었다.

양말 꿰매기와 이 잡기로 두어 시간을 보내고 밤이 깊어가면 모두 배가 출출하여 뭔가 먹고 싶어 했다. 겨울철 간식거리라곤 동치미나 뒷간에 묻어둔 무가 전부였다. 나는 뒷간에 가서 짚단으로 숨구멍을 막아둔 무 구덩이 마개를 열고 땅속에 묻어 둔 건실한 무 두어 개를 꺼내왔다. 부엌칼로 썩썩 깎은 무는 시원하게 우리 뱃속으로 들어갔고 뱃속에서는 답례라도 하듯 무 먹은 트림을 토해냈다.

이 일이 끝나면 어린 동생들은 어머니와 함께 안방에 남고 나와 둘째동생은 사랑방으로 건너갔다. 아버지는 초저녁부터 잠에 떨어지셨다. 하루 종일 소달구지를 끌고 사방공사 일을 하고 오셨으니 오죽 피곤하셨을까. 나는 이때부터 앉은뱅이책상에 호롱불을 켜고 공부를 시작했다. 공부를 좀 하는가 싶으면 초저녁에 한숨을 주무신 아버지는 누운 채 "석유 달는다, 그만 불 끄고 자그라" 하고 채근하셨고, 나는 "숙제가 남아서 안 됩니더" 하고는 계속 불을 켜두고 책을 읽었다.

공부가 좀 되는가 싶으면 아버지가 또 잠에서 깨어 일어나 앉으셨다. 책을 보고 있던 내가 아버지께 여쭈었다.

"아부지! 잠 안 자고 와 자꾸 일어나는교?"

아버지는 "응 담배 한 대 피우려고" 하시면서 담배 봉지를 꺼내셨다.

그 좁은 방에서 신문지에 봉초 담배를 말아 한 대 피우면 방안은 연기로 가득 차서 호롱불이 꺼질 것 같았다. 여기에 뚜껑 없는 요강에서 나온 지린내까지 겹쳐 숨쉬기조차 어려운 상태가 되었다. 아버지는 내가 잠자리에 들 때까지 두서너 번씩 일어나서 담배를 피우시곤 했다. 아버지는 담배를 피우러 일어나는 것이 아니라 잠이 안 오니까 심심풀이로 담배를 피우시는 듯했다. 왼 종일 일에 지쳐 초저녁에 한잠 주무시면 밤새 잠이 오지 않은 아버지의 고통을 내가 알 리가 없었다. 아버지가 잠을 깨어 두어 번 담배를 피우고 나면 이제는 내가 잠자리에 들었다.

볏짚으로 데운 온돌방은 초저녁에는 방바닥에 궁둥이를 붙이기 힘들 정도로 뜨끈뜨끈하지만 새벽녘이면 구들이 식어 자꾸 잠에서 깨어났다. 농촌의 겨울밤은 방안의 자리끼에도 살얼음이 얼 정도로 추웠다. 나는 조금이라도 더 자려고 이불을 끌어당겨 얼굴까지 덮고 아랫목으로 내려갔고 동생과 서로 이불을 끌어당기는 무언의 싸움이 시작됐다. 새벽잠이 없으신 아버지는 일찌감치 일어나 쇠죽솥에 불을 지피기 시작했다. 아궁이에 있는 재를 끌어내어 잿간에 버린 후 무쇠 솥에 쇠죽거리를 넣고 불을 지폈다. 쇠죽이 익어감과 동시에 차가워진 방바닥은 서서히 따뜻해지기 시작했다.

다시 나와 동생은 깊은 잠에 빠져들었다. 방바닥은 따뜻해져 오고 우리를 괴롭히던 이라는 놈들은 어젯밤 소탕 작전으로 전멸되었으니 지금이야말로 꿀 잠을 잘 절호의 기회였다. 그러나 우리의 단잠은 오래갈 수가 없었다. 쇠죽간에서 아버지의 불호령이 떨어졌다.

"이늠들아 그만 일어나거래이~. 해가 중천에 떴데이~."

해가 뜨려면 아직도 한 시간 이상 남은 듯한데 아버지는 우리의 늦잠 자는 꼴을 볼 수가 없으셨다. 아무리 소리를 쳐도 우리는 일어나지 않았다. 따뜻한 아랫목의 유혹에 잡힌 우리는 아버지의 불호령쯤은 우습게 여겼다. 급기야 아버지의 최후 수단이 동원됐다. 쇠죽간과 사랑방 사이의 쪽문을 열고 부지깽이로 이불을 걷어 올리며 소리치셨다.

"이늠들아, 해가 중천에 떴다, 빨리 일나 비룟값 바드라 가거래이!"

당시 아버지는 동네 이장과 농협 조합장을 겸하고 있었다. 우리는 눈을 부스스 비비며 원망스러운 눈으로 아버지를 바라보았다. 시린 손을 호호 불며 온 동네를 돌아다니며 비료 대금 회수에 나섰다. 1950년대, 내가 초등학교에 다니던 시절. 그땐 나는 모든 사람이 으레 그렇게 사는 줄 알았다.

흥안 있소!

　내가 어릴 때 살던 곳은 경상북도 영일군(지금은 포항시) 홍해읍 홍안리라는 조그만 농촌 마을이다. 마을 뒤편에는 높고 낮은 산들이 옹기종기 모여 있고 맨 뒤쪽에는 칠포 앞바다에 접해 있는 곤륜산(해발 176m)이 우뚝 서있다. 곤륜산과 칠포해수욕장이 접한 곳에는 너른 소나무 숲이 있어 옛날 비치파라솔이 없던 시절에도 시원한 그늘에서 모래찜질을 즐길 수 있었다.

　한편 곤륜산 한쪽 귀퉁이에는 우리 집안 선산이 있어 조부모님과 부모님이 그곳에 잠들어 계신다. 우리 형제들은 성묘 차 해마다 한 번씩 이곳에 오른다. 1990년대 초반 이곳 곤륜산에서 16개의 암각화가 발견되어 경상북도 유형문화재로 지정됐다. 따라서 여름철에는 칠포해수욕장을 찾는 사람들이 곤륜산을 오르는 경우가 많아졌다.

　한편 동네 앞쪽은 홍해 읍내까지 넓은 평야가 펼쳐져 있고 아득한 먼 곳에는 비학산(飛鶴山)이 우뚝 솟아있다. 비학산은 학이 날아가는 형상을 하고 있다고 하여 붙여진 이름이다. 비학산은 산세가 험하고 계곡이 깊다.

나는 아침에 눈을 뜨면 비학산을 쳐다보곤 했다. 어느 날은 구름이 산 중턱에 걸려 있었고 어느 날은 짙은 안개가 뒤덮고 있었다. 장대비가 쏟아지는 날은 학의 형상은커녕 먹구름만 가득했다. 구름에 싸이고 안개가 자욱한 신비로운 산이지만 정작 한 번도 오르지 못하고 쳐다보기만 했다. 너새니얼 호손(Nathaniel Hawthorne)의 『큰 바위 얼굴』의 주인공 어니스트는 귀인이 등장할 것이라는 전설을 믿고 매일같이 케논 마운틴을 쳐다보았다고 한다.

비학산은 특별한 전설을 간직하고 있진 않았지만 나에겐 매우 신비로운 산이었다. 그래서 나이가 들어 친구들이 이름 대신 호(號)를 부르기로 하였을 때 내 호를 '학산(鶴山)'이라 지어 부르기도 했다. 농사일에 지친 아버지는 수시로 비학산을 쳐다보며 '큰 인물은 깊은 산골에서 난다'는 말씀을 하셨다. 당신은 비록 농사를 짓고 살지만 그래도 아들 중에서 한 놈이라도 쓸 만한 인물이 나와 지긋지긋한 농사일 면하고 싶어서 중얼거린 말씀인 듯싶었다.

비학산은 포항시에서 가장 높은 산(해발 764m)으로 신광면, 기계면, 기북면 등 3개 면 경계지에 있고 산이 깊어 사철 많은 물을 흘려보낸다. 비학산에서 흘러나온 물줄기는 신광면 범촌못(용연지, 또는 호리 못이라고도 부른다)을 거쳐 곡강천(曲江川)을 타고 우리 동네 앞들을 가로질러 칠포 앞바다로 흘러간다. 강이 흘러가는 길목에 굽이굽이 여울진 곳이 많아 붙여진 이름 그대로 굽은 강이다. 범촌못은 비학산에서 흐르는 많은 수량(水量)으로 인하여 지금까지 한 번도 바닥을 드러낸 적이 없다고 한다.

곡강천은 총연장 26Km의 긴 하천으로 읍내 사람들은 읍 소재지 북쪽을 흐르고 있다고 하여 '북천'이라 부르고 우리 동네 사람은 커다란 냇물이란 뜻으로 '큰거랑'이라 부른다. 곡강천에는 영덕을 거쳐 삼척으로 가는 7번 국도를 이어주는 곡강교가 있고 다리 북쪽에는 내가 다닌 곡강초등학교가 자리 잡고 있다. 내가 다닐 때는 학생이 1,000여 명에 이르렀고 운동장도 꽤 넓어 보였다. 그러나 60여 년이 지난 지금은 학생이 30여 명(2019년)으로 줄어들고 학교 운동장도 축구장 절반도 안 되는 동네 놀이터처럼 보였다. 그래도 폐교되지 않고 남아있는 것이 다행이다.

곡강교 옆에는 일제강점기에 설계해놓은 동해중부선 철도 교각이 세워져 있다. 지금은 철도노선이 바뀌어 동해중부선은 우리 동네인 흥안리 앞들을 지나가고 있어 옛날 교각은 할 일 없이 우두커니 서있다. 자동차 구경도 힘들었던 동네가 매일 수십 차례 기차를 볼 수 있는 마을로 변신했다. 우리 동네를 비롯한 읍내 농가들은 곡강천 곳곳에 작은 보(洑)를 설치하여 물줄기를 지천(枝川)으로 끌어들이고 지천에 유입된 물을 도랑으로 흘려보내 넓은 평야에 물을 댔다.

비학산, 범촌못, 곡강천은 우리 동네뿐만 아니라 흥해읍 모든 주민의 생명을 이어가는 젖줄이었다. 곡강천 하구에 있는 우리 동네는 홍수로 인한 물난리는 자주 겪었지만 가뭄으로 인한 농사 피해는 별로 겪지 않았다. 사라호 태풍 때에도 곡강천 상류 주민들은 태풍피해만 입었지만 우리 동네는 큰거랑 둑이 터져 태풍과 홍수의 두 가지 재앙을 한꺼번에 겪어야 했다.

농사는 하늘이 도와야 한다. 그러나 기후의 변화는 인간의 힘으로 어찌할 수가 없다. 홍수는 갑자기 오기 때문에 대비하기가 쉽지 않다. 하천이 정비되어 있지 않던 당시에는 논밭으로 흘러들어오는 빗물을 감당할 수 없었다. 장대비가 쏟아지면 아버지는 볏짚으로 엮은 우장(雨裝)을 등허리에 걸치고 머리에는 삿갓을 쓰고 들판으로 나갔다. 물동이로 쏟는 듯 내리치는 빗물을 하염없이 쳐다보며 하늘을 원망했다.

기껏 할 수 있는 일이라곤 허리 뒷짐에 찬 수굼포(삽)로 물꼬를 터 주는 일뿐이었다. 무심히 내린 비는 기어코 온 들판을 물바다로 만들어버렸다. 이제는 물꼬를 틀 필요도 없어졌다. 빗물이 속옷까지 적시니 우장도 삿갓도 거추장스러운 짐이 되었다. 아버지는 힘없는 발걸음으로 집으로 돌아오셨다. 실없이 담뱃대를 빨아대며 시름에 잠겼다. 곡강천 하류에 처한 우리 홍안리 앞들은 지대가 낮아 물이 빠져나가는 데도 많은 시간이 걸렸다. 홍수가 오면 홍안리 들판의 수확은 반감됐다.

초등학교 몇 학년 때인지 정확한 기억은 없지만 극심한 가뭄이 왔다. 모내기도 못 한 채 가뭄이 시작되자 온 동네가 야단이 났다. 범촌

못의 물줄기가 끊어지고 읍내 농가들은 모내기에 비상이 걸렸다. 동네마다 곡강천에 몰려나와 하천 바닥을 파헤쳐가며 물줄기를 찾기 시작했다. 가뭄은 홍수처럼 갑자기 오는 것이 아니고 서서히 다가오기 때문에 서둘러 대비하면 피해를 줄이기가 수월하다. 논바닥이 거북등처럼 갈라지기 전에 힘을 모아야 한다. 동네 어른들은 부역을 붙여 봇물을 찾기 시작했다. 하천 바닥을 파헤쳐 도랑을 만들고 도랑의 모든 물줄기를 보(洑)에 모았다.

홍해읍은 가뭄이 시작되면 곡강천 상류부터 물이 마르기 시작한다. 우리 동네는 가장 하류에 있어 그나마 다른 동네보다는 물줄기를 찾기가 쉬웠고 수량(水量)도 많았다. 보에 가두어진 물은 수위가 낮아 저절로 지류로 흘러가지 못했다. 보 곳곳에 물푸레질이 시작됐다. 물푸레질은 보에 모인 물을 커다란 두레박을 이용하여 두 사람이 마주 보며 물을 퍼올리는 작업이다. 여기저기서 물 푸는 소리가 들렸다. '올라간다/올라가네/ 한두리 물이/올라가네' 물푸레 질은 매우 힘든 작업이다.

우리 동네는 하천 하류에 있는 덕분에 보의 물은 마르지 않았다. 이렇게 하여 지천으로 올라온 물은 도랑을 타고 논바닥까지 흘러 들어갔다. 아버지는 물줄기가 논바닥으로 흘러 들어가면 그때서야 한숨을 쉬며 논둑에 주저앉아 담배 한 대를 피웠다. 물푸레질은 몇 날 며칠 계속됐다. 가뭄이 수확량을 감소시켰지만 그래도 다른 동네보다는 훨씬 많은 수확을 했다.

읍내 장날이 되면 홍해읍 주민뿐만 아니라 신광면 사람까지 장을 보러 왔다. 장마당에서 물건을 사고팔 때면 사는 곳을 물어보며 인사를 하는 경우가 많다. 다른 동네 사람이 우리 동네 사람에게 사는 곳이 어디냐고 물어왔다.

홍수가 났던 해에 질문과 대답은 이랬다.

"어디 있능교?" (어디에 살고 있느냐? 고 물어볼 때 쓰는 사투리)

우리 동네 사람은 기가 죽어 들릴락말락한 작은 소리로 대답했다.

"홍안 있소."

그러나 가뭄이 심한 해의 질문과 대답은 판이했다.

"어디 있능교?"

우리 동네 사람은 한껏 기가 살아서 귀청이 떨어지도록 큰소리로 대답했다.

"홍안 있소."

졸업 파티

내가 초등학교를 들어갈 때는 6.25 전쟁 정전협정이 체결되던 1953년도였다. 동네 형을 따라 학교로 놀러 가는 날이 마침 입학식 날이라 얼떨결에 입학이 됐다. 당시는 초등학교가 의무교육이라고 했지만 무상교육이 아니라서 살림이 궁색한 집은 학교에 다니지 못하는 아이들이 더러 있었다. 무상교육이 아니다 보니 학교에서는 매월 월사금(月謝金)이라 일컫는 수업료를 받았다. 먹고살기도 힘든 시절이니 선생님은 공부를 가르치는 것보다 월사금 받는 데 더 많은 신경을 쓰는 듯했다.

매월 정해진 날짜에 자진해서 내는 학생들이 가끔 있기는 했지만 대부분은 몇 번씩 독촉을 받아야 냈다. 독촉 방법은 처음에는 언제까지 내겠느냐고 구두로 약속을 받지만 그 약속을 지키지 못할 경우는 미납사유를 꼬치꼬치 캐묻고 부모님을 모시고 오라는 엄명이 떨어지기도 하고 심지어는 화장실 청소를 시키기도 했다. 최고로 강도 높은 조치는 등교한 학생을 되돌려 보내는 것이었다. 그러나 이런 조처를 한다고 하더라도 오일장에 나가 농산물을 팔지 않으면 농가에 현금이 없으니 선생님의 물음과 학생들의 대답은 항상 똑같았다. 선생님의 물음은 늘 이랬다.

"김재원, 월사금 언제 가지고 올래?"

나뿐 아니라 당시 학생들은 항상 이렇게 대답했다.

"어무이가 장보고(5일장에 현금을 마련해서) 준다고 했심니더."

학생들의 대답이 언제나 똑같으니 화가 난 선생님은 학생들을 한 대씩 쥐어박으며 화풀이를 했다.

"내가 이눔의 장을 끌어 엎어버렸으면 조   타."

오일장이 없으면 현금을 장만할 수가 없어 월사금을 영영 못 받을 텐데, 선생님이 홧김에 하는 소리라는 것을 학생들도 알고 히죽히죽 웃어댔다.

매달 이렇게 줄다리기를 하면서도 대부분 학생은 6년을 다니고 졸업했다. 옛날이나 지금이나 선생님들에게 잡무가 많기는 마찬가지지 싶다.

당시 우리 동네에서 나와 같이 입학하여 6년을 같이 다닌 학생은 모두 다섯 명이었다. 어느 집인들 풍족한 집이 아니기에 월사금 납부가 수월하지 않았지만 그래도 부모님 덕분에 졸업을 맞게 됐다. 졸업 때가 되니 마지막 월사금과 함께 졸업비가 부과됐다. 졸업이라고 해봐야 졸업장과 통지표 그리고 졸업 기념사진 한 장이 전부인데 왜 졸업비를 내야 하는지. 부모도 학생도 그저 학교에서 시키면 그것이 법인 줄 알고 따르던 시절이었다.

우리 동네에서 학교까지는 30분 정도 걸리는 길이었는데 하학 길에는 꼭 빵장수를 만났다. 빵장수는 자전거로 변두리 동네 점방에 빵을 공급하고 돌아가는 길에 우리와 마주쳤다. 아저씨는 매번 자전거를 세우고 박스에 담긴 빵을 보여주며 우릴 유혹했다. 땡전 한 푼 없는 우리는 침을 질질 흘리며 구경만 했고 빵장수 아저씨는 괜히 우리를 약 올리고 무정하게 떠나갔다. 졸업비가 부과되자 우리 다섯 명은 빵을 사 먹기 위하여 부모님께 졸업비를 부풀려 받아내기로 약속했다. 남는 돈으로 빵을 사서 우리 나름의 졸업 파티를 하기로 합의를 보았다.

월사금이야 매월 같은 금액이 나오니까 속이기 힘들지만 졸업비는 한번 지나가면 끝이기 때문에 부모님이 영락없이 속아 넘어갈 줄 알았다. 금전 문제로 부모님을 속여본 적이 없던 나는 조금 거리끼는 마음은 있었지만 그것이 죄라는 의식은 없었다. 다섯 명이 결의하는 데서 빠져나가는 것이 친구들을 배신하는 것 같아 더 걸렸다. 부모님을 졸라 부풀린 졸업비를 납부하고 남은 돈은 꼬깃꼬깃 접어 주머니 깊숙이 넣어 두고 졸업 파티할 날을 기다리고 있었다.

드디어 다섯 명 모두가 졸업비를 낸 어느 날 하학 길에 빵장수 아저씨를 만났다. 우리는 당당하게 자전거를 타고 가던 아저씨를 세우고 남은 돈을 털어 빵을 샀다. 그러나 그중 한 학생이 배가 아프다며 빵을 사지 않았다. 우리가 산 빵은 양이 무척 많았다. 우선 가장 달콤한 앙꼬 빵부터 먹기 시작했다. 평생 처음 먹어보는 고급스러운 빵 맛은 나를 황홀하게 했고 허기진 배는 빵빵한 풍선처럼 부풀어 올랐다. 아무리 배불리 먹어도 우리는 빵을 다 먹지 못했다.

친구들은 동생들에게 갖다준다며 남은 빵을 책보에 쌌다. 나는 남은 빵을 다 먹지 못하고 다른 친구들에게 모두 나누어주었다. 만약 집에 가지고 가서 동생들에게 나누어준 사실이 알려지면 어머니께서 돈의 출처를 추궁할 것이고 그러면 우리들의 모의가 탄로 날 것이 두려웠다. 자식들의 잘못된 행동에는 추상같았던 성격을 알기에 아예 단서를 없애야 했다. 부모님을 속인 돈으로 벌린 졸업 파티는 길거리에서 한 시간도 안 되어 끝나고 우리는 씩씩한 발걸음으로 각자의 집으로 향했다.

그 후 우리는 졸업식 날까지 아무 일이 없었던 것처럼 학교에 다녔다. 졸업식을 며칠 앞둔 어느 날 밤, 어머니가 조용히 나를 부르셨다. 부르는 목소리가 여느 때와는 달리 가라앉은 엄숙한 목소리였다. 낌새가 이상했다. 역시 어머니는 느닷없이 졸업비 얘기를 꺼냈다.

"너들 핵교 졸업비가 얼매냐?"

나는 시치미를 떼고 친구들과 약속한 부풀린 금액을 댔다. 어머니는 다시 물으셨다.

"다 알고 있으니 바른대로 대라이."

나도 물러설 수가 없었다. 내가 계속 거짓말로 버티니 어머니가 건넛집 학생이 낸 금액과 차이가 난다는 사실을 말했다. 홀어머니와 함께 살고 있던 그 학생은 집안 사정을 생각하여 우리의 결의를 무시하고 학교에서 정한 금액만 청구했다. 그리고 어머니끼리 정보교환으로 우리의 모의가 탄로났다. 그는 우리가 빵 파티 하는 날에 배가 아프다며 빵을 사지 않았다. 배가 아파서 빵을 사지 않은 것이 아니라 돈이 없어 못산 것이었다. 그는 정직한 학생이었다.

그는 우리 사이에 배신자라는 낙인이 찍혀 한동안 친구들로부터 따돌림을 받았다. 반면 나는 친구들과 의리는 지켰지만 어머니를 속인 죄로 부지깽이 뜸질을 당했다. 그날따라 부엌에 타다 남은 부지깽이는 웬만한 몽둥이만큼이나 실했고 내 종아리에는 피멍이 맺혔다. 나는 어머니가 점점 더 무서워져갔다.

나에게 정직이란 심성이 있다면 어머니의 부지깽이 덕분이지 싶다.

화가 잔뜩 난 어머니의 얼굴이 떠오른다.

제2부 꽃피던 봄날에

봄날은 간다

동네 아낙네들이 연분홍 치마를 휘날리며 삼삼오오 짝을 지어 청하(淸河) 보경사(寶鏡寺)로 화전놀이를 갈 즈음 봄은 이미 모춘(暮春)에 접어들었다. 매화도 개나리도 찾아보기 힘든 우리 마을에 봄은 어디서 왔다 어디로 가는 것인가?

우리의 봄은 논둑길을 타고 왔다. 해동이 되면 아버지는 자루가 기다란 가래를 꺼내 손질을 하고 나와 동생을 데리고 논둑 손질에 나섰다. 비탈진 곳에 있는 논은 겨울에 얼었던 흙이 녹으면서 고인 물이 아래 논으로 빠져 나가기 때문에 모내기에 대비하여 제일 먼저 논둑 손질을 해야 했다. 아버지는 긴 가래를 잡고 두 아들은 좌우에서 가래 줄을 당겨가며 흙을 퍼냈다. 이때만큼 삼부자의 마음이 척척 들어맞는 때가 없었다. 누구 하나라도 삐끗하면 가래는 헛손질이 된다. 그러기에 눈짓으로 보조를 맞춰야 했고 서로 적절한 힘을 가해야 가래질이 제대로 됐다. 한나절을 힘들게 보내면 몸은 고단하지만 가족

간의 사랑은 더욱 돈독해지는 듯했다. 얼마의 시간이 지나면 어머니는 막걸리에 삶은 국수를 머리에 이고 날랜 발걸음으로 달려온다. 막걸리 한 사발을 들이켠 아버지와 잔치 국수 한 그릇씩을 비우면 정겨운 봄은 뒷산 중턱쯤에 온 듯했다.

이렇게 시작된 봄기운은 보리밭에서도 신호를 보내기 시작했다. 겨우내 꽁꽁 얼었던 보리가 파릇파릇 싹이 돋아나고 이랑 사이엔 냉이가 고개를 쳐들고 나와 입을 넙죽 벌렸다. 초고추장에 버무린 냉이가 밥상에 올라오면 봄은 완연히 우리 곁에 다가왔다. 바람이라도 불면 청색 보리밭은 파도처럼 넘실거리고 그 위에는 형형색색의 나비들이 춤추며 날았다. 초가집 처마 밑에는 강남 갔던 제비가 돌아와 새끼 키울 집을 짓기 시작했고 앞마당에 매여있는 황소는 헤픈 울음을 토해냈다. 우리는 짙어가는 봄을 주체할 수 없어 진달래꽃을 찾아 온 산을 헤매고 다녔고 종일 산허리를 뛰어다니며 만든 꽃방망이를 하늘 높이 쳐들고 개선장군처럼 집으로 돌아왔다. 우리의 입술은 실없이 따먹은 꽃잎으로 인하여 새빨갛게 물들어 있었다.

보리가 성큼 자라 이삭을 패기 시작할 즈음이면 넓은 보리밭 중간쯤에 두어 사람 누울 만큼의 널브러진 보리를 발견하게 된다. 널브러져 쓰러진 보리는 일으켜 세울 수도 없고 세운다고 하더라도 씨알이 영글지 못한다. 보리밭 아저씨는 어떤 놈이 보리밭을 결딴내놓았다고 동네방네 소리를 치고 다녔다. 우리는 그 자리가 어젯밤 어떤 남녀의 주체할 수 없는 사랑이 남긴 자리라는 것을 안다. 아저씨는 누구의 소행인지 추측은 하지만 자식을 키우는 사람이라 차마 이야기할 수 없는 입장이다. 이제는 자연에 머물렀던 봄이 청춘남녀의 가슴으로 들어왔다는 신호다.

대나무 집 큰딸 분조는 태수와의 사랑을 이룰 수 없어 농약을 마시고 저세상으로 갔다. 대나무의 영향이었을까? 분조 아버지는 대쪽 같은 성격이었다. 분조 어머니는 남편의 체신 때문에 딸이 죽었다고 통곡을 했다. 그러나 분조 아버지는 슬퍼하는 기색도 없었다.

"같은 동네에서 연애질하다 죽은 년"이라고 중얼거리며 가마니로 시체를 둘둘 말아 밤중에 공동묘지에 갖다 묻고 말았다. 어른들은 이상했다. 같은 동네에서 중매하는 결혼은 허락하면서 연애하는 남녀는 왜 천하에 몹쓸 놈들로 여겼는지. 분조의 죽은 죄는 태수에게 돌아갔다. 태수는 한동안 집안에 처박혀 있었다. 누구 하나 태수를 위로해 주는 사람도 없었다. 태수를 동정하고 위로하는 작자는 연애질이나 하는 건달 취급을 받았다. 봄은 이제 잔인한 계절로 변하기 시작했다.

이번에는 방근리에 사는 이 생원 댁 큰아들 병걸이가 미쳤다는 소문이 났다. 나이 스물에 고등학교까지 졸업한 건장한 청년이었다. 미친 사람은 학교 길에도 가끔 있었지만 동네에서 미친 사람이 생긴 일은 처음이었다. 우리는 병걸이 형의 목에 칼이 채워져 있다는 소문에 호기심이 발동하여 구경 차 방근리로 갔다. 집안 식구들은 모두 일 나가고 없었고 병걸이 형은 목과 다리를 연결하는 칼에 채워져 앞 마루에 쭈그리고 앉아있었다. 그림에서나 보았던 칼 찬 모습을 실제로 보았다. 형은 사람들이 찾아오니 반가워서 우리에게 가까이 오라는 신호를 보냈지만 우리는 겁이 나서 마당에서 서성거리며 형의 행동을 주시했다. 형은 마당에 날아다니는 나비들을 보며 "나비야 청산가자, 범나비 너도 가자" 라는 시조를 외면서 나비들을 부르며 그놈들을 벗 삼아 시간을 보냈다. 가끔은 목에 걸린 칼을 만든 목수를 원망하며 "내가 나가기만 하면 제일 먼저 목수 놈을 때려죽여 버린다" 라고 발악을 했다. 한참을 마당에서 형의 모습을 즐기던(?) 우리는 이 생원 어른이 귀가할까 봐 겁이 나서 잽싸게 집으로 돌아왔다. 봄은 점점 더 잔인해져갔다.

잔인한 봄은 당시 내 기억 속에도 남아있었다. 초등학교를 입학하고 첫봄을 맞았다. 학교에 가려면 동네 앞들을 지나 '굴산' 이란 마을을 지나서 20여 분쯤 더 가야 했다. 굴산은 2~30호 정도 되는 작은 동네였다. 굴산에는 참봉(당시 우리 고장에서는 소경을 참봉이라 불렀다)이 한사람 살고 있었다. 완전한 실명자는 아니고 시력이 극히 좋지 않은 사람인데 정신이 온전치 못한 사람이었다. 어릴 때는 이상한 유언비어가 많았다. 참봉이 어린아이의 간을 빼먹으면 낫는다는 말이 전해져 내려오고 있었다. 그래서 그 참봉이 보리밭에 숨어있다가 학교 가는 어린애들을 노리고 있다는 소문이 퍼졌다. 우리는 그 말이 진짜인 줄 알고 굴산의 보리밭 옆길을 통과할 때마다 간이 콩알만 하게 쪼그라들어 숨소리도 크게 내지 못하고 지나다녔다. 그래도 우리 동네 부모님들은 누구도 귀담아듣거나 신경 쓰는 분이 없었다. 걱정하던 일은 현실로 나타났다. 어느 늦은 봄날 우리는 여느 때와 마찬가지로 책보를 어깨에 둘러메고 등굣길에 올랐다. 언제나 굴산을 지날 때는 주위를 두리번거리며 조심한다. 그때 갑자기 누군가가 보리밭에서 뛰어나와 우리 뒤를 쫓기 시작했다. 말로만 듣던 참봉이었다. 뒤를 돌아볼 겨를도 없이 도망가기 시작했다. 참봉은 우릴 따라붙지 못했다. 눈이 제대로 보이지 않으니 뛸 수가 없어 어슬렁어슬렁 걸어오고 있었다. 그렇지만 우리 뒤에 참봉이 있다는 사실 자체가 우리를 무섭게 했다. 우리는 단숨에 학교까지 뛰어가서 선생님께 자초지종을 말씀드렸다. 그날은 하학 길에 선생님이 우리와 동행했다. 그리고 우리는 보리 벨 때까지 굴산을 피해서 ' 금장리 '로 돌아서 통학했다. 통학 시간이 하루에 한 시간 이상 더 소요됐다. 보리를 벨 때가 다가오자 우리의 봄은 훌쩍 멀리 가버렸다.

영랑 시인은 "모란이 피기까지는 나는 아직 기다리고 있을 테요, 찬란한 슬픔의 봄을" 노래했다. 그러나 나는 봄이 오는 것이 곱지만 않다. 잔인한 봄으로 다가온 기억을 지운다 해도 내 생애 남은 봄은 많지 않기 때문이다. 차라리 봄을 아껴두고 싶다.

사랑이 피어나던 시절

중학교 2학년 때 우리 식구들은 사라호 태풍으로 인하여 동네에서 제일 높은 곳에 새집을 지어 이사했다. 이른 봄부터 6개월 동안은 집 짓는 일과 농사일이 겹쳐 온 식구가 갖은 고생을 했다. 그러나 넓고 깨끗한 집에서 생활하는 편리함은 몇 달 동안의 고생을 금방 잊게 했다. 특히 어머니는 집안에 우물이 생겨 물 긷는 고생을 덜었고 큼직한 부엌에서 편리하게 밥 짓고 설거지를 하게 되어 누구보다 좋아했다. 부엌에는 커다란 찬장이 설치됐고 부뚜막은 반질반질한 시멘트를 발라 매우 위생적으로 바뀌었다. 새로운 집에서 온 식구가 즐거운 생활을 하고 있을 즈음에 우리 뒷집에 옆 동네 방근리에 살던 종서네 세 식구가 이사왔다.

종서는 나와 초등학교를 같은 해에 입학했고 6학년 때는 같은 반이었다. 얼굴이 너무 예뻐 모든 남학생이 종서를 좋아했다. 하물며 선생님도 종서를 부를 때는 "원종서 대감"이라고 불렀다. 학예회 때 이

광수의 『단종애사』를 연극으로 발표한 적이 있었는데 여기에 나오는 김종서 대감을 빗대어 이렇게 불렀다. 짓궂은 남학생들은 선생님 흉내를 내며 "원종서 대감, 원종서 대감" 하고 놀려대도 종서는 아랑곳하지 않고 다소곳이 제 할 일만 했다. 내 눈에도 종서가 매우 예뻐 보였다. 그러나 종서는 늘 수심에 찬 얼굴로 말이 없어 별로 가까이 다가가지 못했다. 우리가 초등학교 졸업 때까지 종서는 뭇 남학생들의 관심을 끄는 인물이었고 선생님의 사랑을 독차지하는 학생이었다.

나는 초등학교를 졸업하고 읍내 중학교에 진학했다. 그러나 종서는 다른 여학생들과 마찬가지로 중학교에 진학하지 못했다. 당시는 가정 형편과 관계없이 대부분 여학생이 중학교에 진학하지 못했다. 학생이나 부모님들조차도 교육에 대한 개념이 없던 시절이었다. 이렇게 되어 종서는 나를 비롯한 우리 동네 모든 남학생에게서 잊혀갔다.

내가 중학교에 들어가서 얼마 되지 않던 어느 날 종서 어머니가 돌아가셨다는 소식이 들렸다. 소문에 의하면 종서 어머니는 여러 해 동안 병치레를 했다고 한다. 종서의 얼굴이 밝지 못했던 것이 어머니의 병 때문이었다는 생각이 들었다. 알고 보니 종서는 어릴 때부터 어머니 대신 집안 살림을 해왔던 야무진 아이였다. 종서 어머니가 돌아가신 후 종서 아버지는 살고 있던 방근리의 큰집을 팔고 우리 뒷집으로 이사했다. 아내를 잃은 슬픔을 달래기 위함인지, 오랜 병치레에 따른 치료비 때문인지 모르겠으나 오두막 같은 작은집으로 옮겨왔다.

종서가 우리 뒷집으로 이사를 오게 되니 괜히 내가 기분이 좋았다. 비록 종서가 나와 함께 중학교에 다니지는 않았지만 동네에서 자주 만날 기회가 있기 때문이었다. 종서는 집안일을 하느라 별로 바깥출입이 없었다. 아버지와 동생의 끼니를 책임져야 했고 어머니 역할을 대신하느라 집안일이 많았다. 따라서 농사일을 위하여 들판으로 나가는 일은 더욱 없었다. 종서가 집 밖으로 나오는 일은 물동이를 이고 공동우물에 물 길러 나오거나 아버지 심부름하는 것이 전부인 듯했다. 어느 날 물 길러 가는 길목에서 종서를 만났다. 종서가 불쌍해 보였다. 물동이를 머리에 이고 걸어가는 모습을 보니 너무 마음이 아팠다.

"종서야, 멀리 가지 말고 우리 집 우물에서 물 퍼가."

종서는 살짝 미소만 띨 뿐 아무 말이 없었다. 내심 종서가 나에게 관심 두기를 바라며 겨우 쏟아낸 말인데 아무런 대답이 없으니 내 얼굴이 화끈거리기 시작했다. 종서가 지은 미소를 보아서는 내가 싫지 않은 듯도 하고 아무 말이 없는 것을 보아서는 관심조차 없는 듯했다. 마음이 혼란스러웠다. 시간이 흐를수록 자꾸 종서 생각이 머리에 맴돌았다. 내 마음속에는 이미 종서가 자리 잡았고 결혼을 하게 된다면 종서와 할 것이라고 다짐했다. 그래서 학교만 갔다오면 종서의 동태를 살펴보게 됐다.

여름 소나기가 쏟아지는 날 종서는 우비도 없이 비를 맞으며 우리 집 대문 앞을 지나갔다. 머리에서는 빗물이 흘러내리고 비에 젖은 치마저고리는 몸에 착 달라붙어 바람에 날려갈 듯했다. 애처로운 마음에 종서를 끌고 집 안으로 들어왔다. 수건으로 물기를 닦은 종서는 부모님이 볼까 봐 얼른 자기 집으로 돌아갔다.

"재원아, 고마워"

중학교 3학년이 되었다. 초여름의 문턱에 이르렀을 때쯤, 어느 토요일 오후에 같은 반 학생인 P가 우리 집에 왔다. P는 같은 반이라고 하나 나와 별 친분이 없었다. P는 읍내에 사는 학생이고 나는 10리길이나 통학하는 촌놈이었다. 몸집이 나보다 훨씬 커서 교실에서 앉는 자리도 앞뒤로 멀리 떨어져 있었고 공부도 차이가 나서 같은 반이라는 것 외에는 공통점이 없었다. 이런 P가 우리 집에 찾아와 하룻밤을 자고 갔다. 나는 영문도 모르고 같이 하룻밤을 보낸 후 일요일 아침에 P를 보낸 후 아버지와 함께 앞들로 일하러 나갔다.

일주일이 지난 토요일에 또다시 P가 우리 집에 왔다. 이때부터 동네에 소문이 돌기 시작했다. P가 종서에게 반해서 토요일마다 찾아와 우리 집에서 종서를 만나려고 한다는 것이다. 아버지 어머니도 눈치를 챈 것 같았다. 나는 아버지가 P를 야단쳐서 내쫓아주기를 바랐지만, 아버지는 한마디 말씀도 없으시고 P에게 밥 많이 먹고 잘 놀다 가라고 격려했다. 이제 P는 노골적으로 종서를 만나게 해달라고 채근했다. 저녁 식사가 끝나고 땅거미가 지게 되면 P는 나를 졸라댔다.

"재원아, 종서 한 번만 만나게 해주라."

나는 내가 종서를 좋아한다는 말은 못 하고 종서 아버지 핑계만 댔다.

"야, 종서 아버지에게 걸리면 종서도 너도 나까지 뼈도 못 추린 다."

종서가 P를 만난다고 해도 훼방을 놓을 판에 나더러 중간 연락책을 하라니 속이 부글부글 끓었다. 그나저나 P가 종서를 어떻게 알았는지 궁금했다. 종서와 내가 다닌 초등학교는 시골 학교였고 P는 읍내 학교에 다녔기에 초등학교 때는 만날 기회가 전혀 없었다. 한편 종서는 우리 동네를 벗어난 적이 별로 없었다. 혹시 아버지를 따라 장날 읍내에 갔다 우연히 P와 마주치게 되었을까? 그래서 종서가 너무 예쁘니까 인적 사항을 알아냈을까? 아니면 종서의 미모가 빼어났기에 우리 동네 친구들이 P에게 자랑이라도 했을까? 이리저리 아무리 궁리를 해봐도 P가 종서를 알게 된 사연을 알 수가 없었다. 어쨌든 P는 거의 두어 달가량을 쫓아다녔지만 결국은 종서를 만나지 못하고 포기했다.

나는 종서를 지킨 것 같아 안심은 되었지만 종서가 나를 좋아하는지에 대한 대답은 듣지 못했다. 몇 번인가 물어보고 싶었지만 종서에게서 아니라는 답변이 나올까 봐 겁이 났다. 끝내 종서의 마음을 알지 못하고 나는 시내 고등학교에 진학했다. 일주일에 한 번 집에 오던 나는 종서를 만날 시간도 용기도 없었다. 시간은 흘러 봄날은 다시 돌아오고 어느 해 뒤뜰에 심어진 감나무에서 감꽃이 힘없이 떨어지던 날 종서네 식구는 읍내로 이사갔다.

나는 그때 사랑이란 것이 무엇인지 몰랐다. 다만 종서는 나에게 처음 이성(異性)으로 보였던 아이였다. 생각해보면 종서는 나의 어린 시절 풋사랑의 연인이었다. 종서가 나를 좋아하지 않았더라도…. 지금도 가끔 종서의 마지막 인사 "재원아, 고마워" 이 말이 귓가를 맴돈다.

에리히 프롬(1900~1980)은 그의 저서 『사랑의 기술』에서 사랑은 기술이라고 정의하면서 "사랑에는 지식과 노력이 요구된다"고 주장하고 있다. 우리가 음악·예술·의학 분야에서 성공하려면 관련 기술을 배워야 하듯이 사랑도 마찬가지로 배워야 성공한다고 주장한다.

그러나 이성에 처음 눈을 뜬 아이가 어찌 이런 논리적인 사랑을 알겠는가?

"그대를 처음 본 순간이여 설레는 내 마음에 빛을 담았네, 말 못해 애타는 시간이여 나 홀로 저민다…" (김효근의 『첫사랑』 중에서) 이런 감정이면 애정이 꽃피던 시절이 아니었을까?

토끼몰이

초등학교 졸업비를 속여 종아리에 멍이 들도록 매를 맞았지만 중학교는 진학했다. 중학교는 읍내에 하나밖에 없으니 선택의 여지가 없었다. 읍내의 집안이 좋은 학생들은 가끔 포항 시내 중학교로 진출했지만 대부분은 읍내 중학교로 진학했다. 초등학교만 졸업하고 진학을 포기하는 학생들이 많기에 읍내학교는 항상 정원 미달이었다. 그러나 정원이 미달됐어도 입학시험은 치렀다.

학교 게시판에 시험성적을 게시했는데 아홉 번째로 내 이름이 있었다. 백여 명 정도 지원을 했으니 10% 안에는 들어간 것이다. 별로 공부를 잘하지 못한 나로서는 엄청 대단한 성적을 올린 것이다. 육학년 담임 선생님은 극구 칭찬했지만 정작 부모님은 아무런 반응이 없었다. 부모님은 졸업장 따는 것으로 만족했으니 성적 따위에는 관심이 없었다. 우리 형제 누구에게도 공부하라고 야단쳐 본 적이 없었던 분들이니 아주 당연한 반응이었을 것이다.

중학교는 초등학교와 거리는 비슷했지만 위치한 방향은 달랐다. 초등학교는 신작로를 따라 들판을 가다가 이웃 동네를 지나면 학교에 도착하게 되는데 중학교는 '큰거랑' 개울을 건너 들판을 한참 걸어 홍해읍 '붕밖'을 거쳐 읍내 안으로 들어가야 했다. 중학교 가는 길은 읍내 입구까지 도로 좌우가 모두 들판이고 큰거랑을 건너지 않고는 다른 방법이 없었다. 큰거랑은 여름에는 더위를 식히고 물놀이하기 좋은 곳이었지만 겨울철엔 시련을 주는 곳이었다.

큰거랑에는 콘크리트 다리가 없고 징검다리를 놓아 건너다녔다. 겨울철이 되면 징검다리에 미끄러져 얼음물 속으로 빠지기 십상이었고 갑자기 물이 불어난 날은 신발을 벗고 맨발로 건너가야 했다. 개울물은 예고 없이 불어났다. 상류에 있는 저수지의 수위가 올라가면 밤중에 수문을 열어 물을 흘려보내기 때문에 아랫동네 사는 우리는 속수무책으로 당할 수밖에 없었다.

아무것도 모르고 큰거랑에 도착해 보면 징검다리가 물에 잠겨 집으로 돌아가는 학생도 있었고 아버지를 모시고 나와 업혀서 건너는 학생도 있었다. 물론 시간이 늦어 지각하겠지만 그런 학생들이 부럽기도 했다. 집으로 되돌아갈 용기도 없고 그렇다고 아버지에게 업혀서 냇물을 건널 처지도 못된 나는 이를 악물고 맨발로 물속으로 들어갔다. 발은 씨리고 아팠다.

냇물을 다 건널 때쯤에는 발에서 감각이 사라졌다. 언 발에 겨우 양말을 끼워 신고 발을 동동거리며 학교로 향했다. 읍내 장날이 되면장 보러 가던 아녀자들도 미끄러져 머리에 쌀자루를 인 채 물속에 주저앉는 일도 자주 발생했다. 이런 꼴을 보면서도 간이다리라도 설치하지 않았던 동네 어른들이 원망스럽기도 했다.

그래도 중학교 시절은 즐거웠다. 학교 운동장 중앙에는 수백 년 된 고목이 있었고 기역자로 된 단층 교실에는 온종일 따뜻한 햇볕이 비쳤다. 처음으로 영어라는 언어를 배우고 수업 시간마다 다른 선생님이 수업을 담당하니 새로운 재미도 있었다. 1학년 때 영어 선생님은 수업 시간이 시작되면 무조건 "이트 이즈 베리 콜드(It is very cold)"를 읊었는데 3학년이 되니 조동사 과거시제가 뭐가 그리 중요한지 심심하면 "우드, 슈드, 쿠드, 마이트(would, should, could, might)"를 외쳐 댔다.

가정법 과거는 현재 사실의 반대요, 가정법 과거완료는 과거 사실의 반대라는 것을 주입하느라 조동사를 힘주어 가르쳤다. 과학 선생님은 수업은 제쳐두고 「표본실의 청개구리」 등 소설 이야기만 하다가 수업을 끝내곤 했다. 사범대학을 갓 졸업하고 부임한 여선생님으로부터 음악 공부를 할 때는 선생님의 일거수일투족에 신경을 쓰며 입을 헤헤 벌리고 한 시간을 보냈다.

국어 선생님은 신사(?)였다. 시험 감독을 들어와서는 창가에서 운동장만 내다보고 계셨다. 경혁이와 나는 합동으로 커닝하여 만점을 맞았지만 국어 시간만 되면 양심에 찔려 선생님 얼굴 뵙기가 거북했다. 2학년 4월 어느 날은 전교생이 열을 맞춰 읍내를 한 바퀴 돌고 교내로 들어왔다. 무슨 영문인지도 모르고 몰려나갔는데 알고 보니 4.19 학생혁명에 동참하는 행진임을 알았다.

여름에는 물장구를 치고 겨울에는 큰거랑에 빠지는 경우가 있어도 학교에 가면 신이 났다. 모처럼 눈이 내린 토요일은 전교생이 난리가 났다. 이날은 전교생이 수업하지 않고 토끼사냥을 나가기 때문이었다. 당시 우리 학교는 '북천방'이란 곳에 학교림을 보유하고 있었다. 북천방은 우리 동네 앞을 흐르는 큰거랑 상류의 하천제방을 이르는 명칭이다.

신광면 비학산(飛鶴山)에서 발원한 물줄기는 '범촌' 저수지에서 머물다 북천방을 거쳐 우리 동네 앞 큰거랑을 따라 칠포 앞바다로 흘러간다. 학교림은 축구장 세 개 정도의 넓은 면적이고 소나무 숲이 무성하여 주위의 동물들이 모여들었다. 특히 겨울이면 머물 곳이 없던 동물들이 모두 숲속으로 몰려들어 먹이를 찾고 추위를 피하고 있었다. 눈이 오는 날은 체육 시간을 한꺼번에 몰아 전교생이 북천방으로 향했다.

토끼사냥도 좋았지만 공부 시간을 빼먹는 것이 더욱 신났다. 우리는 아무 장비도 없이 맨몸으로 사냥을 나섰다. 학교에서 한 시간 정도 걸어서 현지에 도착하면 3학년 상급생들은 위쪽에서부터 소리를 지르며 아래쪽으로 뛰어오고 1, 2학년은 아래쪽에서 쫓겨 오는 토끼들을 방어하고 있었다. 삼백여 명이 한꺼번에 소리를 지르며 뛰어다니니 토끼들이 놀라 도망가다 스스로 지쳐서 꼬꾸라졌다. 우리는 토끼를 잡으려고 힘 쓰지 않고 함성만 지르고 뛰어다니기만 하면 됐다. 어쩌다가 우리의 방어선을 뚫고 나간 놈도 갈 곳이 없었다.

소나무 숲을 벗어나면 개울이 있고 넓은 차도가 있어 어디로 도망을 가든지 살아날 길이 없었다. 우리는 사로잡힌 토끼의 긴 귀를 잡고 흔들기도 하고 불쌍한 생각이 들 때는 가슴에 품고 쓰다듬기도 했다. 마음 여린 여학생들은 잡은 놈을 몰래 놓아주기도 했지만 다른 학생들이 다시 잡게 되니 그 또한 소용없는 일이었다. 이렇게 한나절을 보낸 우리는 대여섯 마리의 토끼를 잡았다. 그리곤 전교생이 개선 장군처럼 씩씩하게 행군하여 학교로 돌아왔다. 우리는 한해 겨울에 몇 번씩 토끼사냥에 나갔다. 그날은 학생들에겐 체육활동이었고 선생님들에겐 회식의 날이었다.

큰거랑 물은 지금도 예전처럼 흐르고 있다. 아직도 그곳에는 징검다리만 놓여있다. 평화로운 시골 마을이란 상상이 되겠지만 얼음물을 건너본 내게는 꼭 그렇지만은 않다. 그러나 징검다리에 미끄러져도, 물이 불어나 맨발로 개천을 건너도 나는 3년 동안 개근을 했다. 토끼몰이의 재미 때문만은 아닐 것이고 내 안에 조금은 끈질긴 성깔이 있었지 싶다.

라디오 시대

고등학교에 다니느라 포항 시내 고모네 집에서 3년간 기거했다. 고모 슬하에는 딸 넷과 아들 셋이 있었다. 위로 딸 넷을 낳고 아래로 아들 셋을 낳았는데 맏아들이 나보다 한 살 적었고 학교는 2년이 늦었다. 고모의 맏아들 규현이는 그때 중학생이었는데 손재주가 좋아 학교만 갔다 오면 책상머리에 앉아 전파상에서 사들인 부속품으로 라디오를 조립하곤 했다. 납을 녹여 붙이는 고대기를 염산에 담갔다가 각종 콘덴서를 연결하는 작업을 할 때는 고약한 염산 냄새가 온 집안에 퍼져 식구들이 코를 막고 다녀야 했다.

고모는 공부는 멀리하고 전기제품 조립에 빠진 아들이 걱정되어 중학교 3학년이 되자 자식들의 학업을 위해 미리 마련해둔 서울 청파동 집 근처 중학교로 전학을 시켰다. 그러나 본인이 하고 싶어 하는 일은 부모도 어떻게 할 수가 없었다. 규현이는 고등학교에 들어갔어도 전파사를 들락날락하더니만 결국 H 대학교 전기공학과를 졸업하고 평생을 전기기술자로 살았다. 나는 그때부터 싫어도 라디오 소리를 듣고 지내야 했다.

대학생이 되면서 서울 청파동에 와보니 집에 흑백 TV가 한 대 있었다. 저녁에 식구들이 모두 TV 앞에 모여 앉으면 누나들에게 채널 권을 빼앗겨 규현이와 나는 우리가 원하는 프로를 볼 수가 없었다. 누나들은 드라마 보는데 정신들이 빠져 있었다. 당시 우리 둘은 「전투(Combat)」라는 전쟁드라마가 보고 싶어 누나들에게 애걸복걸했지만, 소용이 없었다. 매일 뒷전으로 밀려난 나는 빈둥빈둥 초저녁을 보내고 11시부터 시작하는 MBC 라디오의 "한밤의 음악 편지"라는 팝송 프로그램을 듣기 시작했다.

한밤의 음악 편지는 우선 진행자인 임국희 아나운서의 목소리가 유난히 곱고 아름답기도 했지만 시그널뮤직이 워낙 감미로웠다. 나는 시그널뮤직만 나오면 책장을 덮고 그 프로가 끝날 때까지 라디오 앞에서 얼이 빠진 듯 귀를 쫑긋이 기울이고 있었다. 주로 카드나 엽서로 신청받은 팝송들을 한 시간가량 들려주었는데 나는 그 방송을 통하여 엘비스 프레슬리도 알았고 비틀즈, 탐 존스 등 수많은 인기가수를 만났다. 그 시그널뮤직이 차이콥스키의 「피아노 협주곡」 제1악장의 제1 주제를 편곡한 멜로디어서 클래식 음악에도 관심을 가지기 시작했다.

대학에 들어가 한 학기를 마치고 여름방학을 맞아 고향으로 내려갔다. 우리 집에는 라디오가 한 대 있었다. 할아버지 목침만 한 크기의 배터리가 네 개나 들어가는 기다란 금성 라디오였다. 어찌 이런 문명의 이기가 우리 집까지 들어왔나 싶어 의아하기도 했으나 그래도 모든 가족이 세상 돌아가는 얘기를 들을 수 있어 다행이다 싶었다. 라디오 구입은 아버지는 관심이 없었을 것이고 어머니의 욕심이 작용하지 않았나 생각됐다. 어머니는 항상 남보다 앞서가는 성격이고 경제권도 어머니 손에 있었으니 당연히 어머니 손으로 샀을 것으로 생각됐다. 어쨌거나 가족 모두를 위해서 좋은 일이라 생각됐다.

그해 고향에 내려갔을 때는 6월 하순이었는데 가뭄이 심하여 그때까지 모내기를 하고 있었다. 모내기는 주로 아낙네들이 담당했다. 남자들은 서래질을 비롯한 힘든 일을 담당했고 모내기는 손이 빠른 아낙네들에게 돌아갈 수밖에 없었다. 모내기 전날은 저녁 식사를 일찌감치 끝내고 다음날을 위해 푹 쉬어야 하는데 이웃 아주머니들은 저녁 식사가 끝나기 무섭게 우리 집으로 몰려왔다.

라디오 연속 방송극을 듣기 위해서였다. 어머니는 일찍 저녁 식사를 끝내고 마당에 멍석을 깔고 라디오 볼륨을 최대한 크게 해놓고 이웃집 아주머니들을 기다리고 있었다. 한두 사람씩 모이기 시작한 숫자가 열 명이 넘어갔다. 어느 집은 모녀(母女)가 함께 오기도 했다. 라디오에서 "해당화 피고 지는 섬마을에~" 하고 이미자의 노래가 흘러나오면 모두가 쥐 죽은 듯 조용했다.

연속극 「섬마을 선생님」이 시작됐다. 모두가 숨소리를 죽이고 귀를 쭝긋이 세우고 라디오에 귀를 기울였다. 조곤조곤한 목소리의 총각 선생님과 간드러진 섬마을 처녀의 아름다운 사랑 이야기에 모두 넋이 나간 듯했다. 성우 이창환과 고은정 목소리에 정신이 홀랑 빠져 있을 때쯤에 무정하게도 그날 방송은 끝이 났다. 모두 한숨을 내쉬며 아쉬워했다. 그리고 내일을 기대하며 각자 집으로 돌아갔다. 동네 아주머니들은 저녁 늦게 돌아갔지만 이튿날 아침에도 여느 때처럼 씩씩하게 모내기 현장으로 나갔다.

라디오는 피로를 풀어주는 보물 상자 역할을 하는 듯했다. 후일 이미자는 자기 노래 중에서 가장 마음이 짠한 노래로 〈동백 아가씨〉, 〈기러기 아빠〉와 함께 〈섬마을 선생님〉을 꼽았다. 연속극도 주제가도 전 국민의 심금을 울린 드라마였다. 시간이 많이 흘러 80년대에 이르렀다. 턴테이블이 딸린 대형전축이 등장하기 시작했다. 클래식 음악을 듣기 위하여 '스트라우트' 라는 전축을 샀다. 딸들의 정서 발달을 위해 피아노를 사들인 지 얼마되지 않았을 때였다.

전축은 꽤 비싼 가격이었다. 봉급을 쪼개고 상여금을 보태고 허리띠를 졸라가며 절약해야 했다. 음향이 좋아 듣는 재미가 솔솔 했지만 LP판이나 CD를 사기에는 경제적으로 부담이 컸다. 그냥 FM 라디오 듣는 것으로 만족해야 했다. 몇 년이 지나자 더 성능이 좋은 '인켈' 이란 제품이 나왔다. 무리해서 교환했다. 우리 집에서 자랑할 가전제품이 있다면 전축 하나가 있다고 자부심을 가지고 있었다.

전자제품은 급속도로 고급화, 소형화되어갔다. 새로운 전축을 사들인 후 몇 년이 지나고 나니 좁은 거실을 차지한 천덕꾸러기 가구처럼 되어갔다. 고장 난 상태는 아니었지만 점점 쓸모없이 되어가 처분을 하려고 이리저리 알아보았으나 중고가전제품 가게에서도 사들이지 않았다. 할 수 없이 재활용품 수거하는 날에 폐품으로 처리했다. 라디오를 열심히 들은 덕분에 내 삶에는 많은 변화가 있었다. 차이콥스키의 음악을 좋아한 나는 러시아 문학에도 재미를 붙여 러시아 고전소설을 대부분 완독했다.

러시아 문학을 통하여 푸시킨, 톨스토이. 도스토예프스끼등의 작품세계에서 그들의 사상과 인간적인 내면을 접할 수 있었다. 『부활』을 읽을 때는 인간의 구원에 대한 교훈을 배웠고 『죄와 벌』을 읽었을 때는 죗값을 치르는 한 인간의 고뇌를 체험할 수 있었다. 그리고 합창단에서 헨델의 「Dxit Dominus」나 모차르트의 「레퀴엠」을 노래할 수 있는 것도 라디오 덕분이지 싶다. 나아가 더 중요한 것은 따로 있다. 꼭 내가 라디오를 열심히 접하였기 때문이라고 단정하기는 어렵지만 두 딸이 피아니스트가 되었다는 것이다. 그리고 그 효과는 손주에게도 내려가 머지 않은 장래에 바이올리니스트가 나올 것 같다.

오늘은 2019년 2월의 마지막 날이다. 하노이에서 북미회담이 합의 없이 끝났다는 안타까운 소식이 들려왔다. 한편 FM 라디오에서는 푸치니의 오페라 「잔니 스키키」 중에서 '오~ 사랑하는 나의 아버지' 가 흘러나온다. 아버지를 생각하며 안타까운 마음을 달랜다. 내일은 3.1운동 100주년 기념 칸타타 「자유 만세」를 공연하러 영산아트홀에 간다. 라디오 덕분에 내 삶이 풍요롭고 즐겁다.

숨바꼭질

고등학교에 들어가니 문화생활의 하나로 가끔 단체로 영화 관람하러 갔다. 평일 오전수업을 마치고 전교생 전체가 영화 한 편을 보고는 곧바로 집으로 돌아갔다. 영화는 대부분 일제강점기 독립운동에 관한 내용이나 역사물들을 다룬 내용이었지만 극장 들어가기가 쉽지 않을 때였고 오후수업을 빼먹는 재미도 있어 빠짐없이 참석했다. 하루는 시민극장에서 전교생이 사극영화를 보고 있는데 갑자기 좌석이 심하게 흔들렸다. 극장 안은 연기가 가득해 보였다.

시민극장은 건축 당시 워낙 큰 건물로 지어 한쪽 벽에 금이 가 있어 안전하지 못하다는 소문이 나돌았다. 좌석이 너무 심하게 흔들리니 어느 구석에서 불이 나서 극장이 무너지나 싶어 뒤를 돌아보았다. 동작이 빠른 학생들은 이미 극장 밖으로 도망 나갔고 나같이 감각이 둔한 학생들은 늦게야 가방을 챙겨 들고 극장 밖으로 뛰쳐나가고 있었다. 영상기사는 영사기를 돌려놓은 채 도망을 가서 영화는 계속 돌아갔다. 극장 밖으로 나온 학생들은 무슨 영문인지도 모르고 도롯가에서 멍하니 극장 꼭대기를 쳐다보며 웅성거리고 있었다. 극장은 아무런 이상이 없었고 학생들은 보던 영화를 마저 보려고 다시 극장 안으로 들어가서 끝까지 보고 집으로 돌아갔다.

그날 저녁 뉴스에는 포항지방에 지진이 발생했다는 보도가 나왔다, 지진이 나도 영화 구경은 재미있고 신났다. 고등학교 3학년이 되니 단체관람 영화는 이제 흥미가 없어졌다. 성인 영화가 보고 싶어졌고 특히 신성일 엄앵란 주연의 애정 영화가 호기심을 자극하기 시작했다. 그러나 보고 싶다고 마음대로 볼 수 있는 처지가 아니었다. 성인 영화뿐 만 아니라 학생들이 볼 수 있는 영화라고 하더라도 극장 출입이 금지된 시절이었다. 선생님들은 조를 짜서 밤마다 극장을 지켰고 만약 몰래 입장하여 발각될 시는 교칙에 따라 벌칙이 가해져서 선뜻 용기를 내기 쉽지 않았다.

포항 시내에는 극장이 세 개밖에 없어 어딜 가던지 감시 선생님의 눈을 피하기가 쉽지 않았다. 그래도 파도처럼 밀려오는 호기심은 어쩔 수 없어서 가장 절친한 친구인 W를 꼬드겨 시공관에서 상영하고 있던 『맨발의 청춘』을 보기로 하고 준비에 나섰다. 최대한 학생이 아닌 것처럼 치장하고 모자를 꾹 눌러 쓰고 입장권을 사서, 기도(입장권을 검사하는 아저씨를 '기도'라고 불렀다)에게 내밀고는 혹시 우리 학교 선생님이 단속 나오지 않았느냐고 물었다.

기도 아저씨는 "선생님은 왔는지 안 왔는지는 모르겠고 학생들이 밤에 극장 구경 오면 되나?" 한마디 꾸지람 비슷한 말을 하고는 모른 척하고 속히 들여보냈다. 밤 고양이 부엌에 들어가는 심정으로 살금살금 복도를 지나 극장 안으로 들어가려는 순간 머릿속이 하얘졌다. 우리와 눈길을 마주친 사람은 그 이름도 유명한' 드라큘라 '유헌준 선생님이었다. 얼굴을 외면한 채 걸음아 날 살리라며 여자 화장실 안으로 화들짝 숨어들었다. 둘이서 화장실 한 칸을 차지하고 오가는 발걸음 소리에 귀를 기울이고 있었다. 차마 여자 화장실까지 따라오지는 못할 것 같았지만 안심할 수는 없었다.

화장실 냄새가 진동했지만 밖으로 나갈 수도 없었다. 영화 시작 벨이 울리고 애국가 소리가 끝나기를 기다리는 처지가 됐다. 드디어 애국가 소리가 끝나고 영화 상영이 시작될 무렵, 그날의 술래 유헌준 선생님 몰래 살금살금 공연장 안으로 들어갔다. 겁은 났지만 돈이 아까워 그냥 돌아갈 수가 없었다. 영화가 제대로 눈에 들어오지 않았다. 내일 등교해서 교무실에 불려갈 일을 생각하니 아름답게 보이던 엄앵란의 얼굴도 시큰둥해졌다. 영화가 끝나기 전에 얼른 극장을 빠져나오고 말았다.

유헌준 선생님은 무섭기로 소문난 선생님이었으며 '형사'라고 별명 붙여진 학생과장 선생님과 쌍벽을 이룰 정도로 학생들에게 지독한 존재였다. 이튿날 등교한 나는 마음을 단단히 먹고 선생님의 호출에 대비하고 있었다. 도통 공부가 되지 않았다. 오전수업이 끝나도 호출이 없었다. 혹시 잊으셨나? 오후에 부를 것인가? 별난 생각이 다 들었다. 그렇다고 스스로 교무실에 가서 이실직고할 사건도 아닌 것 같아 진퇴양난에 빠졌다. 이틀이 가도 일주일이 가도 선생님은 우릴 호출하지 않았다. 최소한 몽둥이찜질을 당하거나 교무실에서 몇 시간씩 의자 들고 벌을 서야 마땅한 사건을 덮어버리고 그냥 지나간 이유가 뭘까?

당시 학교에는 담배를 피우거나 불량서클을 만들어 패싸움을 벌리는 학생들이 많았다. 담배를 피우는 학생들은 수업 시간에도 소변을 핑계로 화장실에 가서 담배 한 대를 피우고 돌아오는 학생도 있었다. 휴식 시간이 되면 화장실은 공장의 굴뚝과 같았다. 선생님들은 그것을 알지만 제재하지 않았다. 너무 많은 학생이 흡연하니 특별한 대책을 세우지 못한 것으로 생각했다. 그러나 전교생이 운동장에 모여 복장 검사를 할 때는 누구에게서도 담배나 성냥이 발견되지 않았다. 담배를 피우는 학생들은 참 신출귀몰했다.

한편 주먹깨나 쓰는 학생들은 세븐스타(Seven star)니 WT(White tiger)등의 서클을 조직하여 패싸움을 벌리거나 힘없는 학생들을 괴롭히는 일들도 잦았다. 그러나 W와 나는 소위 모범생으로 담배를 피운다거나 불량서클에 가입하지도 않았고 공부도 비교적 잘하는 편이었기에 선생님이 눈감아 준 것으로 생각했다. 극장을 마음대로 출입해도 아무런 간섭을 받지 않은 대학생이 되었다.

한국 영화만 접했던 나는 외국영화에 흥미를 붙이기 시작했다. 고종사촌 누이와 미국영화 『초원의 빛』을 구경갔다. 처음 보는 나탈리 우드의 아름다움에 빠져 한 시간 내내 가슴이 울렁거렸다. 고교 때 내 마음에 자리 잡았던 엄앵란은 나탈리 우드에게 밀려났다. 옆자리에 앉은 여인이 고종사촌 누이가 아니었더라면 입술을 훔쳤지 싶다.

월리엄 워즈워드의 동명시를 주제로 한 영화 『초원의 빛』은 젊은이들의 순수한 사랑과 실패 그리고 그것을 극복해 나가는 과정을 그린 작품이다. 주인공 윌마(나탈리 우드)는 부잣집 외아들 버드(워렌 비티)와의 첫사랑에 실패하고 정신병을 앓게 된다. 세월이 흘러 병을 치료받은 윌마는 평범한 주부로 살아가면서 첫사랑의 영광을 독백한다.

"첫사랑의 아름다움은 초원의 빛처럼 순간적이지만 그 영광을 오래도록 간직하며 꿋꿋하게 살아간다."

아직도 윌마의 그 고백이 가슴을 설레게 한다.

꺼진 불도 다시 보자

1965년 대학에 입학하여 한 학기를 보내고 2학기가 시작됐다. 1학기 때 그렇게 맹렬하게 해대던 한일회담 반대 데모도 수그러들고 공부를 제대로 하는가 싶었는데 이번 학기도 공부가 제대로 될 것 같지 않았다. 정부에서는 학생들의 관심을 다른 곳으로 돌리기 위하여 그동안 중단되었던 K·Y 대학 정기전 경기(축구, 야구, 농구, 아이스하키, 럭비)를 부활시켜 주었다. 양 대학은 부활 원년의 승리를 위하여 선수들은 강도 높은 훈련에 들어갔고 재학생은 응원 연습에 돌입했다.

말간 하늘에 하얀 구름이 떠있는 대운동장에서 전교생이 모여 응원 연습을 하는 것은 매우 신나고 즐거운 일이었다. 우리는 오전수업을 끝내고 운동장 잔디밭에 모여 목이 터져라 소리를 질러댔고 교가와 응원가를 부르며 서로 어깨동무하고 파도 물결을 일으키며 젊음을 발산했다. 가을은 짧았다. 하루의 낮이 짧기도 했지만 계절 자체가 짧았다. 사계절 중에서 가을이 제일 아름답고 신나는 계절로 느꼈을 때가 이때였지 싶다.

이렇게 좋은 계절, 내 삶을 가장 즐겁게 지내고 있을 때쯤에 포항에서 작은고모로부터 전화가 걸려왔다. 작은고모는 나에게 서울에 전학 와있는 당신의 맏아들과 함께 하숙하며 대학입시 공부를 지도하라는 당부였다. 당부라기보다는 명령이었다. 나는 당시 큰고모 집에서 학교에 다니고 있었고 작은고모의 맏아들 D는 큰고모 집 근처에서 하숙하고 있었다. D는 고등학교 삼 학년이지만 나이는 나보다 한 살이 많았다. 나이 많은 고종사촌 형을 가르친다는 것이 쉬운 일이 아닐 뿐 아니라 문제는 실력이 대학에 들어갈 만한 수준이 되는지 의심스러웠다.

작은고모는 욕심을 부려 꼭 내가 다니고 있는 K 대학에 합격을 시키라는 명령이니 나로서는 선뜻 대답하기가 쉽지 않았다. 고모는 포항에서 고등학교에 다닌 내가 K 대학을 들어갔으니 서울서 공부한 당신의 맏아들은 K 대학쯤은 쉽게 들어갈 것으로 생각하신 듯했다. 요리조리 핑곗거리를 찾아 거절했지만 소용이 없었다. 고모는 당신의 오라비인 내 아버지를 통하여 압력을 넣기 시작했다. 나는 입시 결과에 대하여는 책임을 지지 않는다는 말씀을 드리고 내키지 않은 승낙을 했다.

D와 나는 9월 말부터 하숙집을 찾아 나섰다. 큰고모네 집이 있는 청파동을 떠나지 말라는 작은고모의 명령이 있었지만 하숙집을 구하기가 쉽지 않아 후암동에 적산가옥 2층 다다미방을 얻어 들어갔다.

아래층 주인집에는 홀어머니가 딸 둘과 함께 살고 있었고 2층 다다미방 두 개는 하숙생들이 사용했다. 우리는 2층 큰방을 얻어 손수레로 이삿짐을 옮겨 하숙 생활을 시작했다. 아래층에서는 가끔 피아노 소리가 났다. 주인집 막내딸이 S대 음대에 재학 중이었다.

그녀는 집에서 가끔 피아노 연습을 했는데 지금 기억하기로는 베토벤의 「엘리제를 위하여」와 바다르 체프스카의 「소녀의 기도」를 주로 연주한 듯했다. 피아노 소리가 너무 아름다워서 가끔 말을 건네 보았으나 그때마다 고개를 획 돌리고 외면했다. 촌놈이라고 무시하는 것 같아 기분이 나빴지만 시간이 흐르자 나 역시도 무관심하게 지나쳤다. 서로 자존심 싸움을 하는 듯했다.

고종사촌 간이지만 나이 많은 형을 가르치는 일은 쉽지 않았다. 배우는 D도 가르치는 나도 서로 참고 인내해야 했다. 나는 서울에 와서 공부한 D의 실력이 실망스러웠고 D는 나이가 적은 동생에게 배우는 것이 자존심이 상하였을 터이니 잘못하면 의만 상할 것 같았다. 그래서 궁여지책으로 입시에 나올 만한 문제들을 집어주고 스스로 익히게 하는 방법을 택했다. 이렇게 입시 준비를 하며 시간이 흘러 초겨울의 문턱에 이르렀다.

우리 다다미방에 연탄난로가 설치됐다. 아래층 가사도우미가 수시로 연탄 양동이를 들고 와 연탄을 갈아댔지만 다다미방은 무척 추웠다. 당시 겨울 추위가 얼마나 심했던지 영하 십오륙 도를 내려가는 것이 예사였고 초겨울에 얼어붙은 한강은 다음해 봄이 되어야 녹았다.

우리는 공부가 끝나고 잠자리에 들 때는 두꺼운 솜이불을 덮고 최대한 난로 가까이에서 잠을 청했다. D는 친구들이 많았다. 서울 친구들이야 하숙집에서 자고 가는 일이 없었지만 포항 친구들은 수시로 하숙방에서 자고 갔다. 입시 막바지에 이르렀을 즈음에는 포항에서 올라온 D 친구들의 발걸음이 잦아들기 시작했다.

친구가 찾아오면 제일 곤란한 것이 밥 한 그릇을 더 부탁하는 일이다. 우리는 그때마다 주인아주머니 몰래 가사도우미에게 부탁하여 밥 한 그릇을 추가하여 식사했다. 저녁에 놀러왔다 돌아가는 친구는 그래도 나은 편이었다. 하룻밤을 자고 가는 친구는 두 끼 식사뿐 아니라 아침에 세수하러 아래층으로 내려가는 것도 눈치가 보여 도둑고양이처럼 살금살금 기어 다녀야 했다.

12월 초순쯤에 포항에서 D의 친구 M이 상경했다. 대학입시를 위해 상경한 M은 본인이 기거할 친척 집보다 먼저 우리 하숙집을 찾아왔다. 우리 하숙방에서 하룻밤을 보내고 갈 작정이었다. 세 사람이 밤 늦게까지 이야기를 하다 잠자리에 들었다. M을 배려하는 마음으로 그 친구를 난로 옆에 자리해주고 가장 두툼한 내 솜이불을 덮게 했다. 그리고 나는 난로에서 제일 멀리 떨어져 잠이 들었다. 새벽에 어렴풋이 잠이 깨었는데 코에서 메케한 냄새가 났다. 이상한 생각이 들어 눈을 떠보니 안개 같은 뿌얀 연기가 방안에 가득했다.

이불을 박차고 일어나 앉으니 연기에 질식될 것만 같았다. 얼른 창문을 열고 전깃불을 켜보니 난로 위에서 솜이불이 타고 있었다. M이

덮고 있던 이불이 난로를 덮쳐서 이불에 불이 붙었고 거기서 나온 연기가 온방에 자욱이 차 있었다. 몸부림이 얼마나 심했던지 이불이 난로 둘레 철망을 넘어 난로 뚜껑 위로 올라가서 타고 있었다. 머리가 휑하니 정신이 나간 듯했다. 아무것도 모르고 자는 두 사람을 얼른 깨웠다. M을 원망할 여유도 없었다. 난로 위에 덮인 물건이 솜이불이었기에 망정이지 다른 재질이었다면 하숙집은 불바다가 되었을 것이다. 그리고 우리는 실화범이 되어 감옥에 갔을 것이고 집값 물어주느라 거지가 되었을 것이다.

일은 이미 벌어진 것이고 이제는 주인아주머니 몰래 이불에 붙은 불을 끄는 것이 문제였다. 이 층에는 수도시설이 없고 물이라곤 주전자에 담긴 식수밖에 없었다. 아래층 화장실에서 물을 갖고 와야 하는데 물을 담을 도구라고는 작은 주전자밖에 없으니 몇 번을 오르락내리락해야 할지? 다행히도 화장실에 있는 세숫대야가 눈에 들어왔고 물을 담아 발뒤꿈치를 들고 살금살금 올라와 불을 껐다.

당시 유행하던 007 영화에서 첩보작전을 하듯 소방작전이 수행됐다. 불이 완전히 꺼진 이불을 둘둘 말아 앞 베란다에 몰래 숨겨두고 아무 일이 없는 듯 다시 화장실에 내려가 세수를 하고 아침밥을 기다리고 있었다. 아침 식사를 갖고 올라온 가사도우미는 방안에서 이상한 냄새가 난다며 코를 킁킁거리며 이리저리 둘러보았다. 빨리 아래층으로 쫓아 보내야 했다.

"냄새는 무슨 냄새? ×개처럼 킁킁거리지 말고 빨리 내려가."

그리고는 평소와는 달리 식사가 끝난 밥상을 아래층까지 내려다 주는 친절(?)을 베풀었다. 불에 탄 이불을 베란다에 잘 보관해두고 학교로 향했다. 수업 시간 내내 마음이 심란했다. 베란다에 내놓은 이불을 어떻게 처리할 것인지? 어머니께 다시 이불을 만들어 보내라고 해야 하는데 무슨 이유를 댈까? 이런 생각에 머리가 혼란스러워 오전 수업만 끝내고 집으로 돌아왔다. 먼저 베란다에 내놓은 불에 탄 이불을 처리하기 위하여 창문을 열었다.

'꺼진 불도 다시 보자'는 속담이 실감이 났다. 베란다에 내놓은 이불은 불길이 살아 푸석푸석 계속 타고 있었다. 조금 더 늦게 들어 왔더라면 또다시 불이 붙어 집을 태울 뻔했다. 수돗물로 타던 불을 대강 끄고 물에 젖은 이불을 둘둘 말아 먼 곳에 있는 콘크리트 쓰레기통에 처박아 넣었다. 소방작전은 이렇게 끝났다. 고향의 어머니께 편지를 썼다.

요지는 이불에 물을 쏟아 덮을 수가 없으니 새로운 이불을 만들어 부쳐달라는 내용이었다. 부모는 이래도 속고 저래도 속고….

추억의 완행열차

2019년 말 중국 우한에서 시작된 코로나19 바이러스는 진정될 듯하다가 다음해 2월 중순을 넘기면서 하루에 100명이 넘는 확진자가 나오고 끝내는 사망자가 나왔다. 감염경로를 알 수 없는 환자가 대구 신천지교회에서 예배를 드린 관계로 확진자가 급격히 늘어나기 시작했다. 감염된 환자나 격리된 사람들이 느끼는 공포는 뉴스를 보는 우리보다 훨씬 더 심각할 것이다. 그러나 각종 모임을 취소하고 집안에서 뉴스를 보고 듣는 것도 여간 스트레스를 받는 일이 아니었다.

하루빨리 진정되기를 바라는 마음은 모든 국민이 같을 것이다. 하루에 두 번씩 브리핑하는 질병관리본부장의 마음은 얼마나 시리고 아플까? TV에 나올 때마다 얼굴이 수척해 가는 듯하다. 확진자가 자꾸 늘어나니 하루에 만 보를 걷겠다고 다짐한 마음도 허물어지고 집안에서 빈둥거리며 지냈다. 바이러스 균이 가까이 다가온 것도 아닌데 마음은 이미 이놈들에게 사로잡힌 듯했다. 우울한 마음이 병이 될 것만 같았다.

주일날 교회를 다녀온 후 5일을 꼼짝하지 않고 집 안에 있으니 온몸이 뒤틀리기 시작했다. 무작정 집을 나섰다. 사람들이 가장 적게 다니는 산책로가 어딜까? 내가 즐겨 다니던 곳이 아닌 다른 길이 없을까? 궁리하던 끝에 옛날 경춘선 철길이 생각났다. 집을 나서 서울둘레길을 따라 지하철 화랑대역에서 육군사관학교를 향하여 걷기 시작했다.

육사 정문에 이를 때까지는 하천변을 따라 길이 나 있고 정문을 지나면 옛날 경춘선 철로 길을 단장하여 철길공원을 조성하여 가볍게 산책할 수 있게 해 두었다. 철길을 따라 조금 더 걸어가면 옛날 화랑대역이 그대로 보존되어 있고 그 주변에는 기차 카페를 비롯한 여러 가지 조형물을 설치하여 아이들을 동반한 가족들이 즐길 수 있는 조그만 가족공원이 조성되어 있다.

원래 경춘선 철로는 성북역(지금의 광운대역)에서 출발하여 화랑대역을 거쳐 퇴계원으로 이어져 춘천으로 갔으나 지금은 청량리, 망우역, 신내역 노선이 신설되어 옛날 노선은 산책공원으로 조성됐다. 선로를 그냥 두고 조성된 공원은 오래도록 쇳물을 쏟아낼 텐데 그 땅의 오염은 어찌할는지? 혼자서 괜한 걱정을 해가며 하염없이 걸어갔다. 금방이라도 꽃망울을 터뜨릴 듯한 따뜻한 날씨가 찌든 마음을 한결 가볍게 했다. 까마득한 옛날 완행열차를 타고 춘천을 오갔던 추억이 흑백필름처럼 지나갔다.

1965년 대학을 입학하여서 한 학기를 보내는 사이 단짝 친구들이 생기기 시작했다. 시골에서 올라온 나는 그리 활달한 성격이 못됐다. 내가 적극적으로 친구를 사귀지 못했지만 나에게 다가오는 친구는 많았다. 강수와 재영이는 서울에서 고등학교를 졸업하였으나 촌놈인 나와 가까이 지내며 자주 술잔을 나누며 친하게 지냈다. 강수는 고향이 춘천이었다. 강수네 식구들은 신촌에서 살았고 춘천에는 할머니가 홀로 계셨다. 재영이는 마석에서 태어났으나 어릴 때 상경하여 미아리에 살고 있었다.

강수는 춘천에 계신 할머니를 뵈러 자주 춘천을 왕래했다. 여름방학이 끝나고 초가을쯤에 강수로부터 함께 춘천을 가자는 제의가 왔다. 강원도를 한 번도 가보지 못한 재영이와 나는 강수를 따라나섰다. 춘천에서 하룻밤을 보내기로 하고 금요일 저녁 막걸리 한잔을 하고 성동역으로 갔다. 당시 경춘선 출발역인 성동역은 지금 제기동 경동시장에서 신설동 방향으로 가는 정릉천 옆에 있었다. 우리는 다음 날 첫차를 타기 위하여 근처 여인숙으로 들어갔다.

우리가 들어간 여인숙은 벽지가 너덜너덜 떨어져 있었고 이불이라곤 캐시밀론 담요 한 장이 전부였다. 청결 상태를 보니 벼룩이나 빈대가 기어 나올 것만 같았다. 방안의 전기는 벽에 구멍을 뚫어 백열등 하나를 끼워두고 양쪽 방이 함께 쓰게 되어 있었다. 초저녁 우리가 입실할 때는 옆방에 손님이 없었으나 밤이 이슥해지자 옆방에 손님이 들어왔다.

우린 일찍이 불을 끄고 자려고 했지만 늦게 들어온 옆방 손님이 꺼진 전등불을 켰다. 그러나 공용으로 사용하는 전등을 켜는 것을 불평할 수 없어 참고 기다렸다. 우리는 자던 잠이 다 깨어 이런저런 이야기를 하고 있었는데 드디어 전등이 꺼졌다. 그러나 문제는 전등이 꺼지고 난 후부터였다. 전등을 끈 옆방 남녀는 밤새껏 요상한 소리를 질러댔다. 우리는 다시 잠을 이룰 수 없어 헛기침을 해댔으나 옆방의 남녀는 아랑곳하지 않았다. 드디어 성질 급한 강수가 한마디 쏘아댔다.

"이제 조용히 하고 잠 좀 잡시다."

잠시 조용해지는가 싶으면 다시 또 요상한 소리가 들렸다. 소리가 들리면 야릇한 감정이 들고 소리가 들리지 않으면 궁금하고….

그 나이에 우리에게도 관음증이 있었던가? 우리 셋은 수캐가 암놈 냄새를 찾듯 코를 킁킁거리며 밤새 한숨도 자지 못했다. 새벽 첫차를 타러 방을 나서면서 옆방 문을 발로 펑 차고 여인숙을 나왔다.

기차는 성북역(지금의 광운대역)을 돌아 화랑대역을 거쳐 마석으로 달음질치고 있었다. 창문 밖에는 새벽안개가 가득했다. 들판을 지나 희미한 시가지에 들어서자 재영이는 자기가 태어난 마석 땅을 지나고 있다며 이것저것 설명을 늘어놓았다. 덜컹거리며 달리는 열차는 한강 변을 미끄러져 가고 있었다. 좌우로 강과 산을 끼고 달리던 기차는 점심때쯤에야 춘천역에 도착했다.

할머니 댁은 춘천 시내가 아니고 당시 춘성군 서면 금산리란 곳이었다. 시내버스를 타고 서면 선착장에서 배를 타고 들어가야 하는 시골 동네였다. 선착장에는 강 양쪽을 연결하는 밧줄이 매여져 있었고 건너편에 조각배 한 척이 손님을 기다리고 있었다. 손님을 태우고 우리 쪽에 건너온 조각배를 탄 우리는 뱃사공 대신 우리가 밧줄을 당겨가며 강을 건너갔다. 힘껏 밧줄을 당기며 건너가는 강은 명경같이 맑았고 물속에는 하얀 붕어 떼가 꼬리를 흔들며 이리저리 유영했다.

강수 할머니는 손주 친구들을 위하여 씨암탉 한 마리를 잡았다. 저녁 식사와 함께 막걸리 몇 병을 마신 우리는 뒷동산에 올랐다. 우거진 소나무 숲 사이로 고개를 내민 보름달은 유난히도 크고 밝았다. 우리는 별이 흐르는 동산에서 젊음의 낭만을 발산하기 시작했다.

재영이 입에서 푸시킨의 시가 나왔다.

"삶이 그대를 속일지라도 슬퍼하거나 노하지 말라. 슬픔의 날을 참고 견디면 기쁨의 날이 오리니…."

강수가 목소리를 한껏 높여 난파의 노래를 부르고

"내 놀던 옛 동산에 오늘 와 다시 서니, 산천의구란 말 옛 시인의 허사로고~."

시도 노래도 배우지 못한 나는 유행가 한 곡을 뽑았다.

"내 고향 뒷동산 잔디밭에서 손가락을 걸면서 약속한 순정, 옥녀야 잊을쏘냐~."

우리는 그때 모두가 철학자이고 시인이며 가수였다.

이튿날 오후 돌아오는 기차 안에서 좌석을 돌려 마주 보고 셋이 앉았다. 건너편 자리에 홀로 앉은 젊은 아가씨를 꼬드겨 우리와 합석

했다. 네 사람이 오랜 시간 동안 많은 이야기를 하고 왔다. 젊은 아가 씨는 신설동에 있는 '라사라 양재학원' 학생이었다. 당시는 서울에서 가장 유명한 양재학원이었다. 우리 학교가 학원 근처에 있다고 좋아했다. 해가 져 어둠이 내릴 때쯤에 성동역에 도착했다. 배가 고파 얼른 중국집으로 들어갔다. 그리고 자장면을 안주 삼아 독한 고량주를 몇 병 들이켰다.

우리는 졸업 후 각각 제 길로 갔다. 이제는 우리가 모두 세상의 뒷전으로 밀려난 신세가 됐다. 강수는 군 복무를 마치고 캐나다에 이민 갔다. 원래 매정한 사람이었던가? 그 후 한 번도 소식이 없다. 재영이는 몸이나 건강해서 자주 만날 수 있으면 좋으련만…. 몇 시간을 동행한 아가씨는 유명 디자이너가 되었을 것만 같다.

미라보 다리에서

내는 대학에서 '농화학'이란 과목을 전공했다. 자연과학 분야라 이곳저곳 취업할 곳은 많았으나 공부하는 과목이 많아서 한 분야를 깊이 연구하지 못하는 단점이 있었다. 그래서 졸업 후 친구들은 다방 면으로 흩어져 직장생활을 했다. 교직이 많았고 제약회사, 식품회사 등에 많이 취직했었다. 가장 특이한 길을 간 친구는 목사의 길을 선택한 김홍권이다. 홍권이는 학창 시절 매우 착하고 유순한 친구였다.

그는 술 담배를 전혀 하지 않았을 뿐더러 당구나 바둑 같은 오락도 하지 않고 강의실과 도서관만 들락거렸다. 졸업 후 우리는 헤어져 그가 무엇을 하는지 몰랐다. 내가 1981년부터 교회를 나가기 시작하자 홍권이가 목사가 되어 종로 5가에 있는 '연동교회'에 부목사로 근무한다는 소식이 들렸다. 아내와 나는 다른 친구 내외와 함께 김 목사가 설교하는 예배에 참석한 후 김 목사 방에서 차를 한 잔씩 나누고 돌아왔다. 그리고 오랫동안 소식이 끊어졌다.

시간이 흘러 나는 2000년도에 교회에서 장로로 선출됐다. 장로로 선출된 지 4년쯤 지난 2004년 5월 둘째 주 김 목사가 오후 예배 설교자로 우리 교회에 왔다. 나는 그때까지 김 목사가 어디에서 목회하고 있는지 몰랐다. 그는 연동교회를 떠나 고덕에서 '신창교회'를 개척하여 목회하고 있었다. 친구 목사가 우리 교회에 온다고 하니 반갑기도 하고 조금 불안하기도 했다.

내가 초청하지는 않았지만 설교를 은혜롭게 잘해야 내 체면이 설 것이라는 생각이 머리를 맴돌았다. 조그만 선물을 준비하여 당회장실(담임목사 업무실)에서 반갑게 인사를 나누고 예배실로 올라갔다. 강대상(설교하는 단상)에 선 김 목사는 첫마디가 "이 교회에 와보니 내 대학동기생 한 사람 있는데 그 친구는 학창 시절에 유기화학(有機化學) 공부를 무척 잘했다"라고 생뚱맞은 이야기를 했다. 교인들은 무슨 소린가 해서 의아하게 김 목사를 주시했다. 한편 나는 설교 시작도 전에 옛날이야기를 끄집어낸 것이 부담스러워 고개를 떨어뜨린 채 눈을 감아버렸다.

내가 대학을 입학하던 1965년도는 전국대학이 한일회담 반대 데모에 열을 올리고 있었다. 우리는 오전부터 운동장에 모여 구호를 외치고 스크럼을 짜고 운동장을 한 바퀴 돈 후에 정문을 나섰다. 우리의 목적지는 안암동 로터리를 지나 대광고등학교를 거쳐 신설동까지 진출하는 것이었다. 처음 출발할 때는 일치단결하여 스크럼을 짜고 요란한 구호를 외치며 전진해 나갔다. 그러나 데모 행진은 매일 대광고등학교까지 진출하기 전 정릉천 다리를 넘지 못하고 박살이 났다.

우리는 낭만을 노래한다며 정릉천을 '세느강'이라 불렀고 대광학교 앞 다리를 '미라보 다리'라고 불렀다. 경찰은 미라보 다리에서 집중적으로 최루탄을 발사했다. 최루탄의 위력은 대단했다. 눈물만 쏟아지는 것이 아니라 목구멍이 따갑고 기침은 끝없이 나오고 눈은 뜰 수가 없도록 매웠다. 경찰이 쏜 최루탄을 피하여 사방으로 흩어진 데모대는 골목길로 도망쳐 각자의 집으로 돌아갔다. 앞장서서 데모대를 이끌던 친구들은 경찰호송차에 실려가 유치장에서 하룻밤을 보내야 했다.

데모는 한 학기 내내 계속됐다. 교양학부장 L 교수는 데모를 말리던 훈시를 하시면서 "나도 한일회담을 반대하지만 학생 여러분의 데모로는 회담을 중지시키지는 못한다"라고 학생들을 설득했다. L 교수는 후일 이 말씀 때문에 해직되어 학교를 떠나야 했다. 정부에서는 학생데모가 연일 계속되고 강도가 점점 세어지자 조기방학을 단행했다. 2학년에 올라갔어도 4월쯤에 시작된 데모는 1학기 내내 계속됐다. 아무리 많은 무리가 강력하게 스크럼을 짜고 힘차게 나가도 우리는 한 번도 미라보 다리를 넘어가지 못했다.

경찰은 결사 항쟁으로 그곳을 지켰다. 그곳이 뚫리면 신설동을 지나 종로로 진출하기 때문에 경찰은 모든 장비를 동원하여 그곳을 지켰다. 경찰버스로 도로를 막고 보유하고 있던 최루탄을 계속해서 터트렸다. 우리는 매번 그 앞에서 주저앉고 말았다. 한 번도 넘을 수 없었던 미라보 다리. 이런 데모 와중에도 학사일정은 계획대로 진행됐다. 수강 신청 커리큘럼에 유기화학이 필수과목이었다. 2학년 두 학기 동안 6학점을 이수해야 했다. 담당 교수는 김태린 교수님이었다. 키는 육척장신이었고 특히 머리가 크고 얼굴이 우락부락하고 눈이 부리부리했다.

첫 수업 시간에 잔뜩 겁을 줬다. 한 학기 내내 절대 휴강은 없고 특히 데모하는 날은 강의실이 비어도 혼자서 강의할 것이며 시험은 매달 한 번씩 치르고 시험성적은 강의 시간에 공개하겠다고 겁을 주었다. 우리는 이런 조치가 공부를 시키기 위한 엄포인 것으로 생각했다. 그러나 교수님은 당신이 말씀하신 대로 시행했다. 우리는 학생회 측에서 아무리 데모를 독려해도 유기화학 시간만큼은 강의실에 앉아 있었고 열심히 공부했다. 일반화학만 공부하던 우리는 처음 대하는 유기화학이 무척 어려웠다. 강의를 듣고도 따로 공부하지 않으면 이해가 쉽지 않았다.

미라보 다리까지 진출하던 데모는 남의 일처럼 생각됐다. 스크럼을 짜고 운동장을 빙빙 돌며 데모 전열을 가다듬는 모습이 부럽기도 했다. 교수님은 공언한 대로 매달 시험을 보았다. 다른 과목은 중간고사와 기말고사 두 번으로 끝인데 유기화학은 최소한 네 번을 치러야 했으니 다른 과목보다 열심히 공부하지 않고는 배겨날 수가 없었다. 교수님은 고등학생도 아닌 우리의 시험성적을 매번 공개했다.

우리는 제발 시험성적만은 비밀에 부쳐달라고 애원했지만, 교수님은 끝내 고집을 꺾지 않으셨다. 시험성적을 공개하면서 핀잔을 줄 경우엔 유기화학 강의 시간이 지옥처럼 느껴지기도 했다.

"허이~ 김재원, 다음에는 몇 점 맞을 거냐?"

이런 질문을 받으면 대답도 못 하고 얼굴이 시뻘게져 고개를 푹 떨구고 강의 시간 내내 풀이 죽어 있었다.

두 학기 동안 유기화학을 공부하면서 제때 학점을 취득하지 못하여 재수강하는 학생들이 꽤 있었다. 도저히 학점 취득을 할 수 없었던 어느 복학생은 교수님을 찾아가 학점 구걸을 하다 창피만 당하고 쫓겨났다. 그러나 우리는 교수님의 방침에 따라 열심히 공부한 덕분에 유기화학만큼은 차원 높은 실력을 쌓아 진급했다. 열정을 가지고 학생들을 가르쳤던 선생님은 오래도록 기억에 남는 법이다.

김 목사가 설교하고 돌아간 후 많은 교인들이 궁금해했다. 유기화학이 무엇인지? 내가 얼마나 공부를 잘했기에 김 목사가 설교 시작도 전에 내 이야기를 했을까? 교인들끼리 수군거리기도 하고 직접 나에게 물어보는 분들도 있었다. 그러나 난들 40여 년 전에 일을 어떻게 기억하겠는가? 그냥 대강 얼버무렸으나 나 역시 궁금하긴 마찬가지였다.

몇 년 후 수필 공부를 하면서 방송대에 편입할 생각이 있어 성적증명서를 발급받았다. 유기화학 성적을 유심히 보았다. 2학년 1학기는 95점, 2학기는 75점이었다. 1학기 성적은 김 목사가 기억한 대로 좋은 성적이었지만 2학기는 75점이니 중간 이하의 성적이다. 김 목사는 1학기 성적만 기억하고 있었던 모양이다. 역시 목사는 좋은 점만 기억하는 심성을 가졌다는 생각이 든다.

'아폴리네르'의 미라보 다리에는 세느강이 흐르고 사랑도 흘러갔지만 우리의 미라보 다리에는 생활하수에 최루탄 연기만 가득했다.

미라보 다리 아래 세느강이 흐르고 우리들의 사랑도 흘러간다.
그러나 괴로움에 이어서 오는 기쁨을 나는 또한 기억하고 있나니
밤이여 오라 종이여 울려라 날들은 가고 나는 머무네
손에 손을 잡고서 얼굴을 마주 보자
우리들의 팔 밑으로 매끄러운 물결의 영원한 눈길이 지나갈 때
밤이여 오라 종이여 울려라 날들은 가고 나는 머무네
흐르는 강물처럼 사랑은 흘러간다 삶이 느리듯이 희망이 강열하듯이
밤이여 오라 종이여 울려라 날들은 가고 나는 머무네
날이 가고 세월이 지나면 가버린 시간도 사랑도 돌아오지 않고
미라보 다리 아래 세느강만 흐른다
밤이여 오라 종이여 울려라 날들은 가고 나는 머무네

　　—기욤 아폴리네르(Guillaume Apollinaire, 1880~1918)의 「미라보 다리」 전문

제3부 광야 같은 세상에서

별(STAR)

　2017.10.28. 우리 합창단 (Korea singers)은 연세대학교 안에 있는 금호아트홀에서 윤동주 시인 탄생 100주년을 기념하여 〈별 헤는 밤〉(윤동주 시, 이용주 곡)이란 주제로 정기공연을 했다. 동주 시인은 젊은 나이에 지난날의 추억을 떠올리며 별 하나에 감춰진 사랑과 쓸쓸함을 노래했고, 별 하나에 시(詩)를 음미하며 마지막에 이르려는 어머니의 사랑을 그려냈다. 우리는 연주회의 대미를 장식하는 이 곡을 부르면서 모두 하염없는 눈물을 쏟아냈다.

　동주 시인이 보던 별은 어머니의 사랑이었다. 별은 사람들에게 수많은 추억과 사랑과 동경의 대상이다. 알퐁스 도태는 그의 소설 『별』에서 주인공인 양치기 목동은 그가 흠모하는 주인집 딸 스테파네트의 잠든 모습을 보면서 하늘에 있는 가장 아름다운 별이 자기에게 내려왔다고 고백했다. 별은 신비롭다. 별을 쳐다보면 사랑의 감정이 솟아난다.

내가 초등학교 시절 우리 동무들은 여름밤만 되면 앞내 다리에 모였다. 집안에서 모기와 씨름하기보다는 냇물이 흐르는 다리 곁에서 밤이 늦도록 노는 것이 훨씬 좋았다. 어린 우리 몇 사람이 모이면 "내 고향 뒷동산 잔디밭에서 손가락을 걸면서 약속한 순정 옥녀야 잊을쏘냐…" (영화 《카츄사》의 삽입곡, 제목 〈원일의 노래〉) 유행가를 부르고 만식이 형은 신나게 하모니카를 불어댔다. 하모니카 소리가 나오면 우리는 손뼉을 치며 발을 굴러가며 음정 박자가 제대로 맞지도 않는 노래를 더욱 힘차게 불렀다.

저 멀리 흘러가는 은하수를 쳐다보며 별자리 찾기에 정신이 빨려 들어 북두칠성, 오리온자리 등을 찾느라고 야단법석을 떨었다. 어느 것이 북두칠성이고 어느 것이 오리온자리인지 제대로 알지도 못하면서 서로들 하늘을 향하여 손가락질하며 자기의 주장이 옳다고 우겨댔다. 누구도 제대로 아는 아이가 없으니 결국은 목소리 큰 놈의 주장이 정답이 되고 말았다. 수많은 별이 흘러가는 은하수 외에는 누구도 별자리를 제대로 알지 못했다. 밤늦게까지 별을 쳐다보며 냇물 소리를 듣던 우리는 무척 감상적이고 서정적인 마음으로 변해갔다.

별이 가장 나의 가슴을 아리게 했던 때는 군인 시절이었다. 밤중에 외곽초소에 보초를 서러 나갔다. M—1 소총을 장전하고 한밤중에 2~3시간씩 보초를 서는 일은 괴롭고 힘든 일이었다. 특히 북풍이 몰아치는 겨울밤에는 시린 발을 동동 굴러가며 전방을 주시하고 있는데 바람 소리만 스쳐 가도 깜짝깜짝 놀랐다. 이때 나를 위로해 주고 동무해 주는 것이 별이었다. 전방초소에서 쳐다보는 별은 고향 생각을 나게 했고 부모와 형제의 따뜻한 가족애를 그립게 했다. 가끔은 총을 버리고 고향으로 돌아가고 싶은 충동에 휘말리기도 했다. 어쨌든 하늘에 떠있는 별은 사랑이요 동경의 대상이었다.

언제부터인지 몰라도 별이 땅으로 내려왔다. 그 별은 권위의 상징이요, 공포의 대상이었다. 신병훈련을 마치고 11사단 전차중대로 배속을 받았다. 한 달쯤 지났을 때 사단장이 부대검열을 나왔다. 별 두 개가 떴으니 온 부대에 난리가 났다. 청소를 비롯해 관물정돈, 병기 수입 등을 철저히 준비하고 중대원 모두가 내무반에서 대기했다. 사단장이 내무반에 들어서자 모두 잔뜩 긴장하여 침상에 일렬횡대로 정렬했다. 중대장을 대동한 사단장이 지나가면서 한 병사에게 다가가 "귀관! 병영생활에 불편한 점은 없는가?" 배를 쿡 찔렀다. 군인은 상관으로부터 질문이나 지적을 받으면 먼저 관등성명(계급과 성명)을 대야 한다.

"네 일병 김갑돌! 없습니다." 큰소리로 대답하자 사단장이

"김 상병 입대한 지 얼마나 됐나?" 물었다.

"네 일병 김갑돌! 1년 정도 됐습니다" 사단장이 중대장에게 물었다.

"중대장 이 병사는 계급장은 상병인데 계속 일병이라고 하니 마이가리(미리 상급 계급장을 달고 다니는 행위) 계급장을 단 게 아닌가?"

중대장의 얼굴이 초주검이 됐었지만 기지를 발휘해서

"김갑돌 상병은 엊그제 진급해서 일등병이 입에 붙어 그런 모양입니다."

김갑돌은 실제는 일병이었다. 그는 소위 군대에서 이야기하는 고문관이었다. 상병이 뭐 그렇게 대단한 계급이라고 마이가리 계급장을 달고 다니다가 사단장이 앞에 나타나자 겁에 질려 이실직고하고 말았다. 땅에 뜬 별은 병사들을 벌벌 떨게 했다. 그날 김갑돌 일병은 중대장으로부터 죽지 않을 만큼 얻어맞았다. 물론 상병 계급장을 떼고 일병 계급장으로 되돌아갔다.

11사단에서 졸병 생활 두어 달 후에 원주에 있는 부사관학교에 차출되어 6개월 교육을 받았다. 교육이 끝난 후 하사 계급장을 달고 경기도 현리에 있던 1사단 전차 중대로 배송됐다. 하사는 소대에 편성된 전차의 차장을 맡을 뿐 아니라 내무반장도 맡아야 하고 교대로 위병소 조장도 담당했다. 위병소는 부대 입구에서 출입자를 단속하고 면회객들을 안내하는 회사의 정문경비실 같은 곳이다.

우리 부대는 사단사령부로 들어가는 길목에 있었고 위병소 앞 도로에는 사단의 각 부대 차량이 수없이 지나다녔다. 사단장 차량을 비롯한 각종 참모 각 연대 차량이 쉴새없이 지나다니니 위병소 보초병은 카빈총을 어깨에 메고 '충성' 경례하기에 바빴다. 하루는 내가 위병 조장이 되어 보초병과 함께 위병근무에 나섰다. 위병 병사는 위병소 바깥에서 근무를 서있고 나는 위병소 안에서 별일 없이 쉬고 있었다.

위병소 안에 혼자 있기가 지루하여 바깥으로 나와 위병 병사와 이런저런 이야기를 하고 있는데 위병소 앞길에 미군 소장 별 판을 단 차량이 나타났다. 나와 위병 병사는 대수롭지 않게 생각하고 멀뚱멀

뚱하는 사이 차량은 쏜살같이 지나가버렸다. 하필이면 이때 연병장을 거닐던 중대장에게 우리 모습이 발각됐다. 중대장은 나와 위병 병을 중대장실로 호출했다.

중대장은 화가 머리끝까지 치밀어 올라 이성을 잃은 듯했다. 군홧발로 조인트를 까기 시작했다. 이리저리 피하여 도망 다녔지만 내 촛대 뼈에는 이미 붉은 피가 흐르고 있었다. 평소 인자한 모습으로 비치던 중대장의 모습은 간 곳 없고 미친개가 날뛰는 듯했다.

"이놈들아 미국 별은 한국 별보다 더 높은 것이야! 그런 미국군 스타에게 '충성' 경례를 하지 않는 놈들은 총살감이야" 하며 서서히 화를 삭이기 시작했다.

나는 그 당시 전차 정비 업무를 익혀 중대에 소속된 고장 차량을 열심히 정비하여 중대장으로부터 꽤 신임을 받고 있을 때였다. 그런 상황에서도 피가 터지도록 촛대 뼈를 차였으니 미국 별은 정말로 대단한 별이란 생각이 들었다. 군에서 별을 달기란 하늘의 별을 따는 것만큼이나 힘든 일이라고 한다. 하늘의 별이 신비스러운 것이라면 계급장에 달린 별은 권위와 존경의 대상이다.

농경사회는 급격히 산업사회로 전환됐다. 미세먼지는 점점 더 기승을 부리고 있다. 동서남북 어느 하늘을 처다봐도 별을 보기가 쉽지 않다. 하늘의 별을 찾기도 힘들고 존경받는 장성을 찾기는 더욱 쉽지 않다. '별 하나 나 하나, 별 둘 나 둘' 이런 동시를 읊었던 때가 그립다.

전선 야곡

1970년 12월, 내가 근무하고 있던 한국군 1사단은 경기도 현리에서 문산으로 이동했다. 당시 지미 카터 미국 대통령의 주한미군 감축 계획에 따라 동두천에 주둔하던 미 7사단은 본국으로 돌아갔고 문산에 주둔하던 미2사단이 7사단 지역인 동두천으로 이동하고 그 자리에 우리 한국군 1사단이 배치됐다. 나는 당시 육군하사 계급으로 1사단 전자(보통 '탱크'라고 부른다)중대에서 2소대 내무반장과 소대의 3호차 전차장을 맡고 있었다.

부대 이동은 야간에 행해졌다. 중대에 소속된 전차 16대가 현리에서 청평역으로 이동하여 기차에 실려서 문산까지 이동했다. 초저녁에 현리를 출발한 우리 부대는 새벽 동이 틀 무렵에 새로운 주둔지인 문산에 도착했다. 새벽녘에 도착한 우리를 맞이한 사람들은 기지촌 주변의 아가씨들, 소위 양공주들이었다. 미군이 떠나고 할 일이 없어진 그들은 한국군이라도 들어오면 일거리가 생길 것 같았는지 새벽

잠을 떨치고 일어나 짙은 화장을 하고 기차역으로 나와 온갖 손짓을 해가며 호객을 했다.

우리 전차 중대가 배치된 곳은 임진강 자유의 다리 바로 남쪽에 있는 마장리란 곳이었다. 원래 미군 전차부대가 있던 곳이었다. 우리는 먼저 미군들이 떠난 뒷정리를 했다. 내무반, 연병장 등에 남겨진 물건들을 치우고 곧바로 난방시설을 개조했다. 미군들이 기름 난로를 사용하던 내무반에 연탄 페치카를 설치하고 침내를 사용하던 곳에 침상을 만드는 등 생활시설과 연병장의 훈련시설을 정비하는데 몇 개월의 시간을 보내야 했다.

서부전선의 중요한 곳을 담당하게 되어 부대 병력도 증강됐다. 전차만 16대로 구성된 중대에 장갑차(APC) 2개 소대, 10대가 증강됐다. 기존 전차 16대는 마장리 본대에 남고 새로 배치된 장갑차 10대는 GOP의 수색 중대에 파견됐다. 그리고 우리 사단이 주둔한 지역이 서해안을 통해서 넘어오는 간첩 침투 길목인지라 철저한 경계 태세가 하달되어 부대 주변 곳곳에 경계초소가 설치됐다.

우리 1사단의 주둔지역은 군사적으로 매우 중요한 지역이었다. 자유의 다리를 넘어가면 바로 비무장지대이고 그 북쪽은 북한의 장단군과 개성군 지역으로 개성시로 연결되는 곳이었다. 비무장지대는 6·25전쟁 이후는 민간인 출입이 금지되어 산림이 빽빽이 우거져 있었고 특히 장단반도에는 갈대숲이 장정들의 키를 능가할 정도로 자라고 있었다. 그리고 장단반도의 갈대밭은 면적이 무척 넓어 그 속에는 무슨 일이 벌어지고 있는지 알 수가 없었다. 이런 취약점이 있는 곳이기에 사단에서는 온갖 수단을 동원하여 간첩 침투에 대비하고 있었고 사단사령부의 최우선 시책이 간첩 침투를 막는 것이었다.

모든 부대가 많은 병력을 동원하여 경계에 임하고 있으니 북한에서도 눈치를 챘는지 처음 몇 달은 조용했다. 북한군은 새로 배치된 우리 1사단의 동태를 주시하며 기회를 엿보는 듯했다. 남북이 서로가 긴장 상태를 유지하고 있는 사이에도 비무장지대에서는 나무에는 잎이 피고 장단반도의 갈대숲은 하늘 높이 자라서 바람결에 춤을 추기 시작했다.

1971년 5월의 어느 날 우리는 연병장에서 경계근무에 대한 교육을 받고 있었다. 휴식 시간에 병사들이 모여 화랑 담배 한 개비씩을 피워 물고 뿌연 연기를 내뿜던 중 비무장지대에 간첩이 출연했다는 정보가 전달됐다. 수색 중대 초병이 순찰 중 특이한 발자국을 발견하여 중대장에게 보고했고 중대장은 병사 두 명과 현장 답사를 하던 중 간첩들의 저격을 받아 즉사했다는 상황까지 알려졌다.

사단에서는 즉시 후방에 있는 보병대대를 출동시켜 간첩 색출 작전을 벌였지만 간첩들은 이미 장단반도의 갈대숲으로 숨어들어갔다. 끝없이 넓은 진흙밭에다 하늘 높이 자란 갈대숲 속에서 간첩 세 놈을 찾아낸다는 것은 보병으로서는 도저히 불가능했다. 하루 동안 보병이 작전을 펼쳤으나 우리 쪽 희생자만 늘어가고 간첩은 잡지 못하고 시간만 지나갔다.

사단사령부에서는 다음날 아침 수색 중대에 파견된 장갑차 2개 소대를 투입했다. 투입된 장갑차들은 갈대숲을 휘젓고 다니며 간첩들을 깔아뭉갤 작전이었다. 그러나 갈대밭이 너무 넓어 장갑차 10대가 쉴 새 없이 몰아쳐도 간첩들을 찾지 못했다. 우리 중대장은 지휘소에서 무전으로 장갑차의 햇치(장갑차 승무원이 출입하는 뚜껑)를 열고 작전을 하라고 명령했다. 오후에는 햇치가 열린 소대장 장갑차에 놈들의 수류단이 떨어졌다. 간첩들은 햇치가 열린 장갑차를 골라 몰래 수류탄을 투척한 것이었다. 승무원 다섯 명은 피할 겨를도 없이 차 안에서 불에 타 순직했다.

간첩의 위치를 알게 된 모든 장갑차가 합동작전을 개시하여 간첩 세 놈을 섬멸했다. 작전은 오월의 긴 날 해 질 무렵에 끝이 났지만 장갑차에서 불타 순직한 동료들의 시신은 밤 9시가 넘어서야 부대에 도착했다. 본대에서 초조하게 작전을 지켜보던 우리는 불타고 남은 전우들의 시신을 보면서 한없는 눈물을 쏟아냈다. 타다 남은 시신은 고약한 냄새를 뿜어냈다. 우리는 냄새 때문에 코를 막았지만 흐르는 눈물은 도저히 막을 수가 없었다.

사건이 일어난 후 우리는 비무장지대 사계청소(射界淸掃)에 들어갔다. 사계청소란 적군을 발견하기 쉽도록 우거진 산림을 베는 작업을 일컫는 말이다. 우리는 매일 도끼와 톱을 들고 자유의 다리를 넘어 비무장지대 남쪽 편 산비탈을 다니며 나무와 풀들을 벴다. 아침 일찍 취사반에서 준비해준 밥과 국통을 싣고 소대별 배당된 곳에서 그날의 작업을 시작했다. 숲이 우거지면 간첩이 넘어와도 발견하기가 쉽지 않고 시야가 가려 작전에 지장을 초래하기 때문에 나무란 나무는 모두 베어냈다.

톱질이나 도끼질을 해보지 못한 도회지 출신 사병들은 처음 해보는 일이 즐거워 신이 나는 듯했다. 그러나 각종 도구에 다치는 병사가 많았고 쓰러지는 나무에 깔려 부상병이 속출했다. 한편 밤이 되면 모든 야간교육이나 훈련을 중지하고 톱과 도끼를 갈아 날을 세워 다음날 작업에 대비해야 했기에 벌목꾼 같은 생활이 계속됐다. 이일은 여름 내내 계속됐다. 나는 이 기간이 부대 안에서 훈련하고 교육받는 것보다 훨씬 마음이 편했다.

사계청소가 끝난 후 부대별로 임진강 변에 야간매복 근무가 시작됐다. 저녁 식사가 끝나면 여섯 명이 조를 짜서 밤바람 부는 임진강 언덕에 A형 텐트를 치고 교대로 밤을 새워 보초 근무를 섰다. 매복을 하는 지역은 근무자 외에는 아무도 접근하지 못했다. 민간인도 군인도 밤에는 통제되는 곳이다. 물론 그날 암호를 숙지하고 근무에 임하지만 긴급한 상황이 생기면 암호 교신 없이 곧바로 사격할 수 있도록 조처되어 있었다. 그렇더라도 마음대로 사격할 수는 없었다.

근무 중 바람 소리만 들려도 머리카락이 치솟고 심장은 방망이질해댔다. 바람 소린지, 동물 소린지, 인기척인지를 판단하느라 귀를 바짝 세우고 방아쇠를 잡고 사격 자세를 취할 때가 많았다. 미군들이 이 지역에 근무할 때는 일부러 노래를 불러 간첩들이 피해서 가라는 신호를 주기도 했다는 믿지 못할 이야기도 있었다.

매복 근무는 대체로 가을까지는 그런대로 견딜 만했다. 그러나 겨울이 다가오면 강 언덕은 너무 추웠다. 강변에서 불어오는 바람은 살을 에는 듯했다. 바람은 가슴을 스며들어 뼛속까지 파고들었다. 얄팍한 텐트에 방한복 한 벌로는 도저히 견딜 수 없는 추위가 몰려왔다. 우리는 추위를 이길 방법을 찾아야 했다. 술을 적당히 마시면 추위를 이길 수 있을 것 같았다. 술을 마시는 것이야말로 최후 수단이란 생각이 들었다.

하루는 매복 근무를 나가는 길에 부대 앞 매점에서 소주 한 됫병을 샀다. 발각되면 영창에 갈 것을 알지만 우선 추위로부터 살아남아야 했다. 일단 소주를 사는 것만 발각되지 않으면 매복지역은 아무도 출입을 할 수 없기에 발각될 일이 없었다. 소주 한 됫병을 나누어 마신 날은 훨씬 추위가 덜했다. 우리는 한겨울을 소주에 의지하여 추위를 이겨가며 임진강을 지켰다.

나는 카빈총을 어깨에 메고 "가랑잎이 휘날리던 전선에 달밤, 소리 없이 내리는 눈물도 차가운데…"를 흥얼거리며 국토의 한구석을 지켰다. 그때 그 전우들 이름을 떠올려본다. 생각나는 데까지 더듬어 보자. 이수상, 이회진, 김광일, 김영동, 이이구, 김문환, 김병기, 최성태, 김광식, 이명수, 황명규, 임향재, 정순조 절반도 생각이 안 난다.

허접한 마음

모교 캠퍼스에 철쭉꽃이 활짝 피었다. 재학생 시절에는 꽃이 피고 지는 것에 대하여 별다른 감정을 느끼지 못했다. 계절이 바뀌면 꽃은 피는 것이고 때가 되면 시들어 떨어지는 자연현상으로만 생각했다. 내 옆에 친구들이 있고 내 앞날이 무지개처럼 찬란하게 보였기 때문이었을까? 친구가 꽃보다 좋았고 희망이 꽃보다 아름다워 보였다.

군 생활을 마치고 취직자리를 찾는다고 도서관에 쭈그리고 앉았을 때는 친구도 희망도 내 곁에 없었다. 그래도 철쭉꽃은 꽃망울을 터뜨리고 활짝 피어났다. 곱게 핀 꽃잎이 오래도록 화려한 자태를 뽐내기를 바랐지만 어느샌가 꽃잎은 시들어 하나둘씩 떨어지기 시작했다. 삶이 무료하고 생활에 싫증이 나기 시작했다. 책이 손에 잡히지 않았다. 누군가를 찾아 나서지 않으면 허접한 마음을 채울 길이 없었다.

D를 찾아보기로 하고 수원행 버스를 탔다. D는 내가 제대하는 길에 자기네 집에 다녀가라는 당부를 했다. 가족이 모두 나를 보고 싶

어 한다며 잠깐 들러서 식사라도 한 끼 하고 고향으로 내려가길 원했다. 그러나 나는 D의 요청을 뿌리치고 그냥 고향으로 직행했다. 고향에서 두 달을 보낸 후 상경하여 하숙집과 도서관을 오가며 취업 공부를 시작했다. 다시 공부해야 하는 내가 한심스러웠다.

고속버스를 타고 수원으로 가는 동안 별생각이 다 들었다. D는 어떤 여자일까? 왜 내가 보낸 편지를 온 가족이 함께 읽었을까? 그녀의 아버지가 나를 만나고 싶어한 이유는 무엇일까? 이것저것 생각 중에 버스는 수원 터미널에 도착했다. 택시를 타고 농촌진흥청 근처 D의 집 앞에 닿았다. 대문 앞에서 옷매무시를 가다듬고 머리를 손질했다. 겸연쩍은 마음을 무릅쓰고 용기를 내어 초인종을 눌렀다.

D는 내가 제대 일 년여를 앞두고 펜팔을 하던 여인이다. 내가 제대하기 일 년 전쯤 우리 소대 명수가 결혼 휴가를 다녀왔다. 명수는 귀대 길에 삶은 돼지고기와 막걸리를 가지고 와서 온 소대원들을 식중독에 걸리게 한 장본인이다. 그뒤 구태여 나에게 그 대가를 갚는다며 한 여인의 주소를 알려주었다. 수원에서 서울로 오는 버스 옆자리에 동행한 여인에게 주소와 성명을 얻어 왔다는 것이었다. 여인이 매우 예뻐 보여 나에게 소개해주고 싶어서 간청하여 인적 사항을 얻었다고 생색을 냈다.

당시 나는 소대 내무반장을 맡고 있었고 소대원들로부터 꽤 신임을 받고 있었다. 그 여인의 주소를 넘겨받았지만 별 관심이 없었다. 아무리 내가 명수를 믿는다고 하더라도 버스 안에서 얻은 정보로 편지를 하는 것이 썩 마음 내키는 일은 아니었다. 그래서 그냥 지나가는 소리로 듣고 편지하는 것을 잊고 지냈다. 명수는 심심하면 내가 편지를 하는지 물어보고는 자꾸 다그쳤다.

"김 하사님, D는 직장에 다니고 있고 얼굴도 꽤 미인인데 편지해 보세요."

명수로부터 몇 번을 다짐 받은 뒤에야 어느 날 밤. 나는 용기를 내어 편지를 쓰기 시작했다. 병영생활의 일과를 쓰고 나니 더는 할 말이 없었다. 아무런 정보도 모르는 여인에게 편지를 쓴다는 것이 이렇게 어려운 일인가 싶었다. 상대방의 신상정보를 모르니 나의 신상도 털어놓을 수 없었다. 두서없이 써 보낸 편지에 기대하지도 않았던 답장이 왔다. 답장은 고등학생의 위문 편지 수준이었다.

그래도 병영 밖의 여인으로부터 편지를 받는 것은 지루한 군 생활의 청량제 역할을 했다. 이렇게 시작된 D와 나의 펜팔은 거의 일주일에 한 번씩 오가곤 했다. 오가는 횟수는 늘어났지만 편지의 내용은 위문 편지 수준에서 한 발자국도 더 나아가지 못했다. 얼굴 한 번 본 일이 없고 사진 한 장 주고받은 적이 없으니 인물평을 할 수도 없고 서로의 생각에 대해서는 더욱더 할 말이 없었다.

어느 날 D로부터 편지가 왔다. 편지의 맨 마지막 부분에 이런 내용이 있었다.

"재원씨, 편지가 오면 우리 식구들이 모두 기뻐 어찌할지 몰라요, 엄마아빠, 할머니까지 모두 함께 모여 읽어요."

그리고는 가족 상황을 써 보냈다. 아버지는 공무원이고 할머니를 모시고 삼남매가 함께 살고 있다고 했다. 이 편지를 받고 나니 더욱 더 편지 쓰기가 힘들어졌다. 온 가족이 소설을 읽듯 내 편지를 읽는 다고 하니 더욱 쓸 말이 없어졌다. 내 편지는 우리 부모님께 안부 편 지 정도의 수준으로 되돌아갔다.

그 후부터는 D의 편지도 자기 할머니 이야기와 부모님의 일상사 등 가족들의 이야기를 낱낱이 기록하여 보내왔다. 편지의 내용과는 관계없이 D는 처음부터 정성을 다해 편지를 써 보냈다. 항상 색종이 에 예쁜 손 글씨를 썼고 손수 만든 봉투에 넣어 정성을 기울여 보냈 다. 내 사물함에는 D의 편지가 차곡차곡 쌓여갔다. 쌓인 편지를 보는 것만으로도 기분이 좋았다. 내용이야 어떻든 나에게 많은 편지를 써 준 여인이 있다는 것이 행복했다. 제대를 얼마 앞둔 내가 마지막 편 지를 보냈다. D의 답장에 자기 아버지의 당부가 실려 있었다.

"재원씨, 3년 동안 전방에서 고생했는데 고향 가는 길에 수원에 들러 식사라도 한 끼하고 가세요.(…) 우리 모든 식구가 재원씨 보고 싶어 해요."

초인종을 누르자 안에서 젊은 여인의 목소리가 들렸다. 두근거리 는 가슴을 진정한 후 목소리를 가다듬고 큰 소리로 대답했다.

"D 씨 댁이죠. 저어~ 김재원입니다."

집안의 여인은 얼른 뛰어나와 대문을 열었다. 아름다운 젊은 처녀 였다. 이 사람이 D구나 생각을 하니 심장이 쿵쾅거리기 시작했다.

안내에 따라 거실로 들어갔다. D의 어머니와 할머니를 소개받았다. 공손히 인사를 하고 어정쩡하게 서있는 사이 D는 건넛방을 향하여 "D야! 재원씨 왔어, 안 나오고 뭘 해?" 하고 또 다른 D를 불렀다. 뒤통수를 한 대 얻어맞아 맞은 듯했다. 그럼 이 처녀는 누구란 말인가? 건넛방에서 나온 D는 고등학교 교복을 입고 있었다. 머리가 복잡해지기 시작했다.

대문간에서 나를 안내한 D는 실제로는 D의 언니였다. 언니는 서울행 버스 안에서 명수가 인적 사항을 가르쳐 달라고 애원하기에 동생 이름을 적어주었다고 했다.

"재원씨, 미안해요 그동안 편지를 주고받은 D는 제 동생이에요. 재원씨 편지가 너무 진지하고 재미있어서 우리 식구들이 모두 함께 읽었어요."

D는 수줍고 부끄러워 말도 제대로 못하고 부엌을 오가며 저녁 식사를 도왔다. 잠시 후 D의 아버지가 퇴근을 해서 저녁 식사를 같이했다. 3년 동안 군 복무 하느라 수고했다는 말씀 외에는 별다른 이야기가 없었다. 불편한 식사 자리였지만 고마웠다. 커피 한잔을 마시고 나니 어색한 자리에서 빨리 벗어나고 싶었다.

작별 인사를 하고 자리에서 일어났다. D의 아버지는 가까운 서울로 왔으니 가끔 시간을 내서 놀러 오라는 당부를 했다. 그리고 D에게 버스터미널까지 전송하고 오라고 말씀하셨다. 나와 D는 버스터미널까지 짧지 않은 시간을 걸었다. D도 나도 주고받은 편지 정도의 이야기밖에는 할 말이 없었다. "D야, 열심히 공부해서 좋은 대학 들어가." 마지막 당부를 하고 버스에 올랐다. D는 손을 흔들며 눈시울을 붉혔다. 그리고 애써 얼굴을 돌렸다.

다시 도시락을 싸들고 도서관으로 향하는 발걸음이 무겁다. 캠퍼스의 철쭉은 허접스럽게 떨어지고 있었다. 꼭 내 모습처럼. 마음이 참 묘하다. 내가 D의 집에 왜 갔을까? 정말 허접한 마음을 달래려고 누군가를 찾아갔을까? 아무래도 D의 정제가 궁금해서 갔겠지? 이것이 솔직한 내 마음이지 싶다.

경중완급(輕重緩急)

1973년 농협에 입사하여 강원도 횡성군조합으로 발령을 받아 대부계 보직을 받았다. 초임 발령을 받은 신입사원이 업무를 모르니 처음 몇 달 동안은 선임 직원들의 심부름을 하면서 쉬운 업무부터 익혀 나가기 시작했다. 대부계는 창구에서 처리해야 하는 업무가 많을 뿐 아니라 각종 보고서가 많았다. 중앙연수원에서 신입사원들에 대한 기초반교육 4주를 끝내고 사무실로 복귀하니 '농특자금'(농어민 소득증대 특별자금) 대출업무를 맡겼다.

당시 횡성군의 농특자금은 대부분 화전민 이주사업을 뒷받침해주는 송아지 구매자금이었다. 1973년 배정된 물량은 6백호 농가에 1 농가당 6만 원씩 총 36백만 원이었다. 이 물량을 3/4분기까지 모두 소화해야 하였기에 읍내 장날만 되면 대출 창구는 난리를 겪는 듯했다. 매일 야근에 출장업무까지 겹쳐 사표를 낼까 하는 생각을 여러 차례 했다. 다행히도 옆자리 선배 동료들의 협조 덕택에 무사히 한 해를 보낼 수 있었다.

다음해 2월 결산을 마친 후 얼마 지나 도지부에서 정기감사가 나왔다. 처음으로 감사를 받게 된 나는 무엇을 해야 할지도 모르고 대부계장이 시키는 대로 감사자료를 만들어 검사역에게 제출하고 감사장을 들락거리며 감사를 받았다. 일주일 정도 예정된 감사가 종반에 접어들자 대부 담당 L 검사역(이분이 감사수반이었다)이 내가 담당하고 있던 농특사금을 감사하기 시작했다. 차용금증서와 함께 편철된 대출서류와 대출원장을 대조해 가며 감사인(監査印)을 찍던 L 검사역은 나를 불러 대출서류와 원장을 차례대로 넘기라고 하고 본인은 가만히 앉아서 감사인만 찍었다.

차용금증서의 인감과 인감증명서를 대조해야 하고 서류가 제대로 갖추어져 있는지 확인하기란 단조롭고 짜증나는 일이었을 것이다. 아침에 감사장에 불려 들어간 나는 점심 식사 때나 되어야 감사장에서 빠져나왔다. 지난해 신규대출만 6백 건이 되었으니 무척 많은 시간이 걸렸다. L 검사역은 한참 감사를 하다가 지루하면 담배 한 대를 피워 물고 엉뚱한 질문을 했다.

"허이~ 김 군 고향이 어딘가?"

"네, 경상북도 포항입니다."

이때는 절대 사투리를 쓰지 않았다. 햇병아리 신입사원이 도지부 검사역에게 바짝 졸아들어 사투리로 대답하는 것이 불경스럽다는 생각이 들었다. L 검사역은 가끔 감사와는 아무런 관련이 없는 질문을 던지기도 했다.

학교는 어디를 나왔나? 결혼은 했냐? 강원도 사람들의 인상이 어떠냐? 감사에 착수하면 먼저 직원들의 인사기록을 제일 먼저 보았을 텐데 괜히 알면서도 물어보는 듯했다. 아마도 같은 서류들을 계속 검토하려니까 지루하고 피곤했기에 이런저런 이야기를 물어보며 머리를 식히는 것처럼 보였다.

일주일의 감사를 마치고 사무소 모든 직원을 모아놓고 감사 강평을 마치고 감사팀 모두가 떠나갔다. L 검사역은 특별히 나에게 수고했다는 격려를 하고 헤어졌다. 감사팀이 떠난 후 같은 시간에 감사를 받았던 비료계 선배 직원이 싱긋이 웃는 얼굴로 나에게 슬쩍 한마디를 던졌다.

"김 군, L 검사역이 김 군을 사위 삼으려나 봐, 그분에게 딸이 하나 있거든."

나는 젊은 사람 놀리지 말라고 응수했지만 그 선배 직원은 재미있다는 듯이 계속 나를 놀려먹었다. 한해의 결산도 마치고 감사도 받았으니 사무실은 조금 여유로운 시간을 맞았다. 한 달쯤 후에 인사발령이 있었다. 인사발령 전부터 우리 사무실은 전무가 바뀐다는 소문이 있었다. 당시 전무는 우리 사무실에 부임한 지 오래됐고 업무실적이 좋지 않기 때문에 다른 사무소로 이동해 갈 것이란 추측이 난무했다. 직원들 예측이 맞았다. 새롭게 발령난 전무는 공교롭게도 얼마 전 감사수반으로 왔던 L 씨였다. 선임 직원들은 이미 예측한 인사였다.

L씨에 대한 직원들의 평은 좋은 것 같지는 않았다. 우선 건강이 좋지 않다는 것이고 도지부에서 검사 업무를 오래 동안 담당했던 관계로 일선 영업점의 애로사항을 잘 모른다는 평가였다. 새로운 전무가 부임했어도 사무실은 별다른 변화가 없었다. 나는 그저 묵묵히 내가 맡은 일을 충실히 하고 있었다.

1974년도 횡성농협에 배정된 농특자금은 6천4백만 원이었다. 융자대상이 8백 농가이고 1 농가당 융자액이 8만 원으로 인상됐다. 농특자금은 군청에서 융자대상자를 선정하고 농협에서 대출을 담당했다. 융자대상자가 대부분 화전민이고 강원도의 중점사업으로 선정되어 각 군이 치열한 경쟁을 벌이고 있었다.

횡성군에서도 군수의 성화에 군청 축산과 직원들이 매일 농협에 와서 융자상황을 파악하고 독려했다. 군청에서는 분기별로 배정되는 자금을 분기 초에 모두 소화할 것을 당부했다. 군수는 매일같이 전무에게 압력을 넣는 듯했다. 물론 군청과 협의하여 조속히 융자하여야 하겠지만 나의 능력으로는 한계가 있었다. 나는 밀려드는 대출서류를 검토하느라 매일 야근해야 했다. 읍내 장날이면 창구에 융자신청자들이 몰려 북새통을 이루었다.

하루에 수십 건 어느 날은 백여 건의 서류를 작성하여 담당 상무에게 결재를 올렸다. 담당 상무는 결재할 서류가 많아 내가 올린 대출서류는 업무가 끝난 후 따로 결재했다. 야간에 상무의 결재를 받은 서류는 다음날 출근 전에 L 전무의 책상에 올려졌다. L 전무는 사무실의 일상적인 일에 대한 결재가 끝나면 나를 호출했다. 그리고는 본인의 결재용 인장을 내게 내밀며 나더러 전무 결재란에 인장을 찍으라고 했다. 인장을 건네줄 때마다 꼭 한마디 다짐은 했다.

"농특자금 외의 다른 서류에 찍으면 안 돼!"

결재서류와 전무의 인장을 갖고 나와 최대한 짬을 내서 빨리 결재를 끝내고 인장을 반납했다. L전무는 내가 올리는 대출서류의 결재는 대부분 이런 식으로 인장을 나에게 맡기며 내가 알아서 하라는 식이었다. 나를 믿어서라기보다는 농특자금의 성격상 결재를 맡겨도 사고의 위험이 없어서 굳이 몸이 불편한 당신이 일일이 검토하지 않아도 괜찮다는 생각이었을 것이다. 그러나 나로서는 부담스러운 일이었다. 매일 야근해야 하는 처지에 전무 결재까지 대행해야 하니 시간도 문제지만 다른 직원들의 시선도 신경 쓰지 않을 수 없었다.

나의 착각인지 몰라도 L전무는 모든 일에서 나를 신임하고 있는 듯했다. 여러 사람 앞에서 유독 나에게는 농담도 잘 걸어왔다. 당시 우리 직원들은 숙직실에서 점심을 먹었다. L전무는 대부분 손님과 외식을 했지만 가끔은 숙직실에서 직원들과 같이 식사하는 때가 있었다. 직원들은 L 전무와 같이 자리하는 것을 피했다. 나도 불편한 자리는 피하고 싶었지만 교대로 정한 시간에 만나면 어쩔 수 없었다.

그때는 영락없이 나에게 농담을 던졌다.

"김 군, 요즈음 삼오정에 자주 안 가나?"

이건 대답하기 곤란한 질문이다. 관내 기관장들이 들락거리는 요정에 말단 직원이 드나든다는 말을 선뜻 대답하기 곤란했다. 아무 말 없이 싱긋 웃고 있으면 L전무는 다시 정곡을 찔렀다.

"삼오정 마담이 김 군 보고 싶어 미치겠다고 하던데."

"전무님, 저 장가 못 가게 하실 작정이세요?"

이런 일이 반복되던 어느 날 결재서류를 한 아름 안고 전무실로 들어간 나에게 L전무는 응접 소파에 나를 앉히며 중요한 한마디를 던졌다.

"김 군! 농협 일은 한도 끝도 없어, 모든 일을 다 하려면 죽을힘을 다 해도 감당할 수 없어."

"…"

"그러니까 일의 경중완급(輕重緩急)을 가려서 해야 돼. 삶에서도 마찬가지라네."

그때 나는 경중완급이란 말뜻은 알았지만 내 삶에서 무엇이 중요하고 무엇이 급한지 몰랐다. 직장에서 열심히 일하고 빨리 승진하고 장가들어 자식들이 공부 잘하는 것이 급하고 중요한 일로 여겼다. 사회생활을 시작하면서 오십여 년을 치열한 경쟁 속에서 살았다.

이제 고희(古稀)를 넘기고 보니 중하고 급한 것이 없다. 마음은 비우고 걸음은 느릿느릿 천천히 걷는다.

이제야 나름대로 깨우친 삶의 방식이다.

크리스마스이브

크리스마스이브는 모든 사람이 거룩하고 경건한 마음으로 예수님의 탄생을 기다리는 밤이다. 기독교인들은 온 가족이 모여 예배를 드리고 축하 파티를 열기도 하고 이웃에게 예수 탄생을 알리는 찬송을 부르기도 한다. 아마도 제과점에서 케이크가 가장 많이 팔리는 날이 이날이지 싶다. 나는 젊었을 때는 기독교인이 아니었지만, 이날만은 가끔 종로에서 케이크 하나를 사서 퇴근했다.

이런 경건한 의식도 많이 변화되어 기독교인조차도 먹고 마시고 거리를 배회하며 한밤을 세우는 경우가 많아졌다. 아마도 곧 한 해가 가고 새로운 한 해가 온다는 아쉬움과 더 나은 소망을 기대하기 때문일까? 나도 학창 시절에는 크리스마스이브가 되면 친구들과 어울려 밤새 명동거리를 돌아다니며 노래를 부르고 술도 마시고 밤을 새우곤 했다.

명동성당의 마리아상은 보이지 않았지만 크리스마스트리의 불빛은 황홀하게 반짝거렸다. 믿음이 없으니 거룩한 모습은 보일 리 없고 반짝이는 불빛만 보였던 것은 당연한 이치이지 싶다. 그러다가도 오가는 길에 세워둔 구세군 자선냄비 앞에 서면 어쩐지 마음이 경건해져 동전 몇 푼을 던져 넣고는 또다시 막걸리 집으로 발걸음을 옮겨갔다. 그러나 이런 즐거움(?)도 직장이란 조직에 들어가면서 완전히 사라지고 말았다.

1, 훈훈한 크리스마스

1973년 농협중앙회에 입사하여 횡성군 조합으로 배치받았다. 신입사원 교육을 마치고 업무를 차츰 익혀가자 한 해 결산을 위한 자금 회수 시기가 다가왔다. 사무실에서는 9월부터 각종 대출금에 대한 이자 계산을 하여 자금상환 안내장을 보내기 시작했다. 그리고 자금회수부를 만들고 직원별로 담당 마을을 배정했다. 이후부터는 직원들이 수시로 담당 마을에 출장하여 회수를 독려하고 직접 현금을 회수하여 사무실에 입금하기도 했다.

한편 도지부에서는 각 군 조합별로 회수 목표를 부여하고 매일 전화 속보를 받아 실적을 평가하고 그 결과를 통보했다. 당시 강원도지부에서는 J 지부장의 아이디어로 "농민 빚 줄이기 운동"이란 표어를 내걸고 자금회수 활동을 강력하게 독려했다. 매일 목표 대 실적을 평가 시달하고 실적 부진 조합에 대하여는 책임자 경고와 함께 최하위 직원에게는 경고장을 보냈다. 경고장은 보통 표창장의 두 배 정도의 크기로 인쇄하여 아침조회 시간에 전무가 해당 직원에게 전달토록 했다.

당시 횡성군조합은 부실채권이 많았다. 서원면의 협동 축산단지, 둔내면의 호프 지원 자금이 대표적인 부실채권으로 남아있었다. 당시는 사업 품목과 대상 농가 선정은 행정기관이 담당하고 자금지원은 농협이 담당했다. 부실채권에 대하여는 연체이자가 부과되어 농민들로서는 하루빨리 상환하는 것이 상책이지만 생계조차 힘든 농가들로부터 현금 회수는 결코 쉬운 일이 아니었다.

결산이 임박한 12월이 다가오자 우리 조합은 도내 15개 조합 가운데 맨 꼴찌를 오르내렸다. 전무님은 매일 아침 직원회의를 개최하여 직원별 회수실적을 평가하고 월요일 아침에는 도지부장께서 보내온 경고장을 전달했다. 경고장은 매번 서원면 협동 축산단지를 담당했던 입사동기생 M이 받았다. M은 퇴근 후 저녁마다 나를 붙잡고 회사를 그만두겠다고 울분을 토했다. M은 마음이 여리고 착했다. 독실한 기독교 신자에 홀어머니 밑에 외아들로 자란 탓일까? 술도 마시지 않았다. 내가 말로써 위로했지만 얼마나 도움이 되었을까? 그래도 그는 끝까지 참아냈다.

농협의 12월은 시간이 빨리 갔다. 12월 24일, 아침 일찍 도지부에서 두 분의 책임자가 회수지원을 나왔다. 아마도 24일과 25일 크리스마스 동안 쉬지 말고 열심히 회수 활동을 하여 실적을 올리라는 도지부장의 지시에 의한 것이라 추측됐다. 두 분은 가장 힘들고 먼 곳으로 지원활동을 나가겠다고 했다. 이렇게 해서 H 과장님은 사무실 선임 직원과 한 팀이 되고 K 대리님은 나와 한 조가 되어 둔내면으로 향했다. 그리고 저녁에는 모두 둔내농협 사무실에서 만나기로 약속했다.

나는 그때 이미 모든 회수 활동을 끝낸 상태였다. 농민들은 순수했다. 매주 현장을 찾아가 자세한 설명을 하면 극히 힘든 몇몇 농가를 제외하고는 대부분 자진 상환했다. 그래서 나는 K 대리님에게 회수할 자원이 없다고 설명해 드렸지만 그분은 꼭 나와 함께 출장을 가겠다고 했다. 우리는 둔내면 현천리로 나갔다. 현천리는 호프 자금 부실이 많은 지역이었다. 둔내면은 겨울철 내내 눈이 쌓여 있는 고지대다. 기온은 한낮에도 영하 20도를 오르내리는 곳이다. 우리는 두꺼운 가죽점퍼에 장갑과 귀마개로 단단히 무장하고 산길을 헤매고 다녔다. 그러나 종일 회수 활동을 벌였지만 한 건도 회수하지 못하고 해가 질 무렵 둔내농협으로 돌아갔다.

둔내농협 사무실에는 H 과장님 팀이 먼저 돌아와 우리를 기다리고 있었다. 우리가 도착하자 둔내농협 조합장을 비롯한 모든 직원이 함께 모였다. 사무실 난로 앞에 불을 쬐던 둔내 조합장께서 크리스마스 파티를 하자고 제안했다. 도지부에서 귀한 손님들이 이곳 둔내까지 오셨으니 뜻깊은 크리스마스가 될 것이라고 모두 환호했다. 그러자 면내 하나밖에 없는 중국집에서 안주가 배달되고 막걸리 병이 들어왔다. 연탄난로의 따뜻한 온기 속에서 막걸리 파티가 시작됐다. 바같에는 흰 눈이 끝없이 펑펑 쏟아지고 있었다. 훈훈한 사무실에서 따뜻한 사람들과 함께한 크리스마스 파티가 밤늦게까지 이어졌다.

2. 개 같은 크리스마스

1976년 9월 대리로 승진하여 양주군조합으로 발령받았다. 당시는 경기도 한수이북 농협은 모두가 꺼리던 시절이었다. 특히 양주는 군납사업에다 자본적자 조합으로 알려져 더욱더 심했다. 경제사업 담당 책임자로 보직을 받은 한 달쯤 후에 도지부에서 정기감사가 나왔다. 창고에 쌓여 녹이 슨 구매품(삽, 호미, 곡괭이, 지대미 등)과 행정기관에 공급한 공동방제용 농약 대금, 규산질 비료 대금, 산물 석회 등 미수금을 연말까지 회수하겠다는 각서를 쓰라고 했다.

몇 년을 내려온 부실채권과 부실자산을 엊그제 부임한 책임자에 처리하라는 것은 부당하다고 항의했다. 그러나 감사자로서는 누군가가 해결해야 할 일이기에 감사 시점에 그 업무를 맡은 사람에게 지시하지 않을 수 없다는 논리로 맞받았다. 행정기관(의정부시, 양주군, 동두천시)과 고물상을 왔다갔다하는 사이 가족들은 의정부로 이사했고 사무실은 한 해 결산을 위한 자금회수 시기를 맞았다.

당시 양주군조합에는 나이 많은 직원들이 많았고 대부분 서울서 출퇴근했다. K라는 성함을 가진 나이 많은 직원은 파주에서 출퇴근했다. 자금회수로 인한 출장이 잦아들자 집이 먼 직원들은 숙직실에서 자는 경우가 많았다. 당시는 남양주가 분리되기 전이라 출장에서 돌아오면 차편이 없어서 부득이 숙직실 신세를 지지 않을 수 없었다.

1976년 12월 24일, 나는 이날도 구매미수금 회수 문제로 양주군청 직원들과 협의를 마치고 늦게 돌아왔다. 집에 들어가 봐야 꼭 할 일도 없기에 사무실에서 각종 문서를 검토하고 있었다. 밖에는 어둠이 깔리고 사무실 앞 소줏집에서는 돼지고기 굽는 냄새가 솔솔 나기 시작했다. 오늘 당직 책임자가 누군지? 소주 생각이 나서 동석할 직원이 있나 싶어 아래층으로 내려오는데 분위기가 이상했다.

낯선 사람 몇 명이 직원들 책상 서랍을 당겨보고 고무판을 들치고 돌아다녔다. 그날 당직 책임자인 P상무는 그들 뒤를 따라다니며 무엇인가 중얼거리고 있었다. 아래층 직원의 설명인즉 청와대에서 보안점검을 나왔다는 것이다. 술 마시고 싶은 생각은커녕 정신이 바짝 돌아왔다. 이런 상황에서 퇴근할 수도 없어서 사무실 한구석에 서서 그들이 하는 일을 지켜보고 있었다.

창구직원들의 책상을 모두 점검한 그들은 뒷자리에 있는 책임자 책상을 점검하기 시작했다. 그리고 사무실 맨 뒤에 있는 전무 책상에 앉아있는 사람에게 눈길을 주었다. 전무 자리에는 벌써 파주서 출퇴근하는 K씨가 술이 거나해서 거만하게 앉아있었다. 점검 나온 청와대 직원도 이상한 눈치를 채고 그날 당직 책임자 P상무에게 물었다.

"상무님, 저 뒤 전무 자리에 있는 사람은 누굽니까?"

P상무는 대답을 못 하고 "네 어~…" 하고 얼버무렸다.

이 상황을 지켜보고 있던 K씨가 벌떡 일어나 호기를 부리기 시작했다.

"당신들 말이야! 우리는 자금회수 하느라 퇴근도 못 하고 있는데 보안점검이 뭐여?" 그리고는 화를 삭일 수 없는 듯

"보안점검을 하려면 군청이나 시청을 가던지." 훈계(?)를 들은 청와대 점검 요원들은 두말없이 사무실을 나갔다. 그들은 의정부에 소재한 각 기관 점검을 포기하고 서울로 돌아갔다. 이 일은 금방 의정부 시내 각 기관으로 퍼졌다. 시청과 군청에서는 농협 때문에 그들이 살았다고 인사 아닌 인사를 했다.

이 사건의 대가는 혹독했다. 다음날 바로 중앙회에서 융단폭격이 시작됐다. 중앙회 실무자를 건너뛰어 이사가 직접 전무께 전화했다. 각설하고 K씨의 사표를 받으라는 것이었다. K씨는 못 할 말을 한 것도 아닌데 사직은 못하겠다고 버티었다. 일주일을 설득해도 사직서를 내지 않았다. 더 이상 버티다간 윗사람에게 피해가 갈 것을 눈치챈 K씨는 결국 사직서를 제출했다. 파주에서 출퇴근했던 것이 원인인지? 술이 웬순지? 어쨌든 그해 크리스마스는 개 같은 날이 되고 말았다.

어떤 미군 병사

1976년 9월 대리로 승진하여 의정부에 있는 양주군농협으로 발령을 받았다. 승진하면 대부분 자기 고향으로 가기를 원했지만 나는 시험성적이 신통치 못해 일차발령도 못 받고 이차발령을 받았는데 그것도 경기도가 아니면 자리가 없어 할 수 없이 경기도로 발령을 받았다. 당시 경기도 한수이북은 대부분의 농협에서 군납 업무를 담당하고 있어 그쪽 농협은 모든 직원이 기피하는 지역이었다.

양주군 농협도 1개 사단과 1개 급양대(직할부대의 급식 담당 부대)에 군납 업무를 담당하고 있어 기피 1호로 꼽히는 곳이었다. 세 사람이 발령을 받았는데 직장생활의 요령도 없고 처신을 할 줄도 몰랐던 내가 가장 힘든 군납 업무를 맡았다. 이것도 내 운명이요 팔자라 생각하고 아내와 첫돌이 채 안 된 딸을 데리고 의정부로 이사했다.

우리 식구가 이사한 집은 국민주택 규모의 깨끗한 새 집이었다. 돈도 없지만 세 식구가 넓은 공간도 필요 없어 쪽 부엌이 딸린 문간방

하나를 얻어 이삿짐을 옮겼다. 의정부에서 가장 큰 시장이 가까이 있었고 사무실까지 십여 분 남짓 걸리는 곳으로 대문을 열고 나오면 택시가 겨우 다닐 수 있는 도로가 있었고 도로변에는 생활하수가 흘러가는 개울이 있었다. 한편 집 안채에는 마루가 딸린 넓은 방 두 개에 입식 부엌이 설치된 꽤 넓은 집이었다. 그 집 거실은 항상 검은 커튼이 드리워져 있어 처음에는 그 안에 누가 사는지 무슨 일이 일어나고 있는지 알 수가 없었다. 얼마의 시간이 지난 후 그 집에는 미군 병사와 한국인 아내가 살고 있다는 사실을 알았다.

그들은 정식 결혼한 부부가 아니고 한국에 머물 동안 동거하는 계약 부부였고 둘 사이에 자식도 없었다. 그 미군은 서울 쪽으로 나가는 호원동에 있는 캠프에 근무하고 있었는데 하루에 두 번씩 퇴근했다. 1차는 점심시간에 택시를 타고 오면서 PX 물품을 잔뜩 싣고 와서 지하실에 두고 점심을 먹고 다시 출근했다가 오후에도 점심때와 똑같은 방법으로 퇴근했다. 미군의 행위가 내 눈에 매우 거슬렸지만 제지할 처지도 못 되어 못 본 척 지나쳤다.

미군이 택시에 싣고 오는 물품은 양주를 비롯한 커피, 양담배, 소시지 등 당시는 우리가 구하기 힘든 식료품들이었다. 집에 가져온 물품은 며칠 동안 지하실에 보관해두었다가 한 달에 두 번 정도 현금을 받고 중간 상인에게 넘겨주곤 했다. 미군 아내는 매우 야박한 사람이었다. 중간상인에게 물품을 넘길 때는 철저하게 계산하여 현금을 받았다. 외상이나 에누리 같은 건 통하지 않는 완벽한 장사꾼이었다. 가끔 아내가 커피를 살 때도 시중에서 암거래되는 가격 그대로 다 받았다. 그래도 시장에 가서 암거래 가게를 찾아 사는 것보다는 손쉬우니 커피도 사고 어떨 때는 양주도 한 병을 사기도 했다.

지하실에 PX 물품이 가득 찬 어느 날 밤에 도둑이 들어 물건을 몽땅 훔쳐갔다. 아침에 일어나 도둑맞은 사실을 안 미군 아내는 끌탕을 했다. 중간 상인에게 넘길 때쯤이었으니 꽤 많은 양을 도둑맞았으나 부정한 방법으로 모아둔 것이니 경찰에 신고할 수도 없어 며칠을 두고 속앓이를 했다. 우리는 속으로 얼마나 쾌재(?)를 불렀는지 모른다.

정부에서는 의정부, 동두천 등에서 이런 미군 물품들이 시중에 수 없이 흘러나오니 서울로 반입되는 것을 막기 위하여 도봉검문소에서 군경합동으로 철저한 검문을 했다. 1977년 설날이 다가오는 어느 날, 장인어른 친구 되는 정부 고위층에 있는 분에게 선물 겸 인사 청탁을 위하여 '조니 워커' 한 병을 샀다. 당시는 양주 한 병이 큰 선물이었고 흔히 청탁뇌물로 쓰일 만큼 귀중한 대접을 받을 때였다. 양주를 사기는 했지만 서울로 갖고 들어가는 것이 문제였다.

아무리 머리를 짜내도 혼자서는 도봉검문소를 통과할 방법이 없었다. 할 수 없이 아내가 아기를 업고 기저귀 보따리 속에 양주를 감추고 버스를 탔다. 버스를 타고도 불안하여 서로 남남인 것처럼 다른 좌석에 앉아 검문소에 도착했다. 검문소에 도착하니 먼저 헌병이 올라와 "잠시 검문이 있겠습니다" 하며 거수경례를 하고 군인들이 있는지를 돌아보고 내려갔다, 다음 경찰이 올라와 아무 말 없이 거수

경례하는 둥 마는 둥 시늉만 내고 차 안을 돌아보며 이상한 물건을 지닐 만한 사람이 있는지를 살피고 차에서 내렸다. 나는 빈손이었고 아내는 아이 기저귀 보따리를 들고 있었으니 의심을 받지 않은 듯했다. 안도의 한숨이 나왔다. 무사히 검문소를 통과한 아내는 다음 정거장에서 양주를 내게 인계하고 집으로 되돌아갔다.

양주 한 병 전달하는 과정이 007 첩보영화의 비밀 폭탄을 전달하는 작전을 연상케 했다. 당시 조니 워커가 그렇게 좋은 술이었던가? 그 공무원은 조니 워커만 챙기고 내 말은 한마디도 듣지 않고 현관 밖으로 내쫓았다. 한 해 겨울이 지나고 봄이 되니 우리 딸은 아장아장 걸음마를 배우며 좁은 마당을 걸어 다니곤 했다.

어느 날은 딸이 마당에서 놀고 있는데 미군 병사가 대문을 열고 들어왔다. 미군 병사는 아이가 없었던 관계로 우리 딸을 안아보고 싶어 딸 가까이 다가갔다. 딸은 경기하듯 소리치며 도망갔다. 엄마 아빠 외에 다른 사람을 대할 기회가 없었던 딸에겐 새까만 얼굴에 하얀 이빨을 드러낸 흑인이 공포의 대상이었을 것이다. 미군은 문맹자였다. 휴일이 되면 고향으로 보내는 편지를 보내고 또 오는 편지를 읽기 위해 수시로 영문 대서소를 들락거렸다. 본인도 아내도 영어를 모르니 얼마나 답답했을까? 미국은 이상한 나라란 생각이 들었다.

우리나라는 내가 자란 시골에서도 아녀자들을 빼놓고는 문맹자가 거의 없었다. 내 아버지도 학교 근처에도 못 가봤지만 한글도 깨우치고 한문은 대학을 졸업한 나보다도 더 잘 읽고 쓰셨다. 그런데 소위 지구상 가장 문명국이란 미국에서 외국에 파병 나온 병사가 문맹자라니 도저히 이해되지 않았다. 파병 병사가 모두 문맹은 아니었겠지만 우리나라에 파병 나온 병사들은 수준이 낮은 것만은 틀림이 없었다. 우리가 사는 이웃에는 파병 나온 병사들이 함께 모여 살고 있었다. 휴일에는 이들이 함께 어울려 슬라브 집 옥상으로 올라가 비치파라솔을 치고 하루 종일 고기를 구워가며 맥주를 마셔댔다. 온 동네에 뿌연 연기가 날리고 고기 굽는 냄새가 진동하여 이웃 사람들이 불평해댔으나 그들은 아랑곳하지 않았다. 온종일 고기와 맥주를 마셔댄 그들은 저녁 해거름에야 옥상에서 내려왔다.

시간이 흘러가고 한 집에서 같이 살다 보니 아내와 미군 병사의 아내가 가까워져갔다. 대화할 상대가 없던 미군의 아내는 속내를 털어놓기 시작했다. 아내가 미군이 파견 기간이 끝나고 본국으로 돌아가게 되면 미국으로 따라가는지에 대해 물어보았다. 본국에 결혼한 진짜 아내가 있는지 아니면 독신인지 모르지만 천리타향 먼 곳으로 가서 언제 버림받을지도 모르는 처지에 어떻게 따라가겠느냐며 손사래를 쳤다. 그녀는 한숨을 쉬며 닥쳐올 삶에 대하여 이렇게 말했다.

"이 사람이 가면 또 다른 병사가 올 것이고, 다시 동거할 병사를 찾으면 돼요."

이 서글픈 한마디가 지금도 나의 마음에서 떠나지 않는다.

비밀취급인가증

우리나라의 야간통금 제도는 해방과 더불어 1945년 9월 8일 시작되어 1982년 1월 5일 새벽 4시를 기하여 완전히 해제됐다. 일제강점에서 해방과 더불어 실시된 이 제도는 무려 37년간이나 국민의 자유로운 활동을 제약해왔다. 모든 국민은 무슨 일이 있어도 자정 이전에 집으로 돌아가야 했고 제대로 귀가할 형편이 못 되면 근처 여관이나 여인숙에서 하룻밤을 지내야 했다.

밤 10시가 되면 청소년들의 귀가를 유도하기 위하여 라디오 방송에서는 "청소년 여러분 이제 집으로 돌아가야 할 시간입니다"라는 멘트를 내보내기도 했다. 통금이 시작되면 파출소마다 순찰차를 동원하여 위반자를 잡아 밤새 파출소에 머물게 하여 파출소 안은 도떼기시장처럼 시끌벅적했다. 이 사람들은 날이 새면 관내 경찰서로 보내져 즉결심판을 받고 벌금을 물거나 며칠간 유치장 신세를 져야 했다. 통행금지제도는 많은 국민의 정상적인 생활을 제약했지만 범죄예방이라는 순기능도 무시할 수 없는 행정조치였다.

1980년 이른 봄 정무 아버지가 돌아가셨다는 부고를 접했다. 정무는 나와 같은 대학을 다녔다. 법학을 전공한 정무는 몇 년간 사법고시를 준비하다가 실패를 거듭한 후 꿈을 접고 농협중앙회에 입사했다. 나도 군 복무를 마치고 정무의 권유로 농협에 들어갔다. 우리 두 사람은 당시 근무하던 부서는 달랐지만 한 건물 안에서 매일 마주치며 일하고 있었다. 그리고 사는 곳도 서로 멀지 않았다. 정무는 망우동, 나는 면목동에 살고 있어 같은 통근버스를 타고 출근했다.

부고를 접하던 날 퇴근길에 문상하러 갔다. 당시는 대부분 집에서 장례를 치르던 시절이었다. 집 앞대문에는 조등이 걸려 있고 대문 위에 하얀 무명 옷가지가 널려 있었다. 정무 아버지는 6·25전쟁 때 맨손으로 월남하여 광산을 일구며 한평생을 살았다. 그러나 광산은 1980년대부터 사양산업으로 전락하여 당신의 몸도 쇠약해져 병들어 몇 년을 누워서 지냈다. 많지 않은 나이에 아내와 두 자녀를 두고 세상을 떠났다. 대문을 들어서자 대학 시절 뵙던 그분의 온화한 얼굴이 머릿속을 스쳐갔다. 미소 띤 모습의 영정사진 앞에 국화꽃을 올리고 정무와 맞절을 했다.

외아들이 홀로 지키는 빈소는 왜 그렇게 쓸쓸해 보였던지. 몇 마디 위로의 말을 건넨 후 건넛방으로 갔다. 그곳에는 정무가 근무하던 관리부 직원들이 모여 앉아 고스톱을 치면서 술판을 벌이고 있었다. 그 중에는 나의 대학 선배인 Y차장도 끼어 있었다. Y차장은 우리 직장에서 술로서는 소문난 분이었다. 관리부 직원들과 어울린 나는 고스톱을 치기보다는 Y차장과 술 마시기에 정신이 없었다. 화투장과 술잔이 번갈아 돌아가는 사이에 많은 시간이 지나갔다. 다른 직원들은 모두 자리를 뜨고 마지막으로 Y차장과 나만 남았다.

시간 가는 줄도 모르고 술잔을 주고받던 우리는 자정이 지났다는 것을 알았다. 정신을 가다듬어 집으로 돌아갈 채비를 차리고 대문을 나왔다. 정무는 통금시간이 지났으니 건넛방에서 자고 내일 아침 일찍 돌아가라고 우릴 말렸다. 그러나 Y차장은 호기를 부리며 잡는 손을 뿌리치고 대문 밖으로 나왔다. 혹시라도 택시가 있을 것으로 판단했다. 골목길을 지나 대로변에 나오니 우리 앞으로 택시 한 대가 다가왔다. 통금시간 후에도 영업하는 택시가 있다니 반갑기 그지없었다. 우리는 비틀거리는 몸짓으로 택시를 세웠다.

우리 앞에 선 택시에는 이미 두 사람이 타고 있었다. 자세히 보니 앞자리에는 경찰이 타고 있었고 뒷좌석에는 우리처럼 술 취한 취객이 한 사람 타고 있었다. 우리는 합승을 하지 않겠다고 거절했다. 그러나 택시는 가지 않고 앞자리에 탄 경찰이 내려 우리를 뒷좌석으로 밀어 넣었다. 그리고는 쏜살같이 파출소로 향했다. 영업하는 택시가 아니고 통금 위반자를 잡는 경찰의 앞잡이 택시였다.

파출소에 순찰차가 있음에도 불구하고 통금 위반자를 잡기 위하여 추가로 일반택시까지 동원했다. 국민의 지팡이라 자처하는 경찰의 야비한 짓거리에 분통이 터졌지만 우리가 법을 어겼으니 어쩔 수 없이 사늘한 시멘트 바닥에서 하룻밤을 보내게 생겼다. 파출소에는 이미 여남은 명의 사람이 잡혀 와 있었다. 술에 취해 고래고래 소리를 지르는 중년 남자, 집에 가겠다고 악다구니를 쓰는 아줌마, 모든 걸 포기한 채 졸고 있는 아가씨 등등. 여기에 나와 Y차장이 가세했다. Y차장은 화를 내며 소리 소리를 질러댔다.

　"통금 위반자를 택시로 잡으러 다니는 경찰이 어느 나라 경찰이냐?"

　파출소 순경은 당장 담당경찰서로 보내 유치장에 잡아넣겠다며 겁을 줬다. 그래도 잠시뿐 잡혀 온 사람들은 계속 투덜거리며 불평을 쏟아냈다. 시간이 지나면서 차츰 술이 깨어가자 걱정이 되기 시작했다. 나야 직장에서 직급도 낮은 사람이니 별 문제가 될 것이 없으나 Y차장은 사정이 달랐다. 날이 새면 새벽에 담당경찰서로 가서 즉결심판을 받게 될 것인데 회사에 알려지면 체면이 말이 아닐 것 같았다.

　내가 손을 쓰기로 하고 파출소 당직 책임자에게 다가갔다. 회사에서 각부 서무담당 대리에게 발급해주던 「2급 비밀취급 인가증」을 보여주며 숙직실로 유도했다. 숙직실에서 사정 이야기를 하고 모든 책임은 내가 질 것이니 제발 Y차장만 보내달라고 살살 빌었다. 비밀취급 인가증을 보여 준 효과가 있었다. 담당 경찰은 우릴 공무원으로 알고 Y차장을 몰래 빼돌려 주었다. 초록은 동색이라고 같은 공무원이라 생각하고 호의를 베푼 듯했다. 밤중에 택시가 없으니 파출소 순찰차에 태워 중곡동 집으로 모셔갔다. 그리고 나에게는 숙직실에서 통금이 해제될 때까지 꼼짝 말고 기다리라는 엄명이 내려졌다.

새벽 4시가 되어 통금이 해제되니 경찰서 버스가 와서 파출소에 잡혀 와 있던 사람들을 싣고 갔다. 모두를 경찰서로 보낸 후 숙직실에 있는 나를 불렀다. 공무원이 그렇게 술에 취해 통금시간도 모르고 다니면 되느냐고 훈계를 했다. 나는 굳이 공무원이 아니라고 변명하지 않았다. 그는 자꾸 경찰의 어려운 점과 박봉에 시달린다고 이야기했다. 내가 자기 말의 속내를 알아차리도록 계속 많은 말을 했다.

나는 당시 통금 위반하면 돈을 주면 빠져나올 수 있다는 정보는 알고 있었지만 얼마를 주어야 할지는 몰랐다. 교통위반을 눈감아 주는 뒷돈이 오천 원이니까 오천 원짜리 한 장을 내밀었다. 그러나 그는 순찰차로 Y차장을 태워준 추가사례비를 요구했다. 그러나 내 지갑 안에 남은 돈은 천 원짜리 몇 장밖에 없었다. 내 지갑은 이미 어젯밤 고스톱판에서 다 털리어 빈털터리가 되어 있었다. 아마도 경찰은 닭 쫓던 개처럼 허무한 심정이었지 싶었다.

비밀취급 인가증의 위력이 대단하다는 생각이 들었다. 나이가 들수록 점점 더 못된 짓만 배워가던 시절인 것만 같아 마음이 씁쓸하다.

홀아비로 살아보니

나는 1974년 결혼을 하고 세월이 가는 사이 두 딸의 아버지가 되었다. 딸들이 자라 고등학생이 될 때까지는 어딜 가든 가족과 함께 살았다. 지방으로 발령이 났어도 가족들을 데리고 의정부로, 전라북도 진안으로 이사하며 함께 생활했다. 그 후 1992년 3월 지점장으로 진급하여 대구로 발령을 받았다. 이때는 딸들이 대학 진학을 앞에 두고 있어 함께 이사하지 못하고 혼자 지낼 수밖에 없었다.

동대구역 근처에 조그만 아파트를 얻어 혼자 지낼 준비를 시작했다. 아내가 내려와 취사도구를 비롯하여 간단한 생활 도구를 장만하여 주고 나 혼자 남겨놓고 상경했다. 동대구역에서 홀로 떠나가는 아내의 쓸쓸하고 초라한 모습이 가슴을 찡하게 했다. 이별의 아픔은 헤어짐의 길이가 아니라 함께했던 시간에 비례하는 듯했다. 혼자 사는 것이 극히 불편했지만 내가 감내하지 않으면 안 될 처지라 마음을 단단히 다잡고 홀아비 생활을 시작했다.

당장 혼자서 생활해 보니 가장 하기 싫은 일이 밥 짓고 설거지하는 일이었다. 우선 아침에 일어나 부엌에 들어가기가 싫었다. 조그만 냉장고에 사둔 사과주스 한 봉지로 아침을 때우고 출근했다. 점심이야 사무실 직원들과 함께 해결하면 되니 문제가 될 것이 없지만 퇴근하면 저녁밥 지어 먹을 일도 귀찮았다. 전기밥솥으로 밥이야 짓겠지만 매일 똑같은 반찬으로 식사하기란 쉽지 않은 듯했다. 며칠을 망설이다 집에서 취사하는 것을 포기했다.

결론은 아침을 주스 한잔으로 때우고 점심은 직원들과 함께 식사하고 저녁은 사무실 근처 식당에서 해결하고 퇴근하는 것으로 하고 부엌에 들어가는 것을 포기했다. 혼자 사는 것은 식사 문제만 해결되면 족한 줄 알았다. 그러나 살아보니 그것만이 아니었다. 빨래 거리는 토요일 상경 때 가방에 쑤셔넣어 집으로 가져오면 되지만 집안 청소가 문제였다. 혼자 사는 집에 그것도 종일 각종 창문을 닫아두는 집에 먼지는 왜 그렇게 쌓이는지? 처음 며칠은 아침에 이불도 챙기고 빗자루와 물걸레를 빨아 방과 거실을 닦았다.

몇 주가 지나가니 굳이 해야 할 필요가 없다는 생각이 들었다. 혼자 사는 집에 먼지가 쌓인들 얼마나 쌓일까 하는 생각이 들면서 청소하기를 멈춰버렸다. 혼자 산다는 것은 의욕을 잃어가는 과정인 듯했다. 청소하기를 멈추니 아침에 일어나 이불을 개는 것도 싫어졌다. 몇 시간 후면 다시 펴야 할 이불을 지금 갠들 무슨 소용이 있을까 하는 생각이 들면서 자꾸만 모든 것이 귀찮아졌다.

마냥 게으름을 피워도 피할 수 없는 일이 발생했다. 방안 천정에 달린 형광등이 고장났다. 나는 평생 전기를 다루어본 적이 없다. 어릴 때는 호롱불 밑에서 살았고 서울 와서 고모 집에 살 때는 고종사촌이 전기공학과 출신이라 내가 신경 쓸 일이 없었다. 더욱이 내가 전기를 겁내는 것은 군대에서 고압선을 잘못 건드려 목숨을 잃은 병사를 보았기 때문이다. 지금 생각하면 그는 괜히 공고 출신이란 자만심 때문에 목숨을 잃은 결과가 됐다.

나는 비겁한 남자라는 소리를 들어도 전기에는 손대지 않았다. 결혼 후에도 형광등 갈아 끼우는 일은 아내가 담당해 왔다. 지금은 내 손으로 형광등을 갈아 끼우지 않으면 안 되는 처지가 됐다. 의자 위에 올라 형광등 커버를 열고 목숨이 끊어진 전등을 빼내는데 다리는 후들거리고 양손은 사시나무처럼 떨렸다. 이마에 흐르는 식은땀을 훔쳐 가며 겨우겨우 새것으로 갈아 끼우고 한숨을 몰아쉬었다. 나로서는 엄청나게 큰 모험을 감행한 일이었다. 이 모든 게으름은 처음 지점장 업무를 수행하는 일이 힘들어서 퇴근하면 만사가 귀찮은 것이 당연한 심사라고 자위하며 지냈다.

혼자 사는 것이 편할 때도 있다는 것을 실감하며 나의 게으른 생활은 계속됐다. 그러나 그 생활이 오래가지 못했다. 대구에 부임한 지 일 년쯤 지난 후 어느 날 먼저 대구에 내려와 살던 처남이 갑자기 뇌출혈이 발생해 뇌수술을 받게 됐다. 서울서 아내가 먼저 내려오고 강원도 횡성에 계신 장인 장모님이 처삼촌과 사촌 처남을 대동하여 급히 대구로 내려왔다. 처남이 수술을 기다리던 경북대병원에서 처남의 상태를 확인한 처가 식구들은 모두 내가 어떻게 살고 있는지를 확인하려고 내 숙소로 몰려왔다. 집안 상태를 확인한 아내와 처가 식구들은 놀라움을 금치 못했다.

자취하라고 사다 놓은 전기밥솥은 비닐포장지도 뜯지 않은 채 부엌에 그대로 방치되어 있고 집안에는 뽀얀 먼지가 겹겹이 쌓였고 방바닥에는 자고 난 이불이 그냥 방치된 상태였다. 아내는 친정 식구들에게 얼굴을 들 수 없다고 불평을 쏟아냈다. 나는 처가 식구들은 당연히 처남 집에서 머무를 것으로 생각했다. 그분들이 내 아파트에 오실 줄 알았더라면 대강 청소라도 했을 텐데.

처남이 수술을 받고 회복되는 것을 확인한 처가 식구들은 모두 돌아갔다. 아내는 처삼촌과 사촌 처남으로부터 천하에 그렇게 게으른 사람하고 어떻게 사느냐고 핀잔을 들었다고 했다. 아내는 자기 눈으로 똑똑히 보았으니 변명도 못 하고 얼굴이 화끈거려 식은땀이 흘렀다고 앙탈을 부렸다. 나는 이때부터 처가 식구들로부터 세상에 둘도 없는 게으름뱅이로 낙인찍혔다. 나는 회사에 출근할 때마다 아내에게 이런 말을 했다.

"나는 오늘도 독립운동을 하러 나간다. 독립군은 자기 집안을 돌볼 여유가 없다."

물론 이것이 농담이란 것을 아내도 안다. 그러나 나는 나름대로 의미를 담고 하는 말이었다. 집안일은 전적으로 아내의 몫이라는 의미가 내포되어 있고 또 내가 회사에서 어려운 일을 당했을 때 나 스스로 최면을 걸기 위한 말이었다. 독립군의 심정이면 세상에 겁날 일이 무엇이 있겠는가?

대구에 지점장으로 부임해서도 회사에서는 이런 정신으로 무장했다. 비록 집안 생활은 게으름꾼이었지만 회사에서는 최선을 다해 일했다. 그 결과 일 년을 보낸 1993년 당시 전국의 150여 개 지점 중에서 3개 지점을 시상하는 '총화상'을 받았다. 총화상은 숫자상으로 나타나는 실적만 평가하는 것이 아니라 사무실 분위기, 지역주민의 평판, 직원들의 자질 및 친절도, 각종 사고 등 모든 부문을 평가하여 선정했다. 쉽게 받을 수 있는 상이 아니었다.

이제 시간은 흘러 퇴직한 지도 오래되었고 딸들은 출가하고 아내와 둘만 남았다. 젊어서 그렇게 게으름을 피우던 청소, 빨래, 설거지는 모두 내 몫이 되었다. 가끔 형광등도 갈아 끼운다.

"내가 아니면 누가 살피랴? 나 하나만을 의지하고 살아온 당신을."

유행가 가사가 문득 머리를 스치고 지나간다.

제4부 가족의 이름으로

부전자전

초등학교 5년 여름방학이 시작됐다. 찌는 듯한 무더위 속에서 식물 채집을 하느라 길가 풀섶을 헤매고 다녔다. 여름방학 숙제는 해마다 식물채집과 곤충채집을 해오라고 했다. 네잎클로버를 비롯한 몇 가지 풀과 야생화를 뿌리째 뽑아 책갈피 속에 끼워두고 부엌에 들어가 냉수 한 바가지를 들이켰다. 여름 냉수 한 바가지는 타는 갈증을 풀어줄 뿐 아니라 허기진 배도 빵빵하게 채워주었다.

이마에 흐르는 땀을 식히고 마루에 쓰러져 누웠다. 마침 낮잠을 주무시던 아버지가 부스스 눈을 비비고 일어나 담배 한 대를 피우셨다. 그리고는 무슨 일이 있는 듯 내일은 아침 일찍 오천면(烏川面)에 가자고 하셨다. 오천면은 영일군(지금은 포항시)의 남쪽에 있는 지역으로 우리가 사는 흥해읍과는 정반대 쪽에 있는 곳이다. 내가 궁금하여 물었다.

"아부지, 오천에는 왜 가요?"

아버지는 별일 아니란 듯이 건성으로 대답하셨다.

"응~ 니 목에 편두선 수술할라고."

나는 편도선이 무엇인지도 잘 몰랐다. 그리고 지금 아무런 증상도 없는 목을 왜 수술을 하는지, 또 수술을 받으려면 포항시내 병원으로 가야지 왜 오천에 가자고 하시는지? 여러 가지가 궁금했지만 아버지가 어련히 알아서 하시려니 하고 아버지를 따라나섰다.

우리 집에서 오천면까지 가려면, 먼저 걸어서 흥해읍까지 가서 시내버스를 타고 포항시내로 간 다음 다시 오천면으로 가는 시내버스를 갈아타야 했다. 아침에 출발해도 오후가 되어야 도착하는 거리다. 아버지와 나는 아침 일찍 식사하고 흥해읍으로 향하여 걸었다. 지금까지 아버지와 내가 같이 걸어본 길은 기껏해야 집에서 앞들까지 걸어간 것이 가장 긴 길이다. 흥해읍까지 가는 한 시간 동안 무슨 이야기를 했는지는 기억이 없다. 아마도 아버지는 앞에서 열심히 걸으시고 나는 뒤따라가기에 바빴을 것이다.

내가 제대로 따라가지 못하면 큰 소리로 야단을 치며 발걸음을 재촉하셨을 것이다.

"야 이늠아! 빨리 가자, 버스 시간 놓치겠다!"

하기는 시내버스가 한 시간에 한 대쯤 배차될 시대였으니 다그칠 만도 하셨겠지? 포항 버스정류장에서 점심을 먹었다. 처음으로 식당에서 함께 식사하는 자리였다. 백반 한 그릇씩을 비운 우리는 다시 버스를 타고 오천면에 도착했다. 같은 군내 속해 있었지만 오천에는 처음이었다.

　아버지는 걸음을 재촉하여 오천읍내에 있는 한약방으로 들어가셨다. 나는 한약방에서 어떻게 수술을 하나 의아했지만 물어볼 수도 없어 그냥 아버지를 따라 들어갔다. 약방 주인은 아버지를 반갑게 맞이했다. 아버지와는 이미 알고 있던 사이였던 것 같았다. 아버지는 몇 년 전에 지독한 감기로 편도염이 부어올라 목소리도 제대로 낼 수가 없었다. 매번 감기만 걸리면 심한 편도염을 앓던 아버지는 여기저기 수소문하여 이 약방을 알았고 여기서 당신이 먼저 수술을 받으셨다. 그리고는 똑같은 체질을 타고난 당신의 맏아들을 데리고 간 것이었다.

　약방의원은 먼저 내 목구멍을 관찰했다. 입을 크게 벌리게 한 후 맨눈으로 들여다보고 손가락을 넣어 목젖 부분을 만져보았다. 의원의 투박한 손가락이 목구멍으로 들어가자 내 입에서 심한 구역질과 기침이 났다. 진찰이 끝난 의원은 누런 알약 한 알을 내 목구멍 깊숙이 밀어 넣었다. 그리고는 아무것도 못 하게 하고 가만히 누워있으라고 했다. 메스로 수술하는 줄 알고 잔뜩 겁을 먹고 있었으나 다행히도 약으로 치료를 해서 안심이 되었다. 한편으로는 조그만 약 한 알이 무슨 효과가 있을까 싶어 반신반의하며 누워서 무료한 시간을 보냈다.

　내 곁에서 낮잠을 주무시던 아버지는 지루한 시간을 보내시느라 약방 안채를 들락거리며 약방의원과 살아가는 이야기를 하시곤 했다. 목에 약을 물고 있던 나는 저녁 식사도 굶고 이후 아침 식사도 굶었다. 목젖 밑에 물고 있던 약은 녹아서 침과 함께 자꾸 목구멍으로 넘어갔다. 그때마다 약방의원은 새로운 약을 넣었고 나는 몸이 움직이지 않도록 꼼짝없이 누워있어야 했다. 아버지와 바깥에서 하룻밤을 보내게 되었다.

부자(父子)가 처음으로 집을 떠나 같은 방에 누웠지만 할 말을 찾지 못했다. 깜깜한 밤에 모깃소리만이 귓전을 울렸다. 이렇게 하룻밤을 보내고 다음날 오후, 기침하는데 목에서 콩알보다 큰 굳은살이 튀어나왔다. 약방의원은 이것이 편도선의 뿌리라며 나에게 내밀었다. 편도선의 뿌리는 매우 단단했다. 이것으로 수술은 끝났다. 찬물로 입안을 헹구어낸 후 약방에서 주는 흰죽을 한 그릇 먹고 집으로 향했다.

돌아오는 길에 나는 아버지를 다시 생각하게 되었다. 이전까지만 해도 아버지는 자식들에게 무관심한 사람인 줄 알았다. 평소에 다정하게 말씀을 하신 적이 없고 내가 무슨 일을 하던, 공부를 잘하든 못하든 관심조차 없었으니 당연히 그렇게 생각할 수밖에 없었다. 그날 나는 아버지에게 사랑을 느끼지는 못했어도 자식에 관한 관심은 가지고 있다고 생각했다.

아버지는 나를 치료하기 위하여 먼 길 다녀오셨지만 나는 맏아들로 태어났어도 아버지를 모시고 병원에 가본 적이 없다. 아버지는 젊어서 위장병을 고치느라 쑥즙을 잡수셨다. 그리고 밤에는 쑥뜸을 뜨셨다. 얼마나 괴로웠던지 그 쓴 쑥즙을 한 그릇씩 벌떡벌떡 마셨고 배꼽 위부터 명치끝 사이에는 새까만 자국이 나도록 뜸을 뜨셨다. 명치끝에 올려놓은 쑥이 타 내려가면 피부에 물집이 생겼지만 이를 악물고 참고 견디셨다. 나는 그것이 무슨 병인 줄도 모르고 아버지가 쓸데없이 헛고생하신다고 생각했다.

아버지는 모질고 지독한 분이라는 생각이 들었다. 우리 형제들은 여름 한철 쑥 뜯기에 바빴다. 학교가 끝나고 집에 들어오면 먼저 쑥 한 자루를 뜯어야 했다. 많은 양을 뜯어도 즙을 짜면 얼마 되지 않기 때문에 쑥을 뜯는 데 많은 시간이 걸렸다. 뜯어온 쑥은 어머니가 절구로 찧어 삼베보자기로 짜서 바로 아버지에게 드렸고 나머지는 그늘에 말려 쑥뜸용 쑥으로 사용했다.

나는 며칠이 지나자 쑥 뜯기가 싫어 동무들과 함께 놀다 들어왔다. 어머니는 야단을 치셨지만 나는 놀기에 바빴다. 아버지의 병은 나와는 아무 상관이 없었듯 이런저런 핑계를 대고 쑥 뜯기는 소홀히 했다. 그러나 아버지는 끈질긴 집념으로 쑥즙과 쑥뜸 요법으로 당신의 병을 이기셨다. 그리고 돌아가실 때까지 건강하셨다.

쑥즙과 쑥뜸으로 치료를 받으신 아버지는 69세가 되던 해 5월 봄날에 쑥떡을 잡수시다 돌아가셨다. 쑥떡이 당신께서 수술받으신 목구멍에 걸려 급사하셨다. 참으로 묘한 사건이 묘하게 얽혀있다. 갑자기 돌아가신 아버지는 맏아들인 나를 불효자로 만들어놓고 홀연히 가셨다. 살아생전 병원 한번 모시고 갈 기회가 없었고 임종도 못 보았으니 나는 최고의 불효자인 듯싶다.

그 후 몇 년의 시간이 흐른 후 아들도 아버지처럼 위장병에 걸리어 큰 수술을 받았다. 이제 와 생각해보니 아버지는 누구보다 자식들을 사랑하셨다. 당시 어느 아버지가 자식들에게 사랑한다고 말씀하셨을까? 말씀은 못 하시고 행동으로 하셨겠지. 아버지도 마찬가지였을 것이다. 돌아보면 아들은 아버지의 복제품이란 생각이 든다. 삶의 방식도 사랑을 표현하는 방법도 그리고 병력(病歷)도 그렇다.

푸닥거리

큰딸은 1977년 1월 의정부에서 첫돌을 맞았다. 따뜻한 봄이 돌아오자 아장아장 걷기 시작했다. 걸음걸이를 배운 후부터는 자주 포항에 계신 부모님 댁으로 내려가서 많은 시간을 보냈다. 어머니 아버지로서는 첫 손주를 보았으니 곁에 두고 재롱부리는 모습이 보고 싶으셔서 의정부까지 와서 손주를 데리고 가셨다. 그해 오월에도 딸은 어머니의 손에 이끌리어 포항으로 내려갔다. 2주일쯤 지난 후 어머니에게서 전화가 왔다.

"에미야, 지혜가 설사를 해서 병원에 가도 낫지 않으니 데리고 올라가야겠다."

며칠 동안 병원에서 치료를 하였으나 차도가 없으니 어머니는 겁이 나신 듯했다. 아내가 서울 고속버스 터미널에 마중을 나갔는데 딸은 버스에 내리자마자 설사를 했다. 얼굴은 해쓱한 모습이었고 몸은 무척 지친 듯했다. 장시간 버스를 타고 왔으니 할머니도 손주도 무척 피곤한 탓으로 알고 대수롭지 않게 생각했다. 집에 돌아온 후 의정부에 있는 몇몇 병원을 찾았으나 차도가 없었다. 아내는 딸을 업고 서울시내 종합병원을 찾아다니며 치료를 받았다.

어머니의 말씀으로는 딸에게 전복죽을 먹였는데 그때부터 설사를 시작했다고 했다. 병원마다 다니면서 자초지종을 상세히 설명했으나 차도는 없고 계속 밥투정을 했다. 밥때만 되면 밥은 먹지 않고 이상한 행동을 했다. 밥과 반찬을 먹는 것이 아니라 버터에 밥을 비벼서 그것을 다시 찬물에 말아서 몇 숟갈 먹는 체하다가는 내뱉어버리곤 했다. 죽이면 좀 먹을까 싶어 흰죽을 쑤어 먹여보았으나 그것도 소용이 없었다.

먹는 것은 없으면서도 하루에 몇 번씩 설사를 했다. 더욱 이상한 것은 밤만 되면 초저녁에 잠깐 잠들었다가 밤중에 일어나 방안의 화장대 위로 올라가려고 발버둥을 치며 울어댔다. 울음을 그치게 하려고 화장대 위에 올려주면 내려올 생각은 하지 않고 밤새도록 그곳에 머물러 앉아있었다. 잠도 자지 않고 화장대 위에 앉은 딸을 방치할 수 없어 아내도 나도 뜬눈으로 밤을 새워야 했다. 매일 병원에 다녀도 병은 낫지 않고 점점 더 이상한 행동만 늘어갔다. 낮에는 힘없이 쓰러져 자고 밤이 되면 밤새도록 칭얼대며 화장대 위에서 밤새우기를 계속했다.

낮에는 딸을 업고 병원을 왕래하고 밤에는 잠도 자지 못한 아내가 지치기 시작했다. 지금 생각이지만 그때 왜 딸을 입원시킬 생각을 못했는지, 그리고 어떤 의사도 입원하라는 처방을 하지 않았는지 모를 일이다. 의사는 설사 정도의 병으로 입원까지 시킬 필요가 없다는 판단이었을 것이고 우리는 의사의 처방이 없으니 통원 치료를 하다 보면 곧 나을 줄만 알았다. 시간이 갈수록 설사병보다는 딸의 이상한 행동이 더욱 걱정스러워져갔다.

매일 병원에 다녀도 병이 낫지 않으니 아내는 절망에 빠지는 듯했다. 기의 한 달이 되도록 병원을 오갔지만 호전되는 기미조차 없으니 자포자기 상태가 됐다. 딸아이가 아파 걱정한다는 소문이 온 이웃에 퍼졌다. 앞집에 살고 있던 주인집 할머니는 아내에게 무당을 불러 푸닥거리를 하라고 권유했다. 지금까지 무당이란 소리를 들어보지 못한 아내는 어쩔 줄을 몰라 망설이고 있었다.

그러나 할머니는 용한 무당이 있다고 끈질기게 강권했다. 밑져야 본전이라는 생각에 아내는 무당을 불러 푸닥거리를 하기로 작정하고 나의 의견을 물었다. 내가 가장 싫어하는 무속 행위를 우리 집에서 행하여야 하는 것이 심히 못마땅했지만 딸아이와 지친 아내를 생각하면 허락하지 않을 수 없었다. 푸닥거리 날짜는 6월 마지막 주 토요일 오후 2시로 결정됐다. 아버지인 나는 참석하지 말고 딸과 아내만 집안에 남아 필요한 음식을 준비하라는 지시가 내려졌다.

토요일 오후 집에 갈 수도 없고 사무실에서 밀린 업무를 챙겨보며 푸닥거리가 끝나기를 기다리고 있었다. 내 기억은 과거로 거슬러 올라가 옛날 시골 동네에서 설날마다 객귀를 물리던 옆집 아주머니 생각이 났다. 설날 제사를 지내고 동네 어른들에게 세배를 드리기 위해 마을 안길을 나오면 우리 옆집 문간에는 꼭 객귀 물린 흔적이 있었다. 대문 앞에는 흰밥과 각종 나물을 섞은 음식물이 쏟아져 있고 그 옆에는 깨진 바가지와 식칼이 꽂혀 있었다. 식칼 옆에는 볏짚으로 만든 기다란 인형이 놓여있었다.

어머니의 설명에 의하면 객귀 물리는 방법은 이랬다. 귀신에게 바칠 음식물을 바가지에 담아 대문 밖에 쏟은 후 바가지를 발로 밟아 박살을 내고 깨진 바가지 근처에 식칼을 꽂아둔다. 그리고 집안의 귀신이 죽어 집 밖으로 나온 표시로 볏짚 인형을 눕혀 놓고는 한나절을 기다린다. 그리고 해가 넘어갈 무렵 음식물과 깨진 바가지를 말끔히 치우고 꽂혔던 식칼을 집안으로 다시 가져간다.

우리는 그것을 보고 "객귀 물렸다" 또는 "양 밥했다"라고 말했다. 어른들은 객귀 물린 음식이나 도구에는 손을 대면 부정 탄다고 해서 그저 쳐다보기만 하고 얼른 그 자리를 피해갔다. 이일은 설날 아침에 행해졌기 때문에 무당을 불러와서 하는 것이 아니고 그 댁 안주인이 담당했다.

무당의 푸닥거리가 끝난 것을 확인하고 집으로 돌아왔다. 아내가 전해준 푸닥거리 행위는 이랬다. 무당은 먼저 밥과 고기, 과일 등을 준비하여 간단한 제사상을 차리고 그 위에 복채를 올려놓고 아내와 딸아이를 옆에 앉히고 손바닥을 빌어가며 주문을 외었다. 그리고 흰쌀을 빈 상위에 흩트려 놓고 쌀알을 세어가며 혼잣말로 중얼중얼했다. 귀신과 대화하는 시간처럼 보였다. 방안에 흰 실을 십자형으로 매달고 그곳에 불을 붙였다.

실에 붙은 불이 꺼지지 않고 끝까지 타고 올라가도록 양손을 비벼댔다. 실이 타다 말고 중간에 불이 꺼지면 효험이 없다고 정성껏 치성을 드렸다. 다행히도 실에 붙은 불은 끝까지 타올랐다. 마지막으로 밥과 나물을 바가지에 담아 대문 밖에 나가 개천가에 쏟아붓고는 땅에다 칼을 꽂았다. 이틀 후가 되면 딸아이가 나을 것이라는 예언을 하고 제사상에 차려진 음식물과 복채를 모두 챙겨갔다. 듣고 보니 대문밖에서 한 행위는 옛날에 내가 보았던 객귀 물리는 광경과 비슷했다. 푸닥거리의 효험인지, 우연인지는 몰라도 딸아이는 설사도 그치고 밤에 잠도 잘 자기 시작했다.

나는 귀신을 보지 못했지만 성경에도 귀신이 있음을 기록하고 있고 능력도 있다고 했다. 중학생 때, 시골 동네 집안 아주머니 한 분이 강신(降神)을 거부하다 몸이 너무 아파 견딜 수가 없어 접신(接神)한 분을 본 적이 있다. 접신 후 무당 짓을 하지는 않았지만 아픈 몸은 나았다고 했다. 귀신이 있다고 해서 의학이 치료해야 할 질병 문제를 무당에게 의존한 철없던 때가 우습다.

외할머니와 병희

내가 어머니의 손에 이끌리어 처음 외할머니댁에 간 것은 초등학교 저학년 때인 것으로 기억된다. 외할머니는 외숙모와 외사촌 병희와 함께 살고 계셨다. 사는 곳은 홍해읍 소재지였으나 읍내 맨 북쪽 끝인 '붕밖' (북쪽 바깥이란 말이 변형된 이름)이란 곳에 방 한 칸을 얻어 세 식구가 살고 있었다. 이 '붕밖' 에는 초등학교가 있었고 학교 주변에는 넓은 들판이 펼쳐져 있었다. 처음에는 할머니가 왜 이곳에 사는지 몰랐다. 그저 어머니가 읍내 시장 가는 길에 들러 보기가 편해서 그곳에 사는가 생각했다.

내가 할머니의 집을 드나들기 시작했을 즈음에는 할아버지는 이미 돌아가셨고 외삼촌도 계시지 않았다. 할머니는 슬하에 딸 둘과 아들 하나를 두셨는데 제일 위 큰딸은 포항 '드무치 '란 곳으로 시집갔고 외아들은 해방 후 경찰관으로 근무하다 아들 하나를 두고 6·25전쟁 당시 전사했다. 막내딸인 내 어머니는 우리 김씨 가문에 출가하여 읍내에서 오리쯤 떨어진 '홍안리'란 곳에서 살게 됐다.

할머니의 가족은 전사한 외삼촌의 아내인 외숙모와 손자 병회 모두 세 사람이었다. 안타까운 것은 할머니의 하나밖에 없는 손자 병회는 어릴 때 소아마비에 걸려 한쪽 다리를 제대로 쓸 수 없어 걸음이 무척 불편했다. 할머니는 학교가 가까운 '붕밖'에 방을 얻어 병회가 초등학교라도 제대로 다니도록 했다. 할머니는 약간의 농토가 있었지만 경작할 사람이 없어 남에게 소작을 주어 양식거리도 변변치 못했다. 혼자된 외숙모가 가사를 책임지고 있어 내 어머니는 장날마다 할머니의 양식거리를 챙겨 가곤 했다.

어머니가 아무리 돌본다 해도 당신의 집안에도 시어른이 계시고 자식이 줄줄이 달렸으니 친정어머니를 제대로 돌보기가 쉽지 않았을 것이다. 어린 내가 보기에도 할머니 살림은 궁색하기 짝이 없어 보였다. 궁색한 살림이지만 할머니의 세 식구는 병회가 초등학교에 들어갈 때까지 별일 없이 살았다. 그러나 그 생활은 그리 오래가지 못했다. 어느 날 갑자기 외숙모가 없어졌다는 소식이 들려왔다. 아버지는 아무 내색도 하지 않았고 어머니는 땅이 꺼질 듯이 한숨을 몰아쉬었다.

어머니는 외숙모를 향하여 손가락질하거나 욕하지 않았다. 외숙모의 나이가 갓 서른이 넘었으니 남은 삶이 너무 안타깝게 생각되었음일까? 남편 없이 늙은 시어머니와 불구의 아들을 평생 거두어야 하는 아픔을 알았음일까? 아니면 자식새끼 버리고 팔자 고치러 떠난 여자를 찾은들 돌아오기나 하겠나 체념했을까? 어머니는 이런저런 생각을 하셨겠지만 그 후 외가 집안의 누구도 외숙모를 찾지 않았다.

어머니는 할머니와 병희만 남은 친정에 발길이 잦아졌다. 읍내 시장에 가는 날은 물론 나에게도 가끔 외가에 들러 할머니의 동정을 살펴보고 오라는 당부를 했다. 병희는 나보다 한 살이 적었다. 어머니는 우리 형제들에겐 호랑이 같은 분이었으나 병희에게는 인정 많은 고모였다. 병희는 어머니가 그리우면 내 어머니를 찾아와 외로움을 달래곤 했고 어머니는 읍내 장날마다 외할머니와 병희의 양식거리와 반찬거리를 사 들고 친정에 들렀다. 나는 내 어머니가 병희를 대하는 모습을 보면 가끔 저분이 우리 어머니가 맞나 하는 생각이 들기도 했다.

우리 형제들을 대하는 표정과 병희를 대하는 표정은 완전히 달랐기 때문이다. 어머니로서는 유일한 친정 조카가 몸마저 불편하니 무척 애처롭게 생각되었을 것이다. 내가 중학교 2학년 초여름, 할머니가 병이 났다는 연락이 왔다. 어머니와 함께 급히 할머니 댁으로 갔다. 할머니는 목 뒤에 큰 종기가 나서 눕지도 못하고 베개에 얼굴을 의지한 채 꼼짝 못 하고 엎드려계셨고 병희는 불편한 몸으로 할머니 식사를 마련하느라 쩔쩔매고 있었다. 할머니의 모습을 본 어머니 눈에서 닭똥 같은 눈물이 쏟아지기 시작했다. 내가 놀라 어머니의 얼굴을 유심히 쳐다봤다. 지금까지 어머니가 눈물을 흘리는 것을 본 일이 없던 나는 어머니를 다시 생각하게 됐다.

어머니는 그저 어머니인 줄만 알았는데 또 다른 어머니의 딸임을 깨달았다. 호랑이 같은 어머니도 딸의 위치가 되니 마구 눈물을 흘리는 연약한 여인이었다. 내 생각이 자꾸 혼란스러워져갔다. 한참을 울던 어머니는 부엌을 들락거리며 죽을 끓이고 반찬 몇 가지를 준비하여 밥상을 차려 할머니와 마주앉았다. 할머니는 겨우 몇 숟가락을 뜨시고는 어머니에게 식사하라고 채근했다. 어머니는 할머니의 간구에도 불구하고 콧물을 훌쩍거리며 울고 있었다. 이를 보다 못한 할머니가 옛날 속담을 인용해가며 어머니에게 식사할 것을 강권했다.

"부모하고 비꾸고는 살아도 밥하고 비꾸고는 몬산데이~."

어머니는 들은 체도 않고 계속 눈물만 흘리고 있었다. 오후 늦게 할머니를 뵈러 오신 아버지는 느릅나무 껍질이 염증 치료에 최고라며 그 껍질을 절구통에 찧어 할머니 목에다 붙여주고 집으로 돌아갔고 어머니는 며칠 동안 열심히 할머니를 간호했다. 이렇게 하여 종기는 치료되었으나 할머니는 다음해 불구의 손자를 홀로 두고 세상을 떠났다.

병희는 홀로서기를 시작했다. 친척의 알선으로 부산으로 가서 누비이불을 만드는 기술을 배우기 시작했다. 손재주 좋은 병희는 몇 년 기술을 익힌 후 자가 생산시설을 갖추어 완제품을 대리점에 납품하기 시작했다. 병희의 누비이불 제품은 혼수품으로 팔려 나가기 시작했고 내가 결혼할 때는 어머니에게 이불 한 채를 선물로 가져왔다. 병희가 자리를 잡아 생활이 안정되니 결혼할 여자가 나타났다. 1979년 여름 결혼 날짜를 잡아 서울에서 결혼식 올린다는 소문이 떠나간 옛날 외숙모에게까지 알려졌다. 외숙모는 결혼식에 참석하고 싶다고 했지만 병희는 단호하게 거절했다. 병희는 스스로 마음을 달랬다.

"내 어머니는 포항에 계신 고모밖에 없다." 병희는 단호했다.

"자식 버리고 떠난 여자가 인제 와서 무슨 낯으로 찾아왔나?"

외숙모는 자식 얼굴이라도 보려고 경북 군위에서 흥해까지 왔으나 힘없이 발길을 돌려야 했다. 병희의 결혼식은 서울에서 거행됐다. 신부가 서울에서 직장을 다니고 있어 결혼식을 마치고 부산으로 내려가 살기로 하고 서울에 예식장을 잡았다. 어머니와 우리 형제들은 모두 서울로 올라와 우리 집에 머물며 병희의 결혼을 축하했다.

시간이 흘러갔다. 병희는 아들 하나를 낳았다. 부산에서 아내와 건장한 아들과 행복하게 살고 있다는 소식이 들려왔다. 명절에는 불편한 몸을 이끌고 내 어머니에게 인사하러 포항을 왕래했다. 2007년 가을에 어머니가 돌아가셨을 때는 삼 일간 상주 노릇을 하고 돌아갔다. 내 어머니가 돌아가신 10년 후 2017년 12월 11일 포항 여동생으로부터 전화 한 통을 받았다.

"오빠, 부산에 사는 병희 오빠가 돌아가셨대."

원래 심장병이 있다는 이야기는 있었으나 몇 년 전 서울에서 수술을 받았기에 아직은 멀었다고 생각했는데 너무 일찍 떠났다. 마음이 아팠다. 그날 밤 우리 형제들은 모두 부산 병희 빈소에 모였다. 남편을 떠나보내는 제수씨를 위로할 말을 찾지 못했다. 내 유일한 외사촌 병희는 이렇게 세상을 살다가 70세에 더 좋은 곳으로 갔다.

아버지의 춤

경상도 동해안 깡촌에서 자란 어리바리한 촌놈이 어쩌다 서울에 와서 대학에 합격했다. 라디오 방송에서 발표한 합격자 명단을 신문으로 확인하고 K 대학으로 갔다. 학교 대운동장 게시판에 붓글씨로 써놓은 합격자 명단에 내 이름이 있는 것을 확인하고서야 안심이 되었다. 청파동 집으로 돌아오는 길에 명동 입구 중앙우체국에서 담임 선생님과 아버지께 전보를 쳤다. 그리고는 얼른 짐 보따리를 챙겨 그날 야간열차를 타고 고향으로 향했다. 국내 최고의 대학은 아니지만 그래도 지원한 대학에 당당히 합격했다는 자부심이 밤새 나를 설레게 했다.

새벽에 대구역에 내려 얼른 포항행 버스정류장으로 향했다. 이때 머뭇거리다가는 소위 깡패들에게 주머니를 털리기 마련이다. 대구역 주변의 깡패들은 촌놈들을 귀신같이 알아봤다. 무사히 버스를 타고 포항에 내려 삼촌 댁에서 대강 아침밥을 때우고 다니던 고등학교로 갔다. 교무실에는 3학년 담임 선생님들이 모두 계셨다. 방학 기간이었지만 후기시험을 치를 학생들의 원서 작성을 위하여 모두 출근하여 대기하고 계셨다. 담임 선생님은 기특하다고 머리를 쓰다듬어 주시며 나를 데리고 교장실로 향했다. 교장 선생님의 칭찬과 함께 나 혼자만의 졸업식이 거행됐다.

나는 대학입시를 위하여 1964년 고등학교 3학년 여름방학이 끝난 후 서울로 올라왔다. 담임 선생님의 만류에도 불구하고 고집을 피워 고모님의 손에 이끌리어 서울로 와서 입시학원에 다니며 공부했다. 그 후로는 대학시험을 치르고 합격자 발표가 나기까지 한 번도 포항에 내려가지 않았다. 담임 선생님이 학기말 시험을 치러 내려오라는 편지를 보냈지만, 시간과 차비가 아까워 내려가지 않았다. 그뿐 아니라 졸업식에도 참석하지 않았다. 이로 인하여 그날은 나 홀로 졸업장을 받는 졸업식이 되었다. 대학에 합격하지 못했더라면 낙제생이 되어 한 해 더 학교에 다녀야 했다

고등학교 졸업장과 통지표를 챙겨 들고 곧바로 시내버스를 타고 흥해 읍내까지 왔다. 읍내에서 고향 집까지는 버스도 없고 30분 이상을 걸어가야 했다. 옛날 중학교에 다닐 때 매일 오가던 거리가 그날은 왜 그렇게 멀게만 느껴지던지? 식구들과 동네 어른들이 반겨줄 생각에 나의 마음은 한껏 부풀어 있었다. 들판에 일하러 나온 어른들이라도 있었으면 인사도 하고 칭찬도 들었으련만 겨울날이라 아무도 없었다.

어깨에 잔뜩 힘을 주고 동네에 들어섰다. 동네 입구 가게에서 놀던 친구들이 반기며 부러운 듯 질문이 쏟아졌다.

"재원아, 추카한데이. 서울은 참 조체."

"니노 조 타, 인자 서울 사람 되겠네."

"남대문은 가봤나?"

서울을 못 가본 친구들도 남대문은 알고 있었다. 참 신기했다. 서울하면 왜 제일 먼저 남대문이 생각났을까?

못다한 얘기는 다음으로 미루고 집안으로 들어섰다. 어머니는 버선발로 뛰어나오고 아버지는 멀리서 빙그레 웃으셨다.

"아부지, 다녀 왔습더."

"욕봤다"

아버지로부터 듣는 최고의 찬사다. 아들의 눈에서 눈물이 핑 돌았다.

하나밖에 없는 여동생은 대문 밖에 나가 지나가는 사람마다 자랑을 해댔다.

"우리 오빠야 서울 가서 K 대학에 합격했심더."

대문 앞을 지나는 사람은 모두 축하 인사차 들렀다. 어머니는 부엌에서 계속 막걸리를 거르고 있었다. 축하차 들른 어른들은 막걸리 한 사발을 드시면서 이것저것 물어보며 칭찬을 아끼지 않았다.

"어~ 광촌이(아버지의 택호) 잔치 한번 해야제."

"저녁 먹고 오소~ 안주 좀 맹글어 노을께요."

당시 우리 동네에는 포항시내에 있는 2년제 초급대학생은 있어도 4년제 대학생은 없었다. 부모님은 어려운 살림에 자식들 키우느라 고생이 많았지만 이날만은 모든 걸 잊으신 듯했다. 겨울철이라 해는 일찍이 서산으로 넘어갔다. 어머니가 안줏거리를 준비하는 사이 집안 어른들이 한 분 두 분 모이기 시작했다. 제일 큰 어른 되시는 인고 댁 아재는 동사(洞舍)에 가서 장구를 가져오라 하셨다. 아무래도 오늘밤은 집안이 떠들썩할 것이 예상됐다. 나와 동생들이 연신 부엌과 안방을 들락거리며 술 주전자와 안주 접시를 날랐다. 드디어 방안에서 장구 소리에 맞춰 노랫가락이 흘러나오기 시작했다.

"노새 노새 절머서 노새, 늘거지면 못 노나니."

방안은 초저녁부터 난리가 났다. 노랫가락 소리에 장구 소리가 더해지고 담배 연기 자욱한 곳에 무명 치마가 획획 돌아가고 있었다. 아버지는 술에 취해 혀 꼬부라진 소리로 흥얼거리고 계셨다. 공짜 논서 마지기는 거절해도 술잔은 거절하지 못하시는 우리 아버지는 이분저분 권하는 대로 다 마셔댔다. 드디어 인고 댁 아재께서 아버지를 부추겼다.

"허이 광초이 이 사람아, 오늘 춤 한번 추지~."

나는 이때까지 아버지가 노래한다거나 춤을 추는 것을 보지 못했다. 그러나 그날은 내 예상이 완전히 빗나갔다. 아버지는 안방 벽장에 보관해두었던 목침을 꺼냈다. 목침은 할아버지의 유일한 유품이다. 할아버지가 돌아가신 후 아버지는 할아버지의 모든 유품을 불태우셨다. 중풍으로 돌아가셨기에 옷가지뿐만 아니라 갓이랑 탕건도 모두 태우셨다. 그런데 목침은 사용하지도 않으면서 왜 보관하고 있었는지? 나는 지금도 그 이유를 모른다. 아마 오늘 같은 날을 대비해서 보관해두었을까?

아버지는 꺼낸 목침을 등허리에 넣고 춤을 추기 시작했다. 소위 곱사춤이 시작됐다. 아버지는 원래 키가 작으셨다. 작은 키에 등허리에 목침을 넣고 허리를 꾸부리고 팔을 흔들어 대는 아버지는 영락없는 곱사등이었다. 모두가 술에 취해 정신없이 흔들어 댔다. 집안 일가 간의 촌수도 없고 위아래도 없는 완전 난장판이 됐다. 나는 아버지가 보기 싫어 방에서 뛰쳐나오고 말았다. 그날 밤은 그렇게 깊어만 갔다.

나는 아버지에게 그런 위트가 있는 줄 미처 몰랐다. 집안 제수씨들이 수두룩이 모인 가운데서 곱사춤을 추시는 아버지.

용긴지? 특긴지? 아니면 술기운인지?

아마도 자식을 키운 기쁨에 취한 것이 아니었을까.

세월은 많이 흘러 아버지의 회갑 잔치가 열렸다. 따뜻한 봄날 꽃피는 좋은 시절에 우리 육남매는 집안 어른들을 모시고 푸짐한 잔치를 벌였다. 그날도 아버지는 술에 취해 온종일을 보내셨다. 그러나 집안 친척들의 끈질긴 권유에도 끝내 춤을 추지는 않으셨다. 살아보니 알겠다. 부모의 기쁨은 자식한테서 온다는 것을…

황사 바람

1978년 농협중앙회에서 내가 하던 일은 농촌주택개량사업을 지원하는 업무였다. 그 해 처음 시작된 업무였기 때문에 직원들에 대한 교육이 급선무라 4월부터 전국을 순회하면서 직무교육을 시행하고 있었다. 도별로 실시되는 교육은 피교육자들이 많고 종일 강의를 해야 해서 보통 두 사람의 강사가 오전 오후 나누어 실시했다. 육지의 교육을 다 마치고 제주도만 남았는데 야박한 우리 부장은 제주도는 출장비가 많이 소요되니 나 혼자서 종일 강의를 하고 오라는 지시가 떨어졌다. 교육이 계획된 날은 5월 둘째 주 금요일쯤으로 기억된다. 혹시 몰라서 하루 전에 김포공항에 가서 제주행 비행기 표를 예매했다. 평생 처음 타보는 비행기라 다음날 일찌감치 공항으로 나갔다. 다른 사람의 눈치를 보아가며 탑승을 하고 자리를 찾아 앉았다. 조그만 창문으로 창공을 내다보는 사이 비행기가 착륙하기 시작했다. 제주도를 가려면 바다를 건너야 하는데 어찌된 영문인지 비행기는 육지에 착륙했다. 무식하게도 내가 산 항공권은 제주 직항이 아니고 사천공항을 경유하는 비행기였다. 얼마 동안 사천공항에 머무른 비행기는 다시 이륙하여 제주공항에 도착했다. 제주공항에 내린 시간은 점심때쯤이었다. 육지 사람은 도저히 알아듣지 못할 사투리를 쓰는 택시를 타고 농협 제주도지부를 찾아가 강의를 담당할 강사가 왔음을 알리고 남은 한나절을 제주 관광길에 올랐다.

먼저 천지연폭포를 보고자 서귀포행 버스를 탔다. 버스 안에 사람은 많지 않았지만 오가는 말소리는 한마디도 알아들을 수가 없었다. 무슨 뜻인지 알아들을 수는 없었지만 처음 들어보는 사투리라 혼자서 웃고 즐기는 사이 서귀포에 도착했다. 천지연 가는 길을 물어 입구에 들어가고 있는데 난데없이 대학 동창인 김정주를 만났다. 세상은 넓고도 좁았다. 졸업 후 한 번도 만나지 못했던 친구를 제주 땅에서 만나게 된 것이 결코 우연으로만 치부할 수는 없을 것 같았다. 정주는 학교 다닐 때 전공과목은 뒷전이고 원예과 온실에서 꽃을 연구하며 4년을 보냈다. 우리 친구들은 재학시절에 정주가 기거하던 집에 종종 놀러 갔었다. 정주는 월남 가족으로 큰 누님 집에 거주하고 있었다. 그 누님은 막냇동생인 정주를 지극정성으로 보살폈고 우리가 가면 기어코 밥을 먹여서 보내곤 했다. 내가 후일 교회에 나가서 알게 된 일이지만 정주 누님은 우리 교회 권사였다. 이것 역시도 우연이 아니고 알지 못하는 섭리가 있었을 것이라 여겨진다. 정주는 졸업 후에 꽃가게를 운영했었다. 그러나 사업이 신통치 않아 한동안 동양란(東

洋蘭) 배양과 재배에 몰두하다가 그조차도 뜻대로 되지 않으니 당시 중앙정보부 정원관리사로 취직해서 일하고 있을 때였다. 휴가를 얻어 제주도에 난(蘭) 수집 차 왔던 길에 우연히 나와 만나게 된 것이었다. 우리는 제주도 관광을 포기하고 바닷가에서 해녀들이 잡아 오는 해삼 멍게 등을 안주로 소주를 마시기 시작했다. 해녀들은 우리 같은 손님들을 대비하여 바위 틈에 미리 소주를 보관해두고 손님이 오면 즉석에서 잡아온 횟감을 손질하여 안주로 내놓았다. 정주와 나는 출렁이는 파도를 바라보며 싱싱한 안주로 꽤 많은 양의 소주를 마셨다. 바닷가에서 마시는 술은 잘 취하지도 않았다. 해변의 술자리는 해가 넘어가서야 끝났다. 오월의 저녁 바다는 차가운 바람과 출렁이는 파도 소리에 을씨년스럽게 변해갔다. 우리는 제주행 버스를 타고 각자의 숙소로 향했다.

다음날 아침 자리에서 일어나니 어제 마신 술이 덜 깬 것 같았다. 종일 강의를 해야 하는 부담 때문에 자꾸 머리가 아파왔다. 약국에서 몇 가지 약을 처방받아 복용한 후 강단으로 올라갔다. 강의가 본격적으로 시작되니 몸의 상태가 좋아진 듯했다. 오전 오후 8시간의 강의를 끝내고 택시를 타고 제주공항으로 향했다. 공항에는 많은 사람이 소란을 피우고 있었다.

"오늘 오후 제주발 비행기는 황사가 심해 운행하지 못합니다."

계속해서 방송이 나오고 있었다. 이거야말로 큰일이 나고 말았다. 제주도 교육을 마치고 그날 오후 부산행 비행기를 타고 포항으로 가서 아버지 회갑 잔치를 치르기로 했던 계획이 무산되게 생겼다. 당시는 으레 회갑 잔치를 하던 시절이라 내 아버지도 육남매(아들 5, 딸 1)를 키우느라 고달픈 삶을 살았기에 한 번쯤은 잔치를 해드리는 것이 당연한 도리라 생각했다. 원래 생일인 더운 8월 달을 피해 따뜻한 5월에 날짜를 잡았는데 맏아들이 못 가게 되었으니 온 집안에 면목이 없게 됐다.

항공사에 항의해 보아야 취소된 비행기가 운항할 리 없을 것이고 다른 방도를 찾아야 했다. 궁리 끝에 제주도지부에 우리 업무를 맡고 있던 Y에게 전화를 했다. Y는 택시를 타고 공항으로 왔다. 그리고 나를 안심시켰다.

"황사 때문에 비행기는 못 뜬다고 하더라도 부산 가는 '페리' 호는 운항할지도 모르니 부두로 가봅시다."

우리 두 사람은 곧바로 택시를 타고 '페리' 호 부둣가로 갔다. 다행히도 배는 운항 예정이었고 저녁 7시에 제주에서 출발하여 다음날 아침 7시에 부산항에 도착한다고 했다. 다음날 아침에라도 부산에 도착할 수 있는 것만이라도 다행이다 싶어 얼른 표를 한 장 샀다. 3등실 보통 칸 한 장을 구입한 후 Y에게 고맙다는 인사를 하고 승선했다.

여객선 3등실은 좌석이 아니고 모두 앉거나 누워가는 마룻바닥이었다. 먼저 승선한 사람들이 모두 검은 베개 하나씩을 끼고 대합실 모퉁이에 몰려 있었다. 알고 보니 모퉁이에는 사람들 왕래가 적어 조금이라도 눈을 붙이려고 그쪽으로 몰려들었다. 나도 여느 사람과 마찬가지로 베개 하나를 들고 대합실 모퉁이로 가보았지만 비비고 들어갈 틈이 없었다. 밤새 열두 시간을 보낼 방법이 막막했다. 배 안을 이리저리 둘러보니 매점이 있었다. 매점에는 음식물뿐만 아니라 소주도 팔고 있었다. 배 안에서 술을 판매하는 것이 의아했으나 한 편으로는 고마웠다.

오징어를 안주 삼아 소주 한 병을 마신 후 대합실 구석에 누웠으나 잠은 오지 않았다. 이리저리 뒤적거려 보았지만 잠들지 못하는 열두 시간은 길고도 막막했다. 갑판으로 나가면 흉흉한 파도 소리만 들리고 대합실 안에 들어오면 지쳐 잠든 승객들이 피난민처럼 보였다. 갑판과 대합실 사이를 수십 번 오가는 사이 먼동이 트기 시작했다.

날이 밝아오는 것이 그렇게 기쁠 수가 없었다. 갑판으로 나가 떠오른 태양을 보며 밤새 지친 몸을 푸는데 멀리 부산항 부두가 모습을 드러냈다. 그리고 한 시간 남짓 후에 배가 완전히 부두에 정착했다. 재빨리 하선하여 택시를 타고 포항행 버스터미널에 가서 늘어선 승객들을 밀치고 버스에 올랐다. 포항 집에 도착하니 잔칫상을 차려두고 장남이 오기를 기다리고 있었다.

당시는 몽골에서 발생한 황사가 중국을 거쳐 우리나라에 들어오면 비행기 결항이 잦은 때였다. 그러나 지금은 중국을 통해 들어오는 미세먼지 때문에 온 국민이 몸살을 앓고 있다. 오늘도 마스크를 써야 할 날씨다.

어머니와의 영별

민족 최대의 명절인 추석은 항상 귀성 인파로 북적인다. 2003년 그해 추석도 붐비기는 마찬가지였다. 포항 어머니 집에서 형제들이 모여 추석 명절 예배를 드린 후 선산에 성묘를 마치고 서울로 올라올 준비를 하고 있었다. 옷가지를 챙기고 약간의 명절 음식을 싸며 떠날 채비를 하고 있는데 어머니가 무슨 말씀을 하시려는 듯 우리 내외를 안방으로 불렀다. 어머니는 몇 번을 망설이다가 겨우 입을 떼어 말씀하셨다.

"애, 지혜 애미야 내가 서울로 가야겠다. 이제는 정신이 없어 밥해 먹기도 힘들고 밤이면 혼자 있기가 무섭기도 하고…."

나는 언뜻 대답을 못 하고 아내의 눈치만 살피고 있었다. 아내의 대답은 간단했다.

"어머니, 평소에 늘 늙으면 맏아들 집에 간다고 했잖아요, 그렇게 하세요."

아내는 쉽게 대답했지만 내 마음은 태산같이 무거웠다. 결혼 후 한 번도 같이 살아본 적이 없을 뿐더러 어머니는 자식들이 감당하기 힘든 분이라는 것을 나도 아내도 잘 알고 있었기 때문이다. 선뜻 대답해준 아내가 고맙기는 했지만 섶을 지고 불 속으로 들어가기를 자처한 기분이 들었다. 한 달 후 어머니는 당신의 옷가지 몇 벌과 간단한 가재도구를 챙겨 우리 집으로 오셨다. 우리 집에 오신 어머니는 전혀 새로운 환경이지만 잘 적응하셨다.

경희의료원에서 건강진단을 받아본 결과 약간의 치매기가 있었지만 다른 부분은 모두 건강했다. 일주일 후부터 아파트 노인정에 나가서 할머니들과 어울려 점심을 먹고 오후에 집에 돌아오셔서 손수 목욕하고 잠자리 들 때까지 TV 시청도 하셨다. 일요일은 교회에 모셔다 드리면 교회의 할머니들과도 잘 어울리어 하루를 보내고 오후 늦게 우리와 같이 집으로 돌아왔다.

아들 며느리가 장로와 권사로 시무하고 있으니 교인들도 관심을 가지고 보살펴주어 교회 생활이 즐거운 듯 보였다. 가끔 내가 늦게 퇴근하여 혼자 저녁 식사를 하면 식탁에 따라 앉아 밥을 주지 않는다는 엉뚱한 투정도 있었지만 아내의 말을 잘 듣고 고분고분하게 지냈다. 옛날 젊었을 때 아내를 대했던 것과는 완전히 다른 모습이었다. 아내는 어머니가 '이쁜 치매'에 걸려서 그나마 다행이라고 자위했다.

치매라는 병이 치료되는 약이 없고 진행 속도를 늦추는 것이 최고의 방법이니 어머니도 시간이 갈수록 병세가 악화되어갔다. 정도가 심해질 때는 노인정 할머니가 돈을 훔쳐갔다고 덤터기를 씌우다 쫓겨 나기도 하고 집에 돌아와서도 도둑이 들어 당신 돈을 다 훔쳐갔다고 야단법석을 떨기도 했다. 찾아보면 당신이 이불속이나 옷장에 깊이 감추어두고선 엉뚱한 소리를 하셔서 아내가 노인정에 가서 사과하는 일이 다반사로 일어났다.

우리 집에 오신 지 삼 년이 지난 후부터는 상태가 더욱 나빠져 할머니들을 보누 도둑으로 몰아가니 노인정에서도 나오지 말도록 요청했다. 그때마다 아내가 할머니들의 간식거리를 사 들고 노인정을 찾아 사죄하고 다시 출입을 허락받곤 했다. 걸핏하면 아침 일찍이 옷보따리를 싸들고 고향으로 내려가겠다고 현관문 앞에 앉아계셨고 밤마다 당신이 돌아가시면 입으실 수의를 꺼내어 하염없이 만지작거리곤 하셨다.

어머니가 우리 집에 오신 지 삼 년 육 개월쯤 되어가던 2007년 5월, 내가 회갑을 맞았다. 지금 이 시대에 육십이 많은 나이도 아닐 뿐더러 아직도 직장에 다니고 있어서 회갑 잔치는커녕 여행조차도 생각할 형편이 못됐다. 그렇다고 딸들이 준 얼마의 돈을 쓰지 않고 보내기도 염치없는 일인 것 같아서 며칠이나마 국내 여행을 계획했다. 그러나 아내와 둘이 여행을 가면 결혼하지 않은 둘째딸이 어머니를 돌봐야 해서 둘만의 여행도 부담스러워 어머니를 모시고 고향에 가서 며칠을 보내다 오기로 했다.

아무래도 어머니가 더 정신이 혼미해지기 전에 아버지 산소를 비롯하여 조부모님 산소에 다녀오게 하는 것이 자식된 도리인 것 같아 아내에게 양해를 구하고 세 사람이 포항으로 향했다. 포항에 도착하여 동생들 가족과 함께 저녁 식사를 했다. 어머니는 자식들이 함께 모여 식사하는 모습을 보며 매우 흐뭇해하셨다. 다음날 오전 어머니를 모시고 선산으로 갔다. 당신의 남편 산소를 돌아보고 산 중턱에 있는 할머니 산소까지 가서서 성묘를 마치고 당신의 둘째아들 산소 앞에서는 혀를 차면서 젊어서 세상을 떠난 아들을 안타까워하는 모습도 보이셨다.

성묘를 마친 우리는 어머니를 셋째동생에게 맡겨두고 동해안 관광에 나섰다. 강구를 거쳐 영덕·울진 백암온천 등을 돌아보며 영덕대게도 먹고 삼척 임원항에서 갓 잡은 생선회도 먹어보았다. 백암온천에서 따뜻한 온천물로 몸을 깨끗이 씻고 포항으로 내려와 어머니를 모시고 상경하고자 셋째동생 집으로 돌아왔다. 어머니는 새벽부터 서울로 가시겠다고 옷보다리를 싸들고 종일 현관 앞에 앉아계셨다.

서울서는 포항 간다고 옷보다리를 싸들고, 포항 가면 서울 간다고 옷보다리를 싸들고 도대체 이해할 수가 없는 것이 치매라는 병이었다. 그러나 곧바로 모시고 올 처지도 못됐다. 어머니는 아침부터 토사곽란이 일어나 병원에 가서 링거주사를 맞추고 오후 늦게야 서울로 출발했다. 고속도로에 들어서니 소낙비가 억수같이 쏟아졌다. 쏟아지는 소낙비가 불길한 앞날을 예고하는 듯했다. 앞이 제대로 보이지 않은 길을 겨우겨우 헤치고 서울에 도착했다.

다음날 아침 교회에 가려고 일찍 일어났다. 어머니가 화장실 앞에 앉아계셨다. 어머니 속치마에는 물기가 흥건히 젖어 있었다. 어머니를 일으켜 화장실로 들어가려고 했으나 당신은 일어서지 못했다. 아파트 옆 동에 살고 있던 사위를 불러 둘이서 추거세웠으나 도저히 일어서지 못했다. 밤중에 큰 병고가 일어난 것 같았다. 119를 불러 경희의료원 응급실로 가서 정밀검사를 받은 결과 어머니는 고관절이 골절됐다. 밤중에 화장실을 가시려다 화장실 앞에서 잘못 주저앉은 듯했다.

수술을 담당하는 의사가 해외연수를 가고 없어 여기저기 수소문하여 한양대병원으로 옮겨 수술 날짜를 기다리고 있었다. 수술을 기다리는 동안 어머니는 성질이 난폭해지기 시작했다. 간병인이 어찌할 수 없어 병원에서 어머니의 손을 침대에 묶었다. 자식인 나도 어떻게 할 수가 없어 손을 묶는 것을 허락했지만 가슴은 찢어지는 듯 아팠다. 일주일 후에 수술을 받았다. 두 시간여 수술을 마치고 회복실을 거쳐 입원실로 올라왔다. 의사는 수술은 잘 되었으니 요양병원에 가서 재활치료를 열심히 하라는 당부를 했다.

6월 초 청량리에 있는 중소요양병원으로 모셔왔다. 어머니는 요양병원에 비교적 잘 적응하셨다. 아내와 내가 일주일에 3~4회 문병을 가보면 같은 병실 사람들과 대화도 잘하고 간병인들과도 친밀하게 지내고 계셨다. 다만 재활치료를 시킬 수가 없어 간호사들이 걱정을 많이 했다. 치매 환자들의 가장 힘든 일이 재활치료라고 했다. 가족들도 어떻게 할 수가 없었다. 재활치료라는 자체를 알지 못하고 편안히 누워있기만 좋아하니 억지로 운동을 시킬 수가 없었다.

요양병원에 가신 지 석 달이 지난 2007년 9월 9일 어머니는 다시 경희의료원 응급실로 옮겨왔다. '간질성 폐질환' 악화 및 신장 세균감염, 심장과 폐에 물이 차서 회복 가능성 없다는 진단이 나왔다. 어머니 입에 산소마스크가 씌워졌고 나는 심폐소생술, 소화기절제술은 시행하지 않는다는 각서를 쓰고 어머니의 장례 절차를 생각하기 시작했다. 경희의료원 집중 간호실에서 열흘을 계시는 동안 동생들이 살아생전 어머니를 뵈러 왔다. 산소마스크 쓰신 어머니는 자식들을 알아보지 못했다.

어머니가 묻힐 곳은 포항 선산 아버지 옆이니 장례도 그곳에서 치르는 것이 좋을 듯하여 구급차를 불러 밤늦은 시간을 이용하여 포항의료원으로 모셔갔다. 고속도로에서 운명하실까 걱정이 되어 꼬박 네 시간을 어머니 숨소리에 귀를 기울이며 긴장된 시간을 보냈다. 평생 보리밥 몇 숟갈로 매 끼니를 때운 몸을 육남매에게 나누어주고 이제는 영원한 이별 길에 들어선 어머니의 모습을 보고 있으려니 하염없이 눈물이 쏟아졌다.

2007년 9월 17일 새벽 포항의료원으로 모신 후 추석 연휴 기간을 이용하여 5일 동안 어머니 곁을 지켰다. 그동안 못다한 맏아들 노릇, 마지막 가는 길이나 지켜주어야 내 마음이 위안을 받을 것만 같았다. 연휴 마지막 날 회사 출근을 위하여 서울로 올라온 후 동생들이 번갈아 병실을 지켰다.

2007년 9월 30일 일요일 9시 30분 어머니는 하나밖에 없는 당신의 딸이 지켜보는 가운데 이생을 이별하셨다. 아버지가 먼저 가신 후 20년을 혼자서 꿋꿋이 그렇게 살다 가셨다. 그리고 당신의 남편 곁에서 영면에 들어가셨다. 세월이 가면 누구도 예외 없이 저세상으로 간다. 장례를 치르고 나니 다음은 내 차례가 될 것이라는 생각이 머리를 맴돌았다.

엑소더스(Exodus)

아내와 나는 1974년 가을에 결혼하여 강북구 미아3거리(지금은 미아4거리로 불리고 있다) 근처에 45만 원짜리 전세방에서 신접살림을 시작했다. 집주인이 거실로 통하는 문을 폐쇄하여 쪽 부엌을 통하여 출입했는데 부엌 뒤쪽은 민요 가수 김부자 씨의 집이었다. 우리는 부엌 환기창을 통하여 그녀가 노래하는 모습을 즐겨 볼 기회가 종종 있었다. 따로 연습실이 없었던지 그녀는 집안 거실에서 많은 연습을 했다. 6개월 동안 가끔 그녀의 노래를 듣고 즐기던 우리는 사정에 의해 명륜동으로 이사했다.

이사 행렬은 결혼 45년째를 맞이한 지금까지 15번을 이사했다. 평균 3년에 한 번 이사한 셈이다. 지금 사는 집에서 17년째 살고 있으니 이 집에서 사는 기간을 빼면 28년 동안에 14번을 이사했다. 2년에 한 번씩 이사한 셈이다. 결혼 당시는 전세 기간이 6개월이었으니 6개월만 되면 으레 이사 가는 줄 알아 아내가 혼수로 갖고 온 이불 보따리를 풀지도 않고 다락에 처박아 두었다가 다시 용달차에 싣고 이사를 했다.

처음 이사 때는 친구들이 모여 손수레에 짐 보따리를 싣고 다녔는데 요즈음은 포장이사라 하여 이삿짐센터에서 모든 것을 옮겨주니 세상은 매우 편리해졌다. 이사 기간 중 가장 짧게 살았던 곳은 구리지점으로 발령이 났을 때 구리시 수택동에서 3개월을 살았던 경우이고, 가장 멀리 이사한 곳은 전북 진안으로 가서 1년 6개월을 살다 온 경우다.

이렇게 이사를 하던 중 우리는 1977년에 면목동에 집을 장만했다. 돈이 있어서 집을 장만한 것이 아니라 수택동 전셋집 주인의 간섭을 참을 수 없어 홧김에 집을 샀다. 면목동 집으로 이사한 후 1980년부터 근처 교회에 나가기 시작했다. 이 무렵부터 강남지역에 대대적으로 아파트를 짓기 시작했다. 1984년 강남으로 이사 가기 위해 면목동 단독주택을 팔고 강남에 새로 짓고 있던 H 아파트 당첨권을 샀다. 면목동에 전세를 살면서 H 아파트 입주를 기다리던 중 전북 진안으로 발령이 나서 딸 둘과 함께 네 식구가 그곳으로 이사했다.

진안으로 이사한 일 년쯤 후에 H 아파트가 완공되어 전세를 주었다. 진안에서 1년 6개월을 보낸 우리는 다시 서울 근처로 발령 나서 H 아파트로 들어가려고 했으나 전세 만기일이 남아있어 입주하지 못하고 강남 반포지역에 전세를 알아보기 시작했다. 당시 고속버스터미널 옆에 있던 5층짜리 주공아파트의 전셋집을 찾기 위하여 3일을 헤집고 다녔으나 전세는 물론 매물도 없었다. 한편 교회에서는 우리가 다시 서울로 오게 된 것을 알고 교회 근처로 돌아오라는 무언의 압력을 가하기 시작했다. 반포에 전셋집을 찾지 못한 우리는 교회에서 조금 떨어진 중곡동에서 일 년여를 머물다 결국 면목동에 전셋집을 얻어 교회 근처로 되돌아왔다. 강남 진입을 위한 첫 번째 엑소더스의 좌절이었다.

1987년 초 면목동 전셋집으로 이사한 후 두 딸을 근처 학교로 전학시켰다. 이제는 한 곳에 오래도록 머물고 싶었다. 부동산 경기가 워낙 침체한 때라 집을 살 생각이 없었는데 전셋집 주인은 우리가 살고 있는 집을 사라고 매일같이 전화를 해댔다. 나는 계속 이사 다니는 것이 지겨워 살고 있던 집을 매입했다. 집값이 모자라 집값의 절반 정도를 대출을 받았다. 일 년쯤 지나다 보니 쪼들리는 살림에 대출금 이자를 감당할 능력이 없어 강남의 H 아파트를 처분하여 대출금을 상환했다.

내가 아파트를 팔고 난 후 88올림픽 시작과 함께 서울의 집값은 폭등하기 시작했다. 4~5천만 원 하던 아파트값은 일 년 사이 2억 원 정도로 치솟았다. 아내는 매일 성화를 해댔다. 조금만 참았다면 강남과 강북에 집 한 채씩을 가지고 편히 살게 되었을 텐데 나의 조급증 때문에 기회를 놓쳤다며 나의 속을 뒤집어 놓았다.

서울 집값이 급등하자 노태우 정부는 1989년도 제1기 신도시 건설 계획을 발표하여 집값 잡기에 나섰다. 우리는 이 기회에 다시 강남으로 진출하고자 분당 아파트를 분양받기로 하고 행동에 나섰다. 현장에는 모델하우스가 설치되고 정부에서는 버스를 배차하여 시민들에게 모델하우스를 관람시켰다. 어린 딸을 데리고 모델하우스를 보러 갔던 아내는 돌아오는 차편이 끊겨 연고도 없는 사람의 승용차를 타고 밤늦게 돌아왔다. 이런 불편을 겪고도 강을 넘어 남쪽으로 가려는 이유가 뭘까?

강남에 보유하고 있던 아파트를 팔고 난 상대적인 박탈감 때문이었을까? 정말로 더 좋은 주거환경을 원했기 때문일까? 아이들 교육 때문일까? 우리는 언제든지 아파트 분양을 받을 수 있도록 청약예금에 가입하고 있었기에 시범아파트부터 청약 신청을 했다. 보기 좋게 낙첨이었다. 여러 번 청약 기회가 남았으므로 실망하지 않고 기다려 두 번째 청약서를 냈다. 또 낙방했다. 세 번, 네 번, 다섯 번 떨어지고 나니 지역을 바꾸어 일산지역에 청약 신청을 하고 싶은 마음이 들었다.

곰곰이 생각해보니 일산에 사는 것이야 별문제가 없겠지만 부모님이 계시는 포항이나 처가가 있는 횡성을 오가는 것이 불편할 것 같아 몇 번을 생각하다 신청을 포기했다. 그리고 분당에 여섯 번, 일곱 번, 여덟 번째 청약 신청을 했지만 계속 낙방했다. 여덟 번을 떨어지고 난 후에는 청약제도가 바뀌어 유주택자에게는 청약할 기회를 주지 않았다. 어떤 친구들은 시험 삼아 한 번 청약 신청을 했는데 단번에 당첨되는 경우도 많았다.

나는 여덟 번씩이나 떨어지는 이유가 무엇일까? 이것은 노력으로 되는 것도 아니요. 신청회수의 많고 적음이 기준이 되는 것도 아니니 사람의 방법으로는 어찌할 수 없다는 생각이 들었다. 내 등 뒤에서 보이지 않는 손이 나를 면목동에 잡아두고 있다는 생각이 들었다. 이렇게 하여 또다시 강남 행 엑소더스는 실패했다.

이제 다른 곳으로 이사할 생각을 버리고 교회 주변에서 살기로 작정했다. 살고 있던 구옥을 헐고 그 자리에 새로운 집을 짓기로 했다. 아내가 3개월 동안 밤낮없이 고생해가며 2층집을 건축했으나 여기서도 오래 살지 못했다. 두 딸이 대학생이 되자 이들이 또 강남으로 이사 가자고 졸라댔다. 특히 큰딸은 J대학 안성 캠퍼스에서 4년을 보내게 됐는데 통학버스가 강남 고속버스터미널에서 출발했다. 면목동에서 아침 일찍 시내버스를 타고 강남에 가서 통학버스로 등하교하는 것은 무척 힘든 일이었다. 이제는 경제적인 형편이 못될 뿐 아니라 교회에서도 중책을 맡아 멀리 가기가 힘든 상태가 됐다.

"이제 아빠는 강남으로 진출할 능력이 안 되니 너희들이 결혼하면 강남으로 가."

이렇게 달래가며 마지막으로 청약예금 통장을 활용하여 지금 사는 신내동에 아파트청약을 신청했다. 별로 인기가 없는 지역이기 때문이었을까 여기는 단번에 당첨이 됐다. 하나님이 여기까지 옮겨가는 것은 괜찮다는 허락인 줄 알고 2002년 입주하여 지금까지 살고 있다.

나는 지금까지 살면서 전라북도 진안에 가서 1년 6개월을 살았던 시간을 빼고는 대부분의 시간을 서울에서 살았다. 재산을 늘리려고 또 아이들 교육을 핑계로 수없이 강남으로 진출을 시도했다. 분당 아파트청약은 여덟 번 낙첨했다. 강남으로의 엑소더스는 실패했지만 나는 그보다 더 큰 엑소더스를 이루었다고 생각한다.

나는 경상북도 영일군(지금 포항시) 홍안리 시골 마을에서 농사꾼의 아들로 태어나 서울에 입성했다. 그리고 평생을 서울특별시에서 잘 버티고 살고 있다. 이것보다 더 큰 엑소더스는 없다는 생각이 든다. 묵묵히 참고 따라준 아내가 고마울 따름이다.

내 생애 최고의 산행

  제 남편의 직장을 따라 인도네시아에 머물던 둘째딸이 라마단 기간을 이용하여 잠시 귀국했다. 라마단 기간은 학교를 비롯하여 유치원 어린이집 등이 모두 방학을 하고 상가도 철시하는 곳이 많아 주재원 가족들은 무척 힘든 시간을 보내기 십상이다. 따라서 아이 딸린 주부들은 아이들과 함께 국내로 들어와 시간을 보내고 그 기간이 끝날 즈음에 돌아가 새로운 한 학기를 시작한다. 둘째딸도 이 기간을 이용하여 손자 둘과 함께 2019년 5월 말에 귀국했다.

  귀국한 손자 두 놈은 물 만난 고기처럼 신나게 놀았다. 현지에서는 금지당했던 TV 시청, 인터넷게임도 마음대로 할 수 있고 자장면도 마음대로 먹을 수 있으니 저들은 별세상에 온 듯했다. 딸네 세 식구는 집안에서만 지내기가 지루하니 짬을 내서 국내 여행도 하고, 함께 귀국한 현지 친구들과 만나서 시간을 보냈다. 도서관 수영장 놀이공원 등을 찾아다녔고 어느 날은 제 이모 집에 가서 며칠 동안 머물며 사촌들끼리 함께 놀면서 재미있는 시간을 보냈다.

한 달이 넘는 시간을 매일 바깥에서만 보낼 수 없었다. 가끔 집안에서 종일을 보내는 경우는 대부분이 TV 시청이나 인터넷게임을 하다가 싫증이 나면 두 놈이 거실을 뛰어다니며 장난을 쳐 온 집안을 쑥대밭으로 만들어 놓았다. 층간소음이 걱정되어 아래층에 양해를 구해두었으나 신경이 쓰이는 것은 어쩔 수가 없었다.

귀국한 지 2주일쯤 지난 어느 토요일 딸이 재학시절 스승을 만날 약속이 있다며 아내와 나에게 두 손자를 맡겼다. 종일 집 안에 머물러 있기에는 아내가 너무 힘들 것 같아 두 손자에게 할아버지와 같이 놀기를 제안했다. 이번 기회에 두 놈들에게 특별한 추억거리를 남겨줄 만한 것이 없을까? 여러 가지를 궁리 끝에 할아버지와 함께 등산 갈 것을 제안했다.

"은찬, 은파, 오늘 할아버지와 등산 한 번 갈까?"

잠시 머뭇거리던 두 녀석이 큰놈은 싫은 기색 없이 따라가겠다고 했으나 둘째놈은 등산이 뭔지도 모르고 싫다는 표정이었다. 둘째놈은 유난히 할머니를 좋아하니 종일 제 할머니와 있고 싶었을 게다. 큰손자 놈과 나는 아내가 준비해준 도시락을 배낭에 넣고 많은 양의 식수를 준비하여 등산길에 나섰다. 딸은 아들이 에베레스트산 정복을 나서는 양 챙 모자에 선글라스를 씌우고 운동화 끈을 단단히 조이고 얼굴에는 선크림을 잔뜩 바르고 출정시켰다.

은찬이와 나는 지하철을 타고 도봉산으로 향했다. 차 안에는 배낭 멘 사람들이 많았다. 은찬이는 울긋불긋 등산복 차림의 사람들이 신기한 모양이었다.

"할아버지 이 사람들이 모두 등산가는 사람들이에요?"

이런 질문을 하던 은찬이는 도봉산 입구 건널목에 모인 등산객을 보고는 입이 딱 벌어져 할 말이 없는 듯 "와~" 소리만 질러댔다. 우리는 많은 등산객의 뒤를 따라 관리소를 지나 '북한산국립공원' 표지석 앞에서 사진 한 장을 찍었다. 먼 훗날 은찬이가 '할아버지와 함께 손잡고 이곳에 올랐다' 라는 추억이 오래 간직되기를 기원하면서….

등산 코스는 천축사를 거쳐 마당바위 쪽으로 잡았다. 내가 그쪽으로 방향을 잡은 것은 은찬이에게 조금 힘든 코스를 택하기 위함이었다. 무슨 일이든지 조금 힘에 부친 일이어야 오래도록 기억에 남기 때문이다. 은찬이는 처음부터 힘찬 발걸음을 내딛기 시작했다. 돌계단을 깡충깡충 잘 뛰어올랐다. 돌계단 길도 새롭고 우거진 숲도 신기한 눈으로 바라보았다.

초반에 무리한 힘을 쓴 은찬이는 얼마 오르지 않아 땀을 뻘뻘 흘리고 가쁜 숨을 몰아쉬기 시작했다. 이제는 못 가겠다며 길바닥에 주저앉고 말았다. 등산은 원래 처음 시작할 때가 제일 힘이 든다. 몸의 신진대사가 과격한 운동에 적응되기까지 적절한 시간이 필요하기 때문이다. 이걸 알 리 없는 은찬이는 무리한 속력으로 내달리다 그만 지쳐버렸다.

우리는 나무 그늘에 앉아 충분한 물을 마시고 배낭 속에 사과와 떡 한 조각씩을 먹으며 휴식을 취했다. 휴식을 취하고 있는 동안 한 쌍의 부부가 아기 셋을 데리고 산을 오르고 있었다. 그중의 둘은 은찬이보다 어린 아기였다. 그 모습을 본 은찬이는 오기가 생겼는지 우리도 빨리 올라가자고 재촉했다.

아기 셋을 데리고 온 부부와 앞서거니 뒤서거니 하면서 천축사 입구에 다다랐다. 거의 한 시간 삼십 분을 올라왔다. 은찬이는 천축사 입구에서 망설이고 있었다. 교회를 열심히 다니는 은찬이의 마음속에는 사찰에 들어가는 것이 왠지 마음에 내키지 않는 듯했다. 나는 사찰이 어떤 곳인가를 보여주는 것도 좋은 신앙교육이 될 것 같아서 은찬이 손을 잡고 천축사 경내로 들어갔다. 천축사 경내를 한 바퀴 돌아보며 불교와 불상에 관해 설명을 했으나 거기에는 별로 관심이 없는 듯했다.

이제는 몸이 완전히 지쳤는지 산을 얼마나 더 올라갈 것인지 짜증스럽게 물어댔다. 나는 등산 시작부터 최고봉(신선대)까지 올라갈 의도는 없었다. 너무 무리인 것 같아 마당바위까지만 오르기로 하고 얼마 남지 않았다고 은찬이를 달랬다. 은찬이는 처음 듣는 마당바위란 명칭을 잊어버리고 '그 바위'에 언제 도착하느냐며 한숨을 쉬어댔다. 천축사를 지난 지 삼십 분쯤 후에 드디어 마당바위에 올랐다.

멀리 우이암이 보이고 산 밑의 시내가 한눈에 들어왔다. 산에서 시내를 내려다본 은찬이는 새로운 세계를 본 듯 신기해했다. 은찬이는 비행기에서는 서울 시내를 많이 내려다보았지만 산에서 서울 시내를 내려다보는 것은 처음이었을 것이다. 은찬이는 하늘을 나는 까마귀를 처음 보았고 고양이가 산에서도 살고 있다는 사실도 처음 알았다. 그리고 산에는 각종 벌레와 파리가 많다는 것도 알았다.

마당바위에 앉아 각종 자연현상을 관찰하던 은찬이는 배가 고프다고 했다. 우리는 그늘진 곳에 신문지를 깔고 도시락을 꺼내 마주앉았다. 신발을 벗고 신문지 위에 처음으로 앉아본 은찬이는 신문지는 용도가 많은 종이라고 신문지예찬론을 폈다.

"할아버지 신문지 깔고 밥 먹으니 밥맛이 참 좋아요."

집에서는 밥 먹기 싫어서 요리조리 핑계를 대던 놈에게서 밥맛 좋다는 이야기를 들으니 내 마음이 흐뭇했다. 신문지를 깔고 먹는 밥이 맛있는 것이 아니라 산을 오르며 소모된 에너지가 배고프게 한다는 사실을 알기에는 좀 더 많은 시간이 필요하겠지. 둘이서 식사한 자리를 깨끗하게 청소하고 모든 쓰레기를 비닐봉지에 담아 다시 배낭에 넣었다.

산행은 은찬이에게 자연을 배우게 될 기회가 되었고 자연보호에 대한 중요성을 깨우칠 기회도 되었다. 하산 길은 계단이 없는 쉬운 길을 택했다. 그러나 계단이 없는 대신 모래가 많았다. 운동화를 신은 은찬이는 모래에 미끄러져 수없이 엉덩방아를 찧었다. 내가 은찬이의 손을 잡았지만 자꾸 미끄러졌다. 할아버지가 길을 잘못 택하여 엉덩이가 깨졌다고 불평을 쏟아냈다.

　우리는 마냥 즐거운 마음으로 산에서 내려왔다. 내 생애 최고의 산행은 이렇게 끝났다. 하나님이 내게 주신 최고의 선물은 손주 셋을 주신 것이란 생각을 지울 수 없다.

제5부 아내여 미안하다

아내 살리기 프로젝트

1978년 6월 둘째딸을 낳은 아내는 급속도로 건강이 나빠지기 시작했다. 60kg이 나가던 체중은 1년도 못 되어 45kg으로 줄어들었고 밤에는 잠도 못 자고 헛소리를 해댔다. 서울 시내 유명 병원을 다 찾아다니며 진찰을 받았으나 뱃속에 지방질이 줄어들어 위하수를 비롯한 신장 하수 등으로 가끔 혈뇨를 하는 것 외에는 특별한 병명을 찾지 못했다. 신장하수는 상태가 심해 비뇨기과를 열심히 다녔는데 수술로 치료할 수도 있으나 효과는 반반이라는 애매한 처방을 내려 수술을 받겠다고 선뜻 나서지도 못했다. 또 각종 장기의 하수 현상은 살이 찌면 저절로 낫는다며 몸을 잘 관리하라는 처방을 했다.

몸은 점점 야위어져서 기운을 차리지 못하고 육교 위에서 쓰러지기까지 했다. 어떤 날은 어지럼증이 심해 일어나지도 못하고 종일 방에 누워있었고 식음을 전폐한 날도 많았다. 어쩌다 대문 밖을 나가면 이웃 사람들은 젊은 여자가 곧 죽을 것 같다며 혀를 찼다. 최후의 대책이란 심정으로 적십자병원 정신과 송수식 박사에게 진찰을 받았다. 당시 정신과에 진료를 받는 사람은 모두 정신병자 취급을 받았지만 이런 시선을 의식할 처지가 아니었다. 몇 번을 상담한 송수식 선생님은 '결혼생활로 인한 스트레스와 산후우울증'이란 진단을 내리고 치료 약을 처방했다. 일주일에 두 번씩 상담하고 처방한 약을 꾸준히 먹었으나 몸 상태는 별로 좋아지는 느낌이 없었다.

나는 아내의 회복을 위하여 토요일마다 퇴근길에 종로5가 약국에서 링거 시약을 사들고 퇴근했다. 퇴근길에 간호사 출신 슈퍼 아줌마를 불러 주삿바늘을 찌르고 나는 소설책 한 권을 들고 그 옆을 지키고 있었다. 링거 맞는 동안 아내가 잠이 들면 소설책을 읽고 있던 나도 함께 잠이 들어 주삿바늘을 뺄 시간을 넘긴 때가 한두 번이 아니었다. 이런 과정을 거치면서 아내의 건강 상태는 처가에까지 알려졌고 장모님은 몸에 좋다는 음식을 구하여 상경하기 시작했다.

처음에는 영사(靈砂)를 처리한 소의 염통을 구해와 구워서 먹이기 시작했다. 아내가 잘 먹지 않을까 봐 장인어른이 함께 오셔서 나와 함께 소주를 마셔가며 아내의 식욕을 돋우었다. 영사는 수은과 유황을 섞은 가루로 어지러움을 진정시키고 피를 잘 통하게 하는 효력이 있는 것으로 알려져 있다. 거의 육 개월 동안 수시로 소 염통을 구워 먹였지만 망가진 몸은 쉽게 회복되지 않았다. 그 후 어느 날 장모님은 잉어탕이라며 뽀얀 국물을 한 되 병 가지고 오셨다. 그리고는 따듯하게 데워 아내에게 마시게 했다. 아내는 고소한 맛이 좋다며 하루에 두 번씩 정해진 대로 잘 마셨다. 그러나 내가 냄새를 맡아보니 그것은 잉어탕이 아닌 듯했다.

아득한 옛날, 내가 중학교 3학년 봄에 아버지가 끓어 잡수시던 뱀탕 냄새와 비슷했다. 나는 아내 몰래 장모님에게 살짝 물어보았다.

"어머니 이거 잉어탕이 아니죠?"

장모님은 바른대로 말씀하셨다.

"뱀탕이라면 먹겠나, 잉어탕이라 둘러댄 거지."

잉어탕인 줄만 알고 뱀탕 한 병을 먹은 아내는 본격적으로 잉어탕(?)을 먹기 위하여 친정으로 내려갔다.

아내가 친정으로 뱀탕을 먹으러 내려간 날 밤, 나는 혼자 누워 옛날 아버지께서 뱀탕을 잡수시던 때를 회상했다. 1959년 사라호 태풍으로 살던 집이 물에 잠기자 아버지는 다음해 산 아래 밭뙈기에 새로운 집을 짓기 시작했다. 농사일과 집 짓는 일을 병행한 아버지는 허리 병에 걸리셨다. 농사일 마치고 집에 오시면 잠들 때까지 우리 형제들을 불러 허리를 밟게 했다. 방바닥에 엎드린 아버지는 끙끙 앓는 소리를 내면서도 힘 있게 밟으라고 채근하셨다. 우리는 졸리는 눈을 비벼가며 아버지가 "그만 됐다"라는 말씀을 할 때까지 교대로 허리 위를 오르내렸다. 어린 우리에겐 허리를 밟는 시간이 무척 고단하고 지루한 시간이었다.

그해 겨울이 지나고 따뜻한 봄날이 다가오는 어느 날, 아버지는 조그만 항아리에 진흙을 이겨 바르고 풍로에 숯불을 피웠다. 항아리에 물이 끓기 시작할 즈음에 읍내 땅꾼이 와서 자루 속에 있는 뱀 다섯 마리를 끓는 물 속에 넣고 버드나무 막대기로 항아리 속을 휘저은 후 삼베 천으로 된 덮개를 덮었다. 그는 산으로 뱀을 잡으러 갔다. 저녁때 해가 넘어갈 때쯤에 땅꾼은 읍내 집으로 돌아가는 길에 우리 집에 들러 아침에 끓이기 시작한 항아리에 있는 뱀탕을 삼베 천으로 짜서 국물은 아버지께 드리고 찌꺼기는 신문지를 깔고 말려두었다. 뱀탕 냄새는 닭고기 끓이는 냄새와 똑같았다.

우리 집 대문 앞을 지나가던 동네 사람들이 고소하고 맛있는 냄새가 난다고 집안을 기웃거렸다. 우리 형제들은 호기심에 신문지에 말려놓은 뱀탕 찌꺼기를 먹어보고는 닭고기 맛과 똑같다고 떠들어댔으나 어머니는 애들이 별것을 다 먹는다고 야단을 치셨다. 땅꾼은 다시 항아리에 물을 붓고 끓는 것을 확인하고는 잡아온 뱀 다섯 마리를 넣고 뚜껑을 닫았다. 그리고 그는 집으로 돌아갔고 이튿날 아침에 다시 이 일을 반복했다. 아버지는 거의 보름 동안 아침저녁으로 뱀탕을 드셨고 우리 형제들은 신문지에 널어놓은 찌꺼기를 수시로 집어 먹으며 닭고기 맛을 음미하곤 했다. 땅꾼은 뱀탕이 끓는 시간 동안 우리 형제들에게 뱀 잡는 법을 이야기했다.

뱀이 가장 좋아하는 고기는 제비고기라며 봄에 뱀이 동면에서 깨어날 때 산속에서 제비고기를 구우면 십 리 밖에 있는 뱀도 그 냄새를 맡고 모여든다고 했다. 초가집 처마 속에 뱀이 숨어있는 것은 제비를 잡아먹기 위하여 똬리를 틀고 기다리는 것이라는 설명도 했다. 뱀탕의 효력이라고 증명할 방법은 없지만 그 후 아버지는 허리가 아프다고 말씀하지 않으셨다. 오랫동안 전해 내려온 민간요법이라 효험이 있다는 확신이 들었다.

친정에 내려간 아내는 장모님이 아침저녁으로 건강원에서 몰래 끓여 주는 뱀탕을 마시고 일주일 후에 집으로 돌아왔다. 아내는 여전히 잉어탕을 먹은 줄 알고 있었다. 아내의 기분이 훨씬 좋아진 듯 보였기에 사실을 말할 수 없었다. 장모님도 나도 평생 비밀로 간직하고 지내려고 다짐했다. 시간이 한참 지난 후 처 이모님이 서울 딸네 집에 오는 길에 장모님과 함께 우리 집에 오셨다. 모처럼 둘러앉아 저녁 식사를 하던 중 이모님이 느닷없이 질문을 던졌다.

"계식아, 너 옛날에 뱀탕 먹고 나서 몸이 많이 좋아졌냐?"

"이모 나 뱀탕 먹은 적 없어, 잉어탕은 먹었지만."

아내가 야릇한 눈빛으로 장모님과 나를 노려보았다. 세상에 영원한 비밀은 없다.

이때 우리는 이미 교회에 나가기 시작해서 아내의 병이 호전되어 가고 있을 때였다. 아내는 지금도 그때의 이야기를 한다. 평생에 안 먹어본 것이 없다고.

장남의 이름으로

평생 농사를 짓던 아버지는 어느 날 갑자기 농토를 처분하고 포항 시내에 조그만 집 한 채를 장만하여 이사했다. 우리 자식들이 보기에는 갑작스러운 결정같았지만 아버지로서는 수많은 생각 끝에 결단을 내리셨을 것이다. 어린 자식이 6명이나 딸렸으니 시내로 이주하여 직업을 바꾸는 것이 말처럼 쉽지는 않았을 터이다. 이때가 1970년이다. 아버지는 산업사회로 변해가는 과정을 미리 예견하셨을까? 지금도 의문이 남는다. 아마도 농사를 지어서는 여섯 명의 자식들을 키워내기가 어렵다고 판단하셨을 것으로 생각됐다. 당신이 손수 지으신 기와집을 팔고 여기저기 흩어져 있는 농토를 처분하는 일이 쉽지 않았을 것인데 결단을 내린 아버지가 무척 배짱이 큰 사람처럼 보였다.

내가 군에서 휴가를 나와 이사한 집으로 찾아가니 포항시내 중앙 단층집에 일곱 식구가 옹기종기 살고 있었다. 아버지는 시내로 이사 와서 처음으로 건어물 보관사업을 시작했으나 경험이 없어서 손해만 보고 무료한 나날을 보내고 계셨다. 낙심한 아버지를 보면서 '송충이는 솔잎을 먹고 살아야 한다' 라는 속담이 내 머리를 맴돌았다. 그 지긋지긋하던 농사일이 차라리 천직인 듯싶었다. 일 년여 가까이 가족들의 생활수단을 찾아다니시던 아버지는 어느 날 울릉도행 여객선이 정박하는 부둣가에 조그만 여관집을 사들였다.

당시 포항에서 울릉도까지는 12시간가량 소요됐기 때문에 여객선은 항상 아침 일찍 출발했다. 매일 저녁 울릉도 사람으로 북석서렸고 새벽부터 승선 준비를 하느라 정신없이 바빴다. 우리 식구들은 꼭두새벽에 일어나 투숙객들의 아침 식사를 준비했다. 어머니를 도울 식당 담당 아주머니 한 사람을 고용했지만 짧은 시간에 많은 사람의 식사준비를 하기에는 역부족이라 동생들이 모두 나서서 도왔다. 그런 동생들의 모습을 보면서 아버지가 원망스러웠다. 다행히도 동생들은 잘 참고 견디어 주었는데 무척이나 대견스러웠다.

군 복무를 마친 후 나는 서울로 올라와 직장생활을 시작했다. 아내를 만나 결혼을 하고 조그만 집을 장만했다. 동생들은 모두 학업을 마치고 막냇동생만 고등학교에 다니고 있었다. 나는 형제 중에서 혼자만 서울에 와서 대학교에 다녔다. 우리 집 형편에 감히 대학에 갈 처지가 못 되었지만 장남으로 태어난 특혜를 받은 듯해서 동생들에게 늘 빚진 기분이었다. 막냇동생만이라도 제대로 공부를 시켜 부모님으로부터 받은 은혜를 갚아야겠다는 생각이 들었다.

나에게 장남의 멍에가 씌워진 느낌이 들기 시작했다. 아내와 상의

도 없이 대학 동창이 재직하고 있던 B고등학교로 막냇동생을 전학시켰다. 이때 우리 집에는 대학을 들어간 둘째처남이 같이 살고 있었다. 아내는 갑자기 동생과 시동생을 함께 거두어야 하는 신세가 됐다. 2학년에 전학 온 동생은 처음에는 친구들을 사귀느라 힘들어했지만 시간이 갈수록 잘 적응해나갔다. 교사 중에는 대학 동창도 있고 담임 선생님도 대학 후배가 맡고 있어 공부도 곧장 따라가는 듯했다.

동생이 2학년을 마치고 3학년이 되던 어느 날 시험성적표를 보았다. 내가 기대했던 성적과는 너무도 차이가 컸다. 당시만 해도 나는 다른 것은 다 용서되어도 공부 못하는 것은 용서가 되지 않았다. 이것은 내 딸들에게도 마찬가지였다. 동생을 호되게 꾸짖었다. 아내가 말렸으나 화가 머리끝까지 치민 내 입에서 뱉지 말아야 할 심한 모욕적인 말이 튀어나오고 말았다.

"이것도 성적이라고 받아왔냐? 칼을 물고 엎어져 죽어버려!"

지금 생각하면 지극히 오만한 나의 모습에 몹시 부끄러운 마음이 든다. 동생은 묵묵히 고개만 숙이고 있었다. 평소에도 말수가 없던 아이가 꾸중을 듣는 자리였으니 당연히 변명할 용기가 없었을 것이다. 다음날 동생은 가방을 챙겨 학교에 갔다. 그러나 하교 시간이 되어도 동생은 돌아오지 않았다. 아내는 동생이 가출했다고 걱정이 태산 같았다. 밤중에 포항 어머니로부터 전화가 왔다. 아내가 전화를 받았다.

"아한테 우예 햇길레, 아~가 죽어도 서울 안 간다 카노?"

야단은 내가 치고 화살은 아내에게 돌아갔다. 나는 싫다면 오지 말라며 큰소리를 쳤지만 괜히 아내만 나쁜 며느리가 될 것 같아 참고 지나갔다. 어머니는 집안에 일만 생기면 아내에게 화살을 돌렸다. 당신의 아들을 나무라야지 며느리가 무슨 죄인인가?

동생은 며칠 후 아버지의 손에 이끌리어 다시 집으로 돌아왔다. 동생이 대학 수능시험을 치르는 날이 되었다. 날씨가 꽤 쌀쌀했다. 아내는 동생이 시험을 지르는 교문 앞에서 동생을 기다렸다가 택시를 다고 집으로 왔다. 동생을 아끼고 보살펴주는 모습이 감사했다. 대학 원서를 내기 위하여 동생과 여러 가지 이야기를 했다.

내가 대학입시를 치를 때 누구도 조언해준 사람이 없어 혼자서 진로를 정해야 했던 생각이 났다. 동생에게 의견을 물었다. 동생은 해양대학을 가기를 원했다. 나는 육지에서도 한 곳에 자리 잡고 살기가 힘든 세상에 외항선을 타고 오대양 육대주를 정처 없이 돌아다니는 직업은 안 된다고 말렸다. 동생은 내 조언을 받아들여 한의과대학에 원서를 냈다. 당시 D대 한의과대학은 설립된 지 얼마 되지 않았고 경주에 소재하고 있어 포항에서 통학도 가능했기에 적극적으로 권장했다. 그러나 동생은 운이 없었는지 실력이 모자랐는지 시험에 떨어졌다. 내가 동생을 과대평가했다. 후기시험은 동생이 원하는 학교로 가겠다고 했다. 이제는 내 생각대로 할 수 없었다.

동생은 M해양대학을 가기를 원했다. 동생은 초등학교 때부터 바다에 자주 나갔다. 포항 부둣가 여관집에는 장기 투숙한 해양경찰 간부한 분이 있었다. 객지에 발령받아온 경찰관은 심심하면 어린 동생을 데리고 바다로 나갔다. 해양경찰의 순시선을 타고 망망대해를 항해했던 기억이 동생의 머릿속에 잠재되어 있었던 모양이었다. 동생은 결국 해양대학을 졸업하고 외항선을 타기 시작했다. 처음에는 중동지역을 오가며 꽤 많은 급료를 받았다. 육 개월에 한 번씩 국내로 돌아와 한 달 정도 머물렀다. 몇 년을 외항선을 타고 세계방방곡곡을 누비고 다녔다. 결혼하기 전이니 본인도 가족도 큰 부담이 없었다.

1987년 4월 갑자기 아버지가 돌아가셨다. 동생의 회사를 통하여 그가 어디에 머물고 있는지를 수배했다. 동생은 남아프리카의 케이프타운에 머물러 있다는 소식이 왔다. 우리 형제는 아버지가 가장 사랑하던 막내아들이 없는 가운데 장례를 치러야 했다. 안타까운 일이지만 무작정 기다리고 있을 수만 없었다. 그리고 몇 개월 후 국내로 돌아온 동생은 아무런 대책도 없이 회사에 사표를 내고 외항선 승선을 그만두었다. 그는 아버지 장례식에도 참석할 수 없었던 불효를 애통해 했다. 이때는 동생도 많이 성숙해진 모습이었다.

나는 어릴 때 농사일만 보고 자라서 농과대학을 갔고 동생은 해양경찰의 순시선을 타고 다니던 기억 때문에 해양대학을 갔다. 어릴 때 우리의 경험이 일생을 좌우하는 경우가 많다는 생각이 든다. 맹모삼천지교(孟母三遷之敎)의 교훈이 새삼스럽다.

아부지와 아버지

한때 인터넷에서 국수와 국시에 대한 차이점을 설명하는 유머가 유행했었다.

"국수는 밀가루로 만드는 것이고 국시는 밀가리로 만드는 것"이라는 풀이로 서로들 웃고 떠들곤 했었다. 국시는 국수의 경상도 사투리일 뿐이지 같은 음식이다. 이와 마찬가지로 아부지도 아버지의 사투리일 뿐이다. 그러나 내가 지금 여기서 이야기하는 아부지와 아버지는 표준말과 사투리의 차이가 아니고 개체가 다른 두 사람을 일컫는 말이다.

먼저 '아부지'는 나를 낳으신 아버지에 대한 호칭이고 '아버지'는 내 아내의 아버지 곧 장인어른에 대한 호칭이다. 내가 경상도 깡촌에서 자랐기 때문에 아부지란 호칭은 극히 자연스러운 말이고, 장인어른에 대하여는 아내의 아버지도 내 아버지와 다름없다는 생각에 결혼 초부터 아버지란 호칭을 사용했다.

아부지와 아버지는 같은 남자라는 것을 빼고는 비슷한 점이 없었다. 아내와 내가 결혼할 당시 아부지는 55세, 아버지는 41세였다. 그리고 아부지는 평생 농사꾼으로 사셨고 아버지는 주로 토목공사를 하는 건설업으로 생활하고 계셨다. 아부지는 장남으로 태어나 부모님을 모시고 집안 대소사를 다 관장하셨으나 아버지는 차남으로 태어나 일찌감치 결혼하여 읍내로 살림을 나왔기에 생활방식이 매우 개방적이었다.

두 분은 우리 결혼식장에서 잠깐 얼굴을 마주하고는 서로 만날 기회가 없었다. 가끔 우리 부부가 고향으로 내려가면 아부지는 첫 사돈인 아버지를 만나 뵙고 싶다는 말씀을 자주 하셨다. 사는 곳이 경상도와 강원도라 어지간한 대사가 아니면 만나기가 힘들었다. 우리가 결혼한 지 6년이 되던 1980년 6월에 아부지가 우리 집에 오셨다. 결혼한 이래 처음으로 우리 집에 오신 것이다. 아부지는 특별한 일이 아니면 나들이를 하시지 않았지만 이번 상경은 그럴 만한 이유가 있었다.

당시 우리 부부는 내 막냇동생을 데리고 있었다. 아무래도 서울에서 공부하는 것이 대학 진학에 유리할 것 같아 동생이 고등학교 2학년 때 서울로 전학을 시켜 우리 집에서 공부하게 했다. 나는 동생의 성적에 관심을 쓰지 않을 수 없었다. 공부하는 시간과 방법뿐 아니라 시험성적 하나하나를 체크하곤 했다. 어느 날 내 기대에 미치지 못한 성적표를 받은 동생은 밤새 야단을 맞고 다음날 용감하게 고향으로 내려가버렸다. 괜히 나에게 야단맞고 집을 나갔는데 어머니는 아내에게 덤터기를 씌웠다. 며칠이 지난 후 동생은 아부지의 손에 이끌리어 다시 돌아왔다. 이것이 아부지가 처음으로 서울 큰아들 집에 오시게 연유다.

동생을 앞세워 집에 도착하신 아부지는 대뜸 사돈인 아버지를 만나고 싶다고 하셨다. 아내가 아버지에게 호출 명령(?)을 내렸다. 멀리서 상경한 사돈의 호출이니 번개같이 오셨다. 두 분은 만나자마자 인사 몇 마디를 수고받고는 곧상 동네 술집으로 향했다. 사돈 간에 맹숭맹숭하게 앉아있어 봐야 할 이야기가 뭐 있겠는가? 한국 사람은 술이 한 잔 들어가야 말이 술술 나오는 법이다.

술 한 잔을 마시러 나간 두 분은 저녁 때까지 돌아오시지 않았다. 아내가 걱정하기 시작했다. 술값이 없어 못 오시는지? 아니면 술에 취해 길을 잃으셨는지? 기다리다 못한 아내가 술값을 챙겨 들고 두 분을 찾아 나섰다. 한창 기분 낼 시간쯤에 아내에게 발견됐다. 두 분은 아내의 손에 이끌리어 골목길에 들어섰다. 골목길에서부터 혀 꼬부라진 아리랑 가락이 집안까지 흘러들어왔다.

아내는 정성은 다하여 저녁 식사를 준비했다. 밥상은 아내가 들기에는 무겁게 한 상 가득했다. 밥상을 들고 방으로 들어간 아내에게 느닷없이 아부지의 호통이 떨어졌다.

"야야!(며느리를 부르는 말이다) 사돈하고 겸상하면 되나? 이건 순전 쌍넘들이 하는 지시되아~."

아부지와 아버지의 식사 상을 따로따로 차려오라고 야단을 치셨다.

아부지는 평소 며느리에게 야단치는 법이 없었다. 이날은 사돈 앞에서 며느리에게 예법을 가르치기 위함인지 아니면 집안의 가풍을 과시하기 위함인지는 몰라도 정도가 좀 심한 듯했다.

아버지는 경상도 예법을 알지도 못할 뿐더러 지금 시대에 꼭 그런 예법을 지킬 일이 없다며 한사코 말렸지만 아부지는 막무가내로 고집을 피우셨다. 딸이 애달파 보였지만 아버지는 참을 수밖에 없었다. 아내는 아부지의 눈치를 보며 상을 들고 나와 따로따로 식사 상을 차려 방안으로 들어갔다. 두 분은 따로 식사 상을 받아, 마주앉지도 않고 출입문 쪽을 향하여 식사하셨다. 식사 중 두 분은 아무런 말씀도 없으셨다. 아부지는 원래 식사 중 말을 하면 복이 나간다고 하여 우리 형제들에게도 일절 말을 못 하게 하셨다. 아부지가 묵묵히 식사만 하시니 아버지도 덩달아 말없이 식사를 끝내고 말았다.

결정적인 사건은 저녁식사가 끝나고 술자리에서 벌어졌다. 아부지는 식사 상을 치우자마자 술상을 차리게 하셨다. 아내는 설거지를 미뤄두고 이것저것 안줏거리를 준비하여 술상을 준비했다. 아내와 내가 함께 들어가서 두 분께 막걸리 한 잔씩을 올렸다. 아버지는 원래 소주 체질이었지만 사돈이 막걸리를 마시니 사돈 체면을 생각하여 기분을 맞춰주는 듯했다. 두 분은 좋아하는 술의 종류가 다를 뿐 아니라 술을 마시는 취향이 완전히 달랐다. 아부지는 주량은 세지 않지만 술을 입에 대면 상대방이 곯아떨어질 때까지 마시는 버릇이 있고 아버지는 주량도 세지만 단번에 양껏 마시고 앉은자리에서 주무시는 성격이었다.

초저녁부터 술잔을 주고받던 두 분은 시간이 가는 줄도 모르고 끊임없이 마셔댔다. 식사 때는 말 한마디 없으시던 분들이 어찌할 말씀이 그렇게 많으신지. 완전 경상도 사투리에 혀 꼬부라진 소리를 아버지가 알아듣기나 하시는지. 저녁 내내 집안은 시끌벅적했다. 이윽고 한 참 후 아부지의 큰 소리가 들렸다.

"사돈요, 일나소! 모초로므로 만나서 하마 자모 어떠카능교."

아부지가 졸고 있는 아버지를 깨우는 소리가 들렸다. 초저녁잠을 못 이기는 아버지가 잠자리에 드신 듯했다. 술에 취한 아부지는 이불을 걷어내며 연신 아버지를 흔들어 깨웠다. 처음 몇 번은 깨우고 일어나고를 반복했다. 잠에 취한 아버지가 도저히 견딜 수가 없으니 버럭 화를 냈다.

"인제 그만하고 잡시다."

"사돈요, 우리가 언제 또 만날끼고 한 잔만 더 합시더."

결국은 술에 취한 아부지와 잠에 취한 아버지의 말다툼이 시작됐다. 아내와 내가 연신 방을 들락거리며 싸움을 말렸다. 술에 취한 아부지와 잠에 취한 아버지의 싸움은 잠에 취한 아버지의 승리로 끝났다. 아버지가 잠들자 허탈한 아부지도 코를 골기 시작했다.

처음 만난 사돈지간에 싸움판을 벌였던 아부지와 아버지. 다음날 아침 두 분은 어젯밤 아무 일도 없었다는 듯 멀쩡했다. 지난밤 사건을 아는지 모르는지 두 분은 따로따로 앉아 아침 식사를 하셨다. 그리고 각자의 거처로 돌아가셨다. 아내는 아부지에게는 차비를 챙겨드렸지만 아버지는 맨손으로 보냈다.

나는 결혼할 때 장인어른도 내 아부지처럼 모시리라 다짐하고 아버지라 불렀다. 그것은 다짐에 지나지 않았다. 늘 마음이 불편했다. 아버지는 돌아가시기 얼마 전 서울의 한 대학병원에 한 달쯤 입원하셨다. 퇴원하던 날 몰래 병원비를 계산했다. 그것이 내가 할 수 있는 한계였다.

보험은 만능인가

며칠 전 95세 노인이 운전 중 사고를 내어 인명사고가 발생했다는 기사가 났다. 고령 운전이 위험하다는 것을 알지만 특별한 제제 규정이 없어 5분 만에 적성검사를 통과하고 면허갱신을 받았다고 했다. 매스컴에서는 실효성 있는 대책이 필요하다고 역설을 해댔다. 물론 충분히 건강했기에 운전했겠지만 혹시라도 노인들이 보험이란 안전장치를 믿고 운전석에 오른다면 교통사고는 점점 더 늘어갈 것이라는 생각이 든다.

2002년 2월 10일 설날을 이틀 앞둔 일요일 저녁에 아내가 교통사고를 당했다. 일과를 끝내고 집으로 돌아온 우리는 저녁 식사를 하고 하루의 피로를 풀기 위해 찜질방에 가기로 했었다. 그러나 갑자기 아내의 마음이 변하여 근처 아파트에 사는 친구 집에 설날 선물을 전달하러 가겠다고 했다. 나는 만사가 귀찮아 집에서 쉬고, 아내는 선물 꾸러미를 들고 친구 집으로 향했다.

아내가 집을 나선지 십여 분도 안 되어 전화가 왔다. 일면식도 없는 사람이 아내의 전화기로 교통사고가 났다고 소리를 질러댔다. 전화 목소리 사이로 아내의 비명소리가 요란하게 들려왔다. 사고 현장은 친구가 사는 아파트 후문이었다. 아내는 출입문 바리케이드 옆에 쓰러져서 죽는소리를 지르고 있었고 주위에는 많은 사람이 모여서 웅성대고 있었다. 사고를 낸 운전자는 50대 중반의 여성이었고 차량은 이웃 동네에 있는 사찰의 승합차였다. 아내가 쓰러진 자리에는 이미 많은 피가 흘러 아스팔트에는 붉은색이 역력했다. 가로등 불빛에 반사되어 오는 핏자국이 큰 사고임을 암시했다.

아내는 쓰러진 채 꼼짝도 못 하고 계속 아프다는 비명만 질러댔다. 경찰이 와서 사고 경위를 조사하기 시작했고 아내는 나와 함께 구급차에 실려 근처 대학병원 응급실로 향했다. 짧은 거리지만 구급차를 타고 가는 길은 무척 멀었다. 사이렌 소리에도 아랑곳없이 꿋꿋하게 제 길만 가는 운전자들이 무척 미웠다. 다리를 꼼짝하지 못하고 계속 소리를 지르는 아내의 모습이 내 가슴을 찢는 듯했다. 나는 평생 아내 곁을 떠날 수 없는 간병인 신세가 될 것이라는 방정맞은 생각이 들었다.

응급실 의사는 우선 외상을 검사했다. 다행히도 외상은 심하지 않았다. 왼쪽 손가락 두 개가 타박상을 입어 많은 피가 흘렀다. 찢어진 부분을 꿰매기 시작했지만 더 심하게 아픈 곳이 많으니 별로 통증도 느끼지 못하는 듯했다. 움직이지 못하는 왼쪽 다리를 여기저기 살펴보던 의사는 고관절 골절이 의심된다며 곧바로 X레이 촬영과 CT 검사를 했다. 예측한 대로 고관절 골절로 판명됐다. 최소한 6개월은 입원해야 한다고 했다. 눈앞이 깜깜해졌다. 그래도 6개월이 지나면 스스로 걸을 수 있다니 그나마 위안이 됐다. 아내는 응급실에서 하룻밤을 보낸 후 일반병실로 옮겨갔다.

일반병실로 옮겨온 아내는 꼼짝도 못 하고 종일 누워서 지냈다. 식사도 배변도 모두 누워서 해결했다. 큰딸이 며칠을 간호했지만 하던 일을 중단할 수 없어 간병인을 쓰기 시작했다. 교회 목사님이 오셔서 예배를 드리고 교인들이 문병을 오기 시작했다. 사고 소식을 들은 아내의 친구들도 이곳저곳에서 문병을 왔다. 경찰이 와서 다시 자세한 사고내용을 조사하고 돌아갔다. 경찰관은 가해자가 문병을 왔었느냐고 물었다. 문병은커녕 전화 한 통도 없었다고 하자 경찰관도 가해자가 몰인정한 사람이라고 욕지거리를 했다. 아무리 보험으로 치료비를 보상한다고 하더라도 인간의 도리상 이럴 수는 없다는 생각이 들었다. 알고 보니 가해자는 작은 사찰이지만 주지라는 직책을 맡은 종교인이었다. 내가 먼저 전화해서 사람답게 살라고 훈계하고 싶은 생각도 있었지만 괜히 싸움이 될 것 같아 참고 넘어갔다. 아내는 생각할수록 괘씸한 생각이 든다며 성화를 해댔다.

쌍방 과실도 아니고 멀쩡히 걸어가는 행인을 운전미숙으로 치어서 육 개월간 꼼짝없이 눕혀 놓게 하고도 한마디 사과조차 없다고 열을 올렸다. 그러나 가해자는 보험회사가 해결할 것인데 왜 치근대느냐고 반발할 것이 틀림없었다. 아내는 차에 다쳐서 몸이 아프고 가해자의 뻔뻔함에 마음까지 아픈 이중고를 겪기 시작했다. 두 달을 대학병원에서 보낸 아내는 4월 8일 동네 정형외과로 옮겨왔다.

　겨우 일어나 앉을 정도로 회복되니 대학병원에서는 더 이상 입원할 필요가 없다고 반강제적으로 퇴원을 권유했다. 동네 정형외과에는 아내와 비슷한 교통사고 환자들이 많았다. 동병상련이라 서로들 위로하고 정보도 교환하니 처음에는 치료 효과가 좋은 듯했다. 그러나 입원 기간이 길어지니 밤에 잠도 자지 못하고 우울증을 앓기 시작했다. 밤에는 수면제를 복용해야 했고 마음의 안정을 위하여 안정제도 처방해야 했다. 마음의 병을 달래가며 재활치료를 열심히 한 덕분에 6월 한·일 월드컵대회 때는 목발에 의지하여 외부출입이 가능해졌다.

　가끔 교회에 와서 대형 스크린으로 중개하는 경기를 함께 보며 응원전을 펼치기도 했다. 퇴원할 때쯤 되어서야 보험회사에서 사고 현황을 파악하기 위해 담당 직원이 병원으로 찾아왔다. 가해자에겐 유리하고 피해자에겐 불리하게 조정한다는 S 보험이었다. 앞으로 다가올 보상금 합의가 쉬울 것 같지 않았다. 가해자도 보험회사도 쉽지 않은 사람들이 걸렸다는 생각을 지울 수 없었다.

　아내는 6월 말에 퇴원하여 집안에 눌러앉아 있었다. 가끔 교회 친구들이 놀러 와 목발에 의지하여 외출도 했지만 종일 집 안에 머무는 시간이 많았다. 그러던 어느 날 보험회사 지점장으로부터 전화가 왔다. 사고 보상금에 대해 협의를 하자는 내용이었다. 나 혼자 가려고 했으나 아내는 자기가 자세히 설명해야 할 것이라며 쩔뚝거리는 다리를 끌며 따라나섰다. 협의는 순조롭지 않았다. 소문대로 형편없는 금액을 제시했다. 내가 예상한 금액의 절반도 제시하지 않았다. 아주 사람을 얕잡아 보는 듯했다. 법률적인 상식이 전혀 없는 무식한 사람처럼 대했다. 나는 얼마의 금액 제시도 없이 그냥 사무실을 뛰쳐나와버렸다.

며칠 후 담당 직원이 전화했다. 지점장이 다시 협상하잔다. 이번엔 커피도 대접하고 손님을 대하는 흉내를 냈다. 그러나 보상금액의 차이로 협상은 깨어졌다. 나는 소송을 걸겠다고 최후통첩을 했다. 합의가 안 되고 소송으로 가면 보험회사도 유리할 것이 없을 것이란 생각이 들었다. 그리고 며칠 후 국회의원을 지낸 변호사의 사무장을 만났다. 사무장은 아내의 나이, 직업, 피해 정도, 입원 기간 등을 고려하여 보상금액을 산출했다. 그리고 며칠이 있으면 보험회사에서 연락이 갈 것이라며 조금 기다려 보라고 했다. 사무장이 소송이 접수됐다고 하면 보험회사의 태도가 달라진다는 귀띔을 했다. 그래도 협상이 안 되면 그때 가서 정식으로 소송을 제기하자며 나를 돌려보냈다.

며칠 후 다시 보험회사에서 전화가 왔다. 나는 소송을 제기했다며 버티고 가지 않았다. 요구 조건을 들어준다며 협의를 하자며 사정조로 나왔다. 보상 문제를 빨리 끝내는 것이 정신건강에 이로운 것 같아 합의서에 도장을 찍어주고 사무실을 나왔다. 아내가 불만을 쏟아냈다.

"교통사고 후유증은 죽을 때까지 간다는데 그렇게 쉽게 합의해주면 어떻게?"

나는 할 말을 찾지 못했다. 아내는 그 후 실제로 몸 안의 몇 곳에서 물혹이 발견됐다. 의사들은 그것이 꼭 교통사고의 후유증이라고 단정하기는 어렵다고 했다.

우리는 교통사고에 대비해서 종합보험에 가입한다. 보험은 몸의 상처를 돈으로 보상하는 것이지 마음의 상처까지도 보상하는 것은 아니다. 피해자에게는 보험금 이전에 가해자의 진정한 사과와 반성이 선행되어야 상처가 치유된다. 우리 사회도 진정한 사과가 없기에 갈등이 계속되고 있다. 아내에게 손해를 끼친 사람은 종교인이다. 종교인들이 손가락질받는 것은 남에게 피해를 주고도 한마디 사과도 없는 이런 사람들 때문이란 생각이 든다. 나도 종교인이다. 나의 행동거지가 극히 조심스럽다.

길고도 초조한 시간

 광화문에서 수필 공부를 끝내고 문우들과 함께 저녁 식사 후 담소를 나누고 있었다. 한창 대화가 무르익어 갈 때쯤에 아내에게서 전화가 왔다. 아내는 평소 내가 외출할 때는 거의 전화를 하지 않는다. 본인은 내가 편하게 즐기다 오라는 배려라고 하지만 나는 남편에 대한 무관심의 소치라고 핀잔을 줄 때가 많다. 그래도 꼭 심부름 거리가 있을 때에는 전화를 한다. 전화의 내용은 대부분 집에 들어올 때 경비실에 맡겨진 택배를 찾아오란다거나 동네 마트에서 반찬거리를 사오라는 명령(?) 정도다. 그러나 이날의 전화는 여느 때와는 달랐다. 가라앉은 목소리에 심각한 말투가 들려왔다.

 "여보! 내 목에서 피가 나와, 가래침에 피가 섞여서 나오는데 그치질 않아."

 "왜 어디가 아픈데?"

 "특별히 아픈 데가 없는데 계속 나와."

"빨리 119 불러서 응급실로 가."

"어느 병원으로 가야 할지 모르겠어."

아내는 이성을 잃은 듯했다. 내가 바로 병원으로 갈 테니 경희의료원 응급실로 오라는 말을 남기고 서둘러 전철역으로 갔다. 퇴근 시간이라 전철역은 북적이는 시장통 같았다. 퇴근하는 젊은이들 사이를 요리조리 피해 정류장에 이르러 기다리던 사람들을 밀치고 전철 안으로 들어갔다. 평소에는 그렇게 빠르게 달려가던 전철이 오늘은 왜 이렇게 느려 터졌는지. 또 정거장은 왜 이렇게 많은지, 상황이 급박하니 모든 것이 정상적으로 보이지 않았다.

회기역에 내려 마을버스를 기다릴 틈도 없이 뛰어서 경희의료원 응급실에 도착했다. 아내는 미처 도착하지 못했다. 진료 절차를 밟아놓은 후 십여 분쯤 후에 아내가 도착했다. 겉보기에 멀쩡한 사람이 119를 부르기가 미안해서 택시를 기다렸으나 빈 택시가 없어 결국은 버스를 타고 왔다며 내 어깨에 의지하여 응급실 안으로 들어갔다.

응급실 안에는 환자들이 많지 않았다. 술에 취해 고래고래 소리를 지르는 노인 한 사람을 제외하고는 모두 조용히 침대에 누워있었다. 먼저 아내에게 링거주사를 꽂고 몇 가지 문진을 한 후, 아내 스마트폰에 촬영된 객혈사진을 본 의사는 다짜고짜로 응급실 안에 이중문으로 폐쇄된 일인용 병실로 들여보냈다. 그리고는 환자와 보호자에게 특수 마스크를 씌우고 밖으로 나오지 말라는 엄명을 내렸다. 아내와 나는 영락없이 감옥에 갇힌 꼴이 됐다. 간호사들이 들어와 소변을 받아 가고 채혈을 하고 심전도를 검사하고 혈압측정기를 설치하느라 분주히 들락날락했다. 객혈하는 환자들은 제일 먼저 결핵으로 추정되어 아내와 나를 음압 병실로 옮긴 것임을 알았다. 몇 년 전 온 국민을 공포의 도가니로 몰아넣었던 메르스 사태가 생각났다. 이어서 흉부 X—레이 촬영을 하고 혈액검사에서 결핵 여부가 판정될 때까지 3시간가량 격리된 병실에 있어야 하고 만약 결핵 판정이면 계속 그 병실에 머물렀다가 다음날 음압 입원실로 옮겨야 한다고 했다.

우리는 초조와 긴장의 블랙홀로 빨려 들어갔다. 만약 결핵 판명이면 아내야 몇 개월을 치료받으면 완쾌되겠지만 지금 인도네시아에서 잠시 귀국하여 우리와 함께 생활하고 있는 어린 두 손자의 감염 여부가 문제다. 특히 여섯 살짜리 둘째 놈은 수시로 아내와 입맞춤을 하고 껴안고 놀았으니 검사할 것도 없이 음압 병실로 들어가야 할 처지다.

출국 날짜가 5일밖에 남지 않았는데 출국을 연기하고 치료를 받아야 할지, 아니면 인도네시아로 돌아가 현지에서 치료를 받아야 할지. 의료시설이 취약한 나라에 결핵을 판정하고 치료할 약이나 있는지. 아직 판명도 안 된 일에 대한 걱정이 깊은 절망의 나락으로 몰고 갔다. 아내는 혈압이 190/110까지 올라가 내려올 줄 몰랐다. 병에 대한 걱정도 문제지만 외부와 단절된 공간에 갇혀있다는 것이 사람을 죽음으로 몰아가는 듯했다.

감옥에 들어간 사람이 갑자기 중환자가 되어 휠체어를 타야 하는 심정을 알 것 같았다. 천장에 매달린 에어컨의 찬바람이 우리를 더욱 을씨년스럽게 했다. 아내는 병실 침대에 누웠지만 사색이 되었고 나는 플라스틱 간이의자에 앉아 정신 나간 사람처럼 천정만 쳐다보고 있었다. 격리된 병실에서 우리가 할 수 있는 일은 아무것도 없었다. 서로 얼굴만 쳐다보다 정신을 차려 기도하기 시작했다. 객혈은 이미 나타났으니 어쩔 수 없는 일이고 제발 그 피가 폐에서 비롯된 것이 아니고 식도나 기관지 부분에서 출혈된 것으로 판명되기를 기도했다.

간호사는 X―레이 판독과 혈액검사는 3시간 정도면 끝난다고 했으나 음압 병실로 들어온 지 거의 그 시간이 지났지만 소식이 없었다. 시간이 갈수록 초조와 긴장은 더해갔다. 아내는 혈압이 올라 이제는 머리가 아프다고 짜증을 내기 시작했다. 나 역시도 울화가 치밀어 올랐지만 어디 토해낼 대상이 없었다. 원망은 하늘로 향했다. 기도가 분노로 바뀌어 갈 때쯤에 간호사가 들어왔다. 결과가 나온 줄 알고 반겨 맞았으나 실망이다. X―레이 상으로는 결핵 여부를 판단하기가 힘들어 CT 촬영을 한다는 전갈이었다. 폐가 깨끗하다면 X―레이로도 쉽게 판명이 될 것이 아닌가?

이제는 기도할 마음도 화를 낼 힘도 없어졌다. 그저 병원에서 시키는 대로 따를 뿐이다. 아내가 누워있는 침대를 밀고 음압 병실을 나와 CT 촬영실로 갔다. 음압 병실의 출입문은 손을 사용하지 못하고 발로 페달을 밟아서 여닫았다. 손을 통한 감염을 예방하려는 조치인 듯했다. 몇 발자국 되지 않은 거리였지만 갇힌 병실에서 나오니 기분 전환이 되는 듯했다. 촬영을 마치고 다시 병실로 돌아온 아내는 신세

타령을 시작했다.

"결혼 초부터 신장하수로 병원에 다니기 시작하여 고관절수술에 다 최근에는 공황장애까지, 병이란 병은 겪어보지 않은 것이 없는 몸뚱이에 또다시 결핵이 웬 말이냐" 며 훌쩍거리기 시작했다.

"여보, 살다 보면 이런저런 병들이 찾아오기 마련이지, 특별한 이유가 어디 있나 죽을병이 아닌 걸 감사하게 생각해야지."

아내의 눈치를 보아가며 또 다른 위로의 말을 건넸다.

"우리도 이젠 늙었잖아, 늙음은 병과의 싸움이거나 아니면 같이 사는 거야."

나는 최고 위로의 말이라고 다정하게 건넸으나 아내는 별 반응이 없었다. 나 역시도 말은 그렇게 했지만 속은 쓰리고 아팠다. 시간은 거의 자정이 다 되어가고 있었다. 스마트폰에서 흘러나오는 찬송가에 위로를 받으며 서로 애처롭게 마주보고 있는데 의사가 들어왔다.

"두 분 마스크 벗고 바깥으로 나오십시오."

"휴우~."

우리 두 사람 입에서 동시에 안도의 한숨이 터져 나왔다.

아내는 기관지확장증으로 인한 객혈이란 진단을 받았다.

시계는 2018. 7. 7. 0시 15분을 가리키고 있었다. 자정 넘어 택시를 타고 집으로 돌아오면서 감옥에서 출소하는 기분이 이런 것인가 싶었다.

길고 초조한 4시간은 그렇게 지나갔다.

마이 인디스크리트 와이프

1974년 11월 내가 결혼하던 날 신부 화장을 한 아내의 모습을 본 나는 이렇게 표현했다. '하늘에 있는 아프로디테가 강림하여 내게 온 듯하다' 결혼식 날에 신랑의 눈에 비친 신부는 모두 이렇게 보였을 것이다. 실제로 내 아내는 키가 170cm 정도 되었고 서글서글한 눈동자에 늘씬한 몸매의 소유자였다. 더구나 하체가 길어서 어떤 옷을 입어도 잘 어울리는 체격이었다. 꼭 약점을 잡으라면 종아리와 발목이 굵어서 스커트를 입기에는 잘 어울리지 않는다는 정도다. 나더러 팔불출이라 해도 이건 사실이다.

그러나 결혼 45년이 지난 지금은 완전히 변형됐다. 누구나 나이를 먹으면 얼굴도 몸매도 변하기 마련이다. 아내의 머리에는 서리가 내리기 시작했고 얼굴과 목에는 주름살이 생기고 특히 눈가에는 잔주름이 째글째글하다. 체력은 매우 심하게 쇠약해졌다. 아랫배에는 두 개의 수술 자국이 있고 교통사고로 인하여 체형이 변화되어 걷는 것도 자연스럽지 못하다. 발바닥에는 족저근막염이 생겼고 양발은 무지외반증으로 수술을 받아야 할 처지다. 걷기가 불편하여 동네 마트에 갈 때도 승용차를 이용한다. 걱정되는 것은 뱃살이 불어나 혈압약을 상시 먹고 있다는 점이다. 정기적으로 정형외과와 내과에서 각종 치료를 받지만 밤만 되면 온몸이 쑤시고 아프다고 끙끙거린다. 집안에는 저주파치료기, 안마의자, 반신욕기 등을 설치해 두고 시간만 나면 이들을 이용하여 치료에 힘쓰고 있다.

최근에는 수시로 도수치료를 받고 있다. 식탁에는 각종 진통제가 진열되어 있고 책상 서랍에는 파스가 종류대로 갖추어져 있다. 외부로 나타난 증세뿐 아니라 우울증, 공황장애, 신장하수, 고관절충돌증후군, 기관지 출혈 등 많은 질병을 앓은 경력이 있어 우리 교우들 사이에는 '움직이는 종합병원'이란 별명이 붙어있기도 하다.

아내는 고등학교 3년 동안 배구 선수로 활동했다. 키가 클 뿐만 아니라 달리기도 잘해 교내에서는 최고의 선수로 활약했다. 여러 사람을 통솔하고 지휘하는 리더십도 뛰어나 고3 때는 학도호국단 대대장으로 활동했다. 졸업 후에는 이런 체력과 통솔력을 바탕으로 여군에 입대하여 꿈을 펼쳐보려고 결심했었다. 그러나 장인어른에게 여군 얘기를 꺼냈다가 귀싸대기를 세게 얻어맞고 포기했다. 그 여파로 대학 진학도 못 하고 평범한 직장인으로 지내오다 나와 결혼하여 두 딸의 엄마가 됐다. 결혼 후 아이들을 키우는 동안 여러 가지 질병을 앓았으나 끈질긴 집념으로 이를 극복하고 두 딸을 잘 키워 결혼시켰다.

그리고 두 딸로부터 세 명의 손주도 보았다.

아내는 아이들을 키우면서도 본인의 장점을 살려 여러 가지 취미 활동과 건강관리를 해왔다. 1980년 처음 교회에 나갔을 때는 크로머 하프 합주단을 조직하여 활동했다. 좀 더 전문적인 실력을 갖추고자 강사 자격증까지 취득했지만 88올림픽 때 거리연주회를 끝으로 활동을 중단했다. 그 후 구청 어머니 합창단 단원으로 10여 간 활동하였고 지방에 내려갔을 때는 딸들과 함께 피아노 교습도 받았다.

아이들이 중·고등학교 다닐 때는 한글서예에 빠져 몇 년을 보냈다. 한편 본인의 건강을 위하여 테니스도 배우고 헬스, 수영장 등을 오가며 바쁜 시간을 보냈다. 그러나 최근 들어서는 모든 활동을 접고 헬스클럽을 다니며 체력보강에 힘쓰고 일 년에 몇 차례씩 해외여행이나 하며 살아왔다. 우리는 죽을 때까지 이렇게 살다 가는 것으로 무언의 약속이 되어 있었다.

아내는 2019년 봄에도 베트남과 일본 여행을 다녀왔고 가을에는 헝가리, 체코 등 동유럽을 가려고 동행할 친구들을 모으고 있었다. 그러던 중 그해 5월 29일 다뉴브강 유람선 침몰 사건이 터지자 며칠간 고민 끝에 여행계획을 포기하고 다른 여행지를 찾고 있었다. 친구들과 함께하는 여행은 즐겁기는 하지만 의견이 일치하는 여행지를 찾기가 쉽지 않은 듯했다. 아내는 친구들의 의견을 수렴하다 지쳐 하반기 여행을 포기한다고 선언했다. 대신 본인이 관심이 있던 다른 일을 하겠다고 했다. 그 일이 무엇일까? 며칠을 뜸을 들인 후 발표한 말은 가히 충격적이었다.

"여보, 나 시니어 모델로 나가볼까 해." 해머로 뒤통수를 한 대 얻어맞은 듯했다.

"아니 그 나이에, 그 뱃살에 모델? 지나가는 개가 웃겠다." 내 입에서 터져 나온 말이다.

아내는 몇 번을 망설이던 끝에 겨우 말을 꺼냈는데 자존심이 매우 상한 듯했다. 그러나 그때는 이미 K 대학 사회교육원에서 실시하는 시니어 모델수강생 모집에 등록한 상태였다. 더 이상 핀잔을 주면 아내가 가출할지도 모른다는 생각이 들었다. 흥분된 내 마음을 진정시킨 후 아내를 격려했다.

"이왕에 시작했으니 열심히 해서 패션쇼에도 나가고 CF도 찍어."

드디어 개강 날이 다가왔다. 아내는 아침부터 부산을 떨었다. 머리를 감은 후 구루프를 말고 화장을 진하게 하고 가장 멋진 옷과 신발을 골라 신고 손에는 짝퉁 핸드백을 들고 보무도 당당하게 현관을 나섰다. 그러나 첫날 강의에 참석한 아내는 완전히 기가 죽어 어깨가 축 처진 모습으로 돌아왔다. 오리엔테이션과 각자 자기소개가 있었는데 수강생들은 대부분 열 살 이상 젊은 사람들이었고 그중에는 미스코리아 출신도 있고 대학에서 미술을 전공한 사람에다 쇼호스트 경험자도 있어 첫눈에 기가 죽었다고 실토했다. 나는 아내를 실망시킬 수가 없어 최고로 위로의 말을 건넸다.

"당신은 그 사람들과 경쟁하는 것이 아니라 새로운 세계를 접해

본다는 생각으로 열심히 해봐, 당신은 당신의 개성대로 쓰일 데가 있을 거야."

강의가 진행될수록 아내의 실망은 더해갔다. 우선 체중을 10% 정도 감량하고 헤어스타일도 바꾸고 워킹 때 가슴을 펴고 고개를 들고 시선을 위로 고정하는 등 몸매 관리에 대한 지적을 받았다고 했다. 그리고 포토샵 강좌 때는 표정이 경직되어 있고 얼굴의 각도, 어깨의 평형 유지 등이 제대로 되지 않아 수없이 반복하여 촬영했다고 실토했다. 그때마다 나는 용기를 주는 말을 건네야 했다.

"여보, 70을 앞둔 나이에 모델을 한다는 것이 그리 쉽겠어? 너무 조급하게 생각 말고 천천히 하나씩 익히도록 노력해봐, 당신은 잘할 수 있을 거야."

일주일에 하루씩 진행되는 강좌는 한 달도 되지 않아 아내에게 큰 변화를 가져왔다. 우선 10여 년을 다니던 미용실을 바꿨다. 인터넷을 뒤져 대학생들이 이용하는 미용실로 바꾸고 헤어스타일 자체를 바꿨다. 다음으로 다이어트를 시작했다. 야채 샐러드가 주식이 되었고 팥이 살을 빼는 데 효과적이라며 팥을 삶아 먹기 시작했다. 이렇게 하여 2, 5kg을 감량했다며 앞으로 이만큼만 더 빼면 된다고 좋아했다.

나는 저러다 쓰러지면 어떡하나 걱정이 됐다. 다음으로는 홈쇼핑을 통하여 패션을 하던 방향을 백화점으로 돌렸다. 백화점만 가면 어지럼증이 난다던 사람이 사흘이 멀다하고 백화점 아이쇼핑을 간다. 하루에도 몇 번씩 셀카를 찍어댄다. 집안에서뿐 아니라 어떨 때는 엘리베이터 안에서도 찰칵찰칵 찍어댔다. 더 중요한 것은 유튜브를 보면서 하루에 30분씩 상체비만운동을 한다. 거기에다 거실을 오가며 워킹 연습을 한다. 모델은 워킹이 제일 중요하다며 굽 높은 구두를 신고 양 무릎을 부딪치며 걷는 연습을 하면서 발가락과 허리가 아프다고 야단이다. 가을이 오면 하안검수술을 받겠다고 이곳저곳 성형외과를 찾고 있다. 더 젊어진 아내와 살게 될 기분에 아마도 수술비는 내 포켓에서 나가지 싶다. 수료 때가 되면 청담동 패션숍을 거쳐 포토샵에서 모델 프로필 사진을 촬영한다고 수시로 거울을 보며 표정관리를 한다.

수료를 몇 주 앞두고는 포토샵을 거쳐 에이전시를 방문한다며 아침 일찍 집을 나섰다. 여러 과정을 거쳐 아내는 그해 8월 말 K 대학 사회교육원 시니어 모델 과정을 수료했다. 그리고 10월부터 시작하는 고급과정에 등록하려고 열심히 준비하고 있었다. 워킹이 중요하다며 좁은 구두를 신고 매일같이 워킹 연습을 하던 중 양발에 병이 나기 시작했다. 발이 아파 제대로 잠을 이루지 못했다. 결국은 걸음을 제대로 걸을 수 없는 처지가 됐다. 어쩔 수 없이 집중적으로 정형외과 치료를 받아야 했다.

아내의 꿈은 셰익스피어의 『한여름 밤의 꿈』처럼 사라지고 말았다.

그래도 미련은 버릴 수 없는 듯 "중단했을 뿐 포기한 것은 아니다"라고 강변한다.

올갱이와 정구지(精久持)

2019년 7월의 무더운 여름날 아내가 여고 동창회에 갔다 오면서 올갱이국 다섯 봉지를 가지고 왔다. 십여 년 전에 경상북도 문경으로 귀농한 친구가 동네 할머니들이 잡은 올갱이를 끓여서 판매하는 것을 도와주기 위하여 서울까지 갖고 온 것이라고 했다. 서울까지 가지고 와서 팔아주는 친구의 정성도 가상하지만 그 많은 올갱이를 삶아서 알갱이 하나하나를 손수 뽑아낸 할머니들의 노력은 더 가상했다.

올갱이는 표준말로는 다슬기다. 경상도 지방에서는 고디, 전라도에서는 대사리 또는 대소리로 불리고 충청도에서는 올갱이로 불린다고 한다. 원래 깨끗한 냇물에서만 살며 초여름이 번식기이고 여름철 해가 질 때쯤 되어야 물가로 나온다. 우리 식구들은 1984년 9월부터 전라북도 진안에서 일 년 육 개월을 살면서 대소리(진안에서는 다슬기를 대소리라 불렀다)를 맛있게 먹어본 경험이 있다. 그때 이웃 사람들은 여름철 밤이면 냇가로 대소리를 잡으러 나갔다. 아침이 되면 밤새 잡은 대소리를 된장국에 삶아서 한 바가지씩 건네주었다. 시골 인심이 그렇게 후할 수가 없었다. 우리 식구들은 각자 이쑤시개 하나씩으로 쥐고 날랜 손놀림으로 알갱이를 열심히 파먹었다. 껍질에서 꺼낸 알갱이는 이빨 사이에서 똑똑 튀었고 육즙은 온 입안을 쌉싸름하게 적셨다.

올갱이의 맛을 경험해본 우리 부부는 그때의 맛을 떠올리며 냉장고에 보관해두었던 올갱이국을 꺼내 먹기 시작했다. 냉동된 올갱이국을 한나절을 상온에서 녹인 후에 부추를 듬쑥듬쑥 썰어 넣고 파르르 끓였다. 동의보감에 기록된 올갱이의 효능은 간 질환을 치료하며, 간 기능을 개선하고, 시력 보호와 위장기능 개선, 빈혈에 도움이 된다고 했다. 그래서 올갱이는 계절의 보석, 민물의 웅담이라고도 불린다. 한편 부추는 스태미너 식품으로 알려져 있어 부추를 넣고 끓인 올갱이국은 여름 최고의 보양식으로 손색이 없다.

나는 올갱이국을 먹을 때마다 어릴 때 온 가족이 즐겨 먹었던 추어탕 생각이 났다. 농사짓는 여덟 식구가 함께 먹을 수 있는 보양식은 그리 많지 않았다. 최고의 보양식은 보신탕이었지만 당시의 농촌 사정으로는 그것이 쉬운 일은 아니었다. 가장 손쉬운 보양식은 미꾸라지를 잡아 추어탕을 끓여 먹는 것이었다. 민물고기는 비가 오면 흐르는 물을 타고 움직인다. 비오는 날은 농사일도 제대로 할 수가 없으니 동네 아이들은 대나무 소쿠리와 바구니를 들고 앞내 도랑으로 미꾸라지 사냥을 나갔다.

나도 다른 아이에게 질세라 맨발에 삼베 팬티만 걸치고 따라나섰다. 물속에서는 고무신이 거추장스럽기에 아예 맨발로 나섰다. 잡초가 우거진 도랑 하나를 차지하여 위에서부터 소쿠리질을 시작했다. 원래 미꾸라지나 붕어 같은 민물고기는 어초가 많은 곳에 모여 있다. 도랑에 살그머니 발을 담그고 소쿠리를 멀찌감치 세우고 오른쪽 발로 도랑 밑바닥을 뒷무릎치기 시작했다.

미꾸라지를 비롯하여 작은 붕어 새끼 몇 마리가 소쿠리에 담겼다. 얼른 바구니에 옮겨놓고 소쿠리질을 계속했다. 제법 쏠쏠하게 고기들이 잡혔다. 고기가 잡히는 재미에 힘차게 발길질을 하고 계속 소쿠리를 걷어 올렸다. 소쿠리의 손맛이 이상했다. 무언가 크고 긴 놈이 꼬리를 치는 듯했다. 소쿠리가 무직하게 느껴져 뱀장어가 걸린 줄 알고 재빨리 소쿠리를 건져 올렸다. 아니 이게 무엇인가? 거무튀튀한 물뱀 한 마리가 올라왔다. 깜짝 놀라기도 했지만 재수 없다고 침을 탁 뱉고는 길가로 내팽개쳤다.

당시는 뱀이 많을 때라 아이들이라도 물뱀 정도는 우습게 여겼다. 산에서 살모사 정도는 만나야 조금 겁을 먹을 정도였다. 도랑에서 뱀을 만나도 그냥 집으로 돌아갈 수가 없었다. 최소한 여덟 식구가 한 끼 정도 먹을 만한 물고기를 잡아야 했다. 계속 소쿠리질을 하여 가는데 이번에는 유리 조각을 밟았다. 발가락이 찢어져 피가 흐르기 시작했다. 길섶을 헤매어 겨우 비닐 한 조각을 찾아 발가락을 동여매고 소쿠리질을 계속했다. 발가락이 쓰리고 아팠지만 추어탕 생각에 그냥 돌아갈 수가 없었다. 한나절이 훨씬 지난 후에야 바구니에 삼 분의 일쯤 고기가 찼다. 이만하면 한 끼의 국거리는 될 것 같았다. 미꾸라지 잡던 소쿠리를 뒷머리에 걸치고 바구니를 뽐내며 집으로 돌아왔다.

어머니는 잡아온 미꾸라지를 소금을 뿌려가며 깨끗하게 씻어 비린내를 제거했다. 그리고 힘이 빠져 축 늘어진 그놈들을 양은 냄비에 넣고 푹 삶았다. 삶아진 미꾸라지를 어레미로 걸러 잔뼈를 골라내고 국물에 된장을 풀어 가마솥에 넣고 끓일 준비를 하고 각종 채소를 넣었다. 이때 필수적으로 들어가는 채소는 부추와 호박잎을 비롯하여 얼갈이배추였다. 그리고 간을 맞추기 위하여 매운 고추와 다진 마늘이 약간 들어갔다. 이렇게 끓여진 추어탕은 커다란 냄비로 옮겨져 식구들의 저녁상에 올라왔다.

우리는 희미한 등잔불 아래서 땀을 뻘뻘 흘려가며 추어탕 한 그릇과 보리밥으로 허기진 배를 채웠다. 추어탕으로 저녁 식사를 한 다음날은 우리의 몸이 한결 가벼워진 듯했다. 나는 어릴 때는 추어탕에 왜 부추를 넣는지 그 이유를 몰랐다. 단순히 부추가 많이 생산되어 값이 싸기 때문에 부추를 넣고 부추전도 자주 부쳐 먹는 줄 알았다. 부추와 시금치는 사질토에서 잘 자라는 채소인데 실제로 포항 송도 해수욕장 근처는 부추 재배의 적지였다.

지금도 우리나라의 부추 주산지는 포항과 경주 지역이다. 당시는 우리 동네도 집집마다 부추를 재배하고 있었다. 그리고 세월이 많이 흐른 후, 지금에 와서야 나는 부추의 효능을 알게 됐다. 부추는 비타민이 풍부하고 카로틴, 칼슘, 철분이 많아 감기 예방 효과가 있고 설사와 복통을 치료하는 기능이 있다고 알려져 있다. 우리가 먹는 음식에 부추가 많이 들어가는 것은 부추의 생산량이나 가격 때문이 아니다.

경상도에서는 부추를 정구지(精久持)라 부른다. 다른 지방 사람들이 잘 알지 못하는 사투리다. 정구지는 문자 그대로 정력이 오래도록 지속된다는 의미다. 즉 스태미너 식품이란 뜻이다. 우리 조상들은 이미 옛날부터 부추가 스태미너 식품인 것을 알고 즐겨 먹기 시작했고 특히 땀을 많이 흘리는 여름철에는 추어탕에 부추를 잔뜩 넣어 먹으므로 무더운 여름을 이겨냈다.

부추가 정력 식품이란 것은 성경에도 기록되어 있다. 성경 민수기 11장 5절에 기록된 내용을 보면 이스라엘 민족이 애굽(이집트)에 있을 때는 생선 오이 참외와 부추 등을 마음대로 먹었는데 광야 생활 중에는 이것들을 먹지 못해 기력이 다했다고 기록하고 있다. 부추는 인류의 역사와 함께하는 양질의 채소다.

어쨌든 올해 여름은 올갱이국 덕분에 정구지를 많이 먹게 되었으니 여름나기가 훨씬 쉬울 것 같다. 모두가 아내 덕분이다.

수란이가 죽었다?

코로나19가 조금 진정되어가던 2020년 7월 초 어느 날 아침 시간. 아내와 함께 느긋하게 TV를 보고 있는데 휴대폰에서 메시지 알림음이 울렸다. 보통은 메시지가 와도 그때마다 잘 확인하지 않는다. 별로 중요한 내용도 없고 급히 알아야 할 사항도 없기 때문이다. 시청하던 프로가 끝난 후 메시지 내용이 무엇인가 확인했다. 발신자 이름은 없고 전화번호만 떠있어 쓸데없는 스팸 메시지인가 싶어 대수롭지 않게 넘기려고 하는데 문구를 보니 부고를 알리는 내용이었다.

【訃 告】

「故 이수란님께서 별세하셨기에 아래와 같이 부고를 전해 드립니다」

그리고 그 아래에 상세한 내용을 알리는 메일 주소가 적혀 있었다. 故 이수란이란 이름에 놀라서 옆에 있던 아내에게 말했다.

"여보, 수란이가 죽었대."

아내가 핸드폰의 내용을 확인하고는 아연실색했다.

수란이는 아내의 단짝친구다. 같은 고향에서 태어나 같은 고등학교를 졸업하고 같은 직장에 다니다 결혼을 하면서 헤어졌다. 아내는 결혼 후 나를 따라 서울로 오고 수란이는 고향 토박이 남자와 결혼하여 홀로된 어머니를 보살피며 고향에서 살고 있다. 아내도 아직 어머니가 살아계시기 때문에 고향에 자주 내려간다. 그때마다 수란이와 만나서 식사도 같이하고 차도 마시고 서로의 안부를 묻곤 한다.

집에서 적적할 때면 서로 전화로 장시간 수다를 떨기도 한다. 요즘은 수란이 어머님이 요양병원에 계시다는 소리를 들어 더욱 자주 안부를 묻고 있다. 수란이 어머님은 가끔은 중환자실, 응급실을 오가며 가족들의 마음을 졸이게 하는 경우가 많다고 한다. 이 코로나 와중에 수란이 어머님이 돌아가시면 문상을 가야 할지 말지를 걱정하고 있던 차에 갑자기 건강한 수란이가 죽었다는 부고를 접하니 아내는 뭔가 이상하다며 믿지 않는 표정이었다.

"아니 수란이 어머니가 돌아가신 거겠지?"

"아니 故 이수란이라고 되어 있어."

내가 분명하게 힘주어 말했다.

"그런데 왜 수란이 죽었다는 부고가 당신 핸드폰으로 왔지."

"그러게 나도 모르겠네."

내 핸드폰 메시지를 자세히 열어본 아내는 이상하다는 듯 고갤 흔들었다.

"장례식장이 횡성이 아니고 인천인데."

하여 부고 내용을 자세히 살펴보니 인천에 계시는 내 숙모님이 돌아가셨다는 부고였다.

사촌 동생이 보냈으면 금방 알았을 텐데 상조회사에서 상주들의 핸드폰에 입력된 전화번호로 일괄적으로 보낸 메시지라 헷갈린 것이다.

숙모님은 내가 초등학교 5학년 때 삼촌과 결혼했다. 삼촌은 젊은 시절 거의 건달처럼 세월을 보냈지만 장가는 좋은 집안으로 갔다. 숙모님은 읍내에서 소문난 교육자 집안의 맏딸이었다. 누가 어떻게 중매했는지 정확히 모르겠으나 숙모님은 아마도 삼촌의 훤칠한 외모에 마음이 끌리지 않았나 싶다. 두 분은 결혼하여 포항시내로 살림을 났다. 아버지는 하나뿐인 동생이었기에 당신은 농사를 짓고 살아도 동생은 그렇게 살기를 원하지 않았을지도 모른다.

시내에 집도 얻어주고 삼촌이 원하는 당구장도 차려 주었다. 살림을 난 지 3년쯤 지난 후에 숙모님은 아들 하나를 데리고 우리 집으로 들어왔다. 당구장이 망하여 삼촌은 강원도로 피신해가고 숙모님은 갈 곳이 없어 시골 우리 집으로 들어왔다. 아버지는 숙모님께 우리 농토 얼마를 떼어줄 테니 같이 농사지으며 살자고 강권했다. 그러나 숙모님은 평생 농사일을 해본 경험도 없고 삼촌도 없는 처지에 스스로 결정할 수 없다는 구실로 아버지의 권유를 받아들이지 않았다.

강원도로 피신해간 삼촌은 육 개월쯤 후에 돌아왔다. 그때부터 형제간에 싸움이 시작됐다. 아버지는 농사를 짓겠다고 하면 우리 것 절반이라도 떼어주겠다고 했다. 삼촌은 생각이 달랐다. 고향에서 농사 짓고는 살 수 없으니 농토를 팔아서 현금으로 달라고 우겼댔다. 싸움은 거의 한 달 동안 밤을 새워가며 계속됐다. 어떻게 합의를 보았는지 삼촌은 식구들을 데리고 다시 포항시내로 나갔다.

숙모님의 고난은 이때부터 시작됐다. 삼촌은 어떻게 재주를 부려 포항시내에서 동장 자리를 꿰어 찼지만 술과 도박으로 살림에는 보탬이 되지 못했다. 견디다 못한 숙모님은 연탄배달을 시작으로 생활전선에 뛰어들었다. 아버지는 가끔 어머니 몰래 쌀가마니를 싣고 삼촌집을 들락거렸다. 당신 동생보다는 제수씨가 고생하는 것이 마음이 더 아픈 듯했다. 닥치는 대로 이일 저일 해가며 세월이 가는 사이 삼촌의 자녀들이 6명으로 늘어났다.

아들은 머리가 커가니 아버지와 마음이 맞지 않아 수시로 가출했다. 가정불화가 시작되니 삼촌은 자주 숙모님에게 손찌검을 했다. 수많은 세월을 보내고 난 후 삼촌은 동장직에서 물러났다. 가족들은 흩어지기 시작했다. 맏아들은 서울로 큰딸은 인천으로 흩어졌다. 다행히도 인천으로 옮겨간 큰딸이 경제적으로 안정되어 삼촌네 식구들은 모두 인천으로 이주했다. 이때가 1990년대 초반이다. 딸은 심성이 착했다. 삼촌은 이십여 년 전 중풍으로 돌아가시고 숙모님은 최근 몇 년 동안 요양원을 드나들다 한 많은 생을 끝냈다.

숙모님이 우리 집안으로 시집온 지 60년이 넘었다. 그동안 수없이 많은 대면을 하고 같이 생활한 시간이 많았다. 그러나 나는 숙모님이 돌아가시고 난 후에야 그분의 이름이 〈이수란〉이란 것을 알았다. 그것도 부고장을 통해서…

지금은 많이 달라졌지만 옛날 부녀자들은 자기 이름을 잃어버린 경우가 많았다. 대부분 누구의 아내로, 누구의 엄마로, 누구의 할머니로 불리다가 생을 마쳤다.

잠시나마 이름 때문에 벌어진 해프닝에 늙어가는 마음이 씁쓸하다.

김춘추 시인의 「꽃」에서 이렇게 썼다.

내가 그의 이름을 불러 주기 전에는

그는 다만

하나의 몸짓에 지나지 않았다.

내가 그의 이름을 불러 주었을 때

그는 내게로 와서

꽃이 되었다.

제6부 주와 함께 가는 길

초상집에 가는 것이 복이 있다

내가 1981년 교회에 나간 지 일 년쯤에 우리 교회에 교도소에서 출소한 젊은이 한 사람이 등록했다. 당시는 교인이 2~300명 정도니까 새로운 신자가 들어오면 모든 교인이 금방 알아볼 때였다. 본인이 출소자라고 공개하지는 않았지만 목사님이 신상 파악을 해서 나에게 알려주고 나와 나이가 비슷하니 관심을 가지고 돌보라는 당부를 하셨다. 당시 나는 교회에서 젊은 남자 성도들의 모임인 남선교회 회장을 맡고 있어서 비슷한 또래의 남자 새 신자가 등록하면 목사님은 나에게 소개하고 함께 교회 생활을 하도록 조치했다.

당시는 나도 교회에 출석한 지 얼마되지 않아 매우 적극적으로 교회 생활을 할 때였고 특히 목사님이 시키는 일이라면 무엇이든지 순종했다. 그래서 주일마다 교회에 나오면 그 출소자가 출석했는지를 살펴보고 출석을 했으면 함께 점심을 먹고 헤어지곤 했다. 이렇게 몇 달을 지나고 나니 사는 곳이 어딘지, 직업은 무엇인지, 그리고 어떤 경로로 예수를 믿게 되었는지 궁금해지기 시작했다. 그래서 하루는 퇴근길에 같이 식사라도 할 요량으로 그가 거처하고 있는 곳을 찾아갔다. 그가 거처하는 곳은 지금 면목역 근처의 조그만 건물 2층 장의사 사무실이었다. 그는 무슨 연유로 몇 년간의 옥살이를 했는지는 구체적인 이야기는 하지 않았지만 감옥살이하는 중에 희대의 살인마 김대두와 같은 감방에서 생활하면서 예수를 믿게 되었다고 고백했다.

김대두는 감옥에서 회개하여 그리스도인 된 후 수많은 사람을 전도하여 예수를 믿게 하고 사형 집행당했다고 전해주었다. 그는 만기 출소를 했지만 마땅한 일거리가 없어 장의사에 자리를 얻어 그곳에서 숙식하며 장의사 사장과 함께 장례를 맡아 시신 염습(殮襲)을 하며 생활하고 있었다. 출소하여 사회에 나왔지만 가족은 찾을 수 없었고 예수를 믿고 보니 가족 앞에 나타날 염치가 없어 언제까지일지 기약은 없지만 시신을 염습하여 먹고사는 방법 외에 다른 방법이 없다고 푸념을 늘어놓았다.

나는 그와 이야기하는 도중에 갑자기 시신 염습하는 것을 배우고 싶다는 생각이 들었다. 당시는 장례를 대부분 집안에서 치르고 교인들이 돌아가시면 나이가 많은 장로 권사들이 시신을 염습하고 입관하여 장례를 치렀다. 염습은 시신을 소독하고 얼굴화장을 하고 모자와 버선을 신기고 솜으로 코와 입을 막고 수의를 입혀 입관하여 관속에서 시신이 움직이지 않도록 창호지로 관속 사면을 채우고 뚜껑을 닫는 절차를 거친다.

나는 이런 절차를 대강 눈대중으로 알고는 있었지만 구체적으로 배워두면 후일 긴요하게 쓸 때가 있을 것으로 생각되어 그 친구에게 기회가 되면 같이 실습해보자고 제의를 했으나 차일피일 미루는 사이 그는 어느 날 갑자기 교회를 떠나 어디론가 사라져버렸다. 그때 내가 염습하는 법을 배웠다고 하더라도 지금은 써먹을 일이 없게 됐다. 요즘 장례는 대부분 장례식장에서 염습을 비롯한 모든 절차를 진행하여 교인들은 문상하고 예배드리는 것 외에는 별로 도와줄 일이 없게 됐다.

내가 초등학교 5학년 늦은 봄쯤에 우리 동네에 자살 사건이 발생했다. 자살한 사람은 동네에서 가장 금슬이 좋다는 면사무소 직원 박 서기 부인이었다. 동네 사람들은 박 서기 집을 가장 부러워했다. 면에서 나오는 봉급으로 아이들 학비를 대고 또 그 돈으로 품을 팔아 농사를 지으니 수확한 농사는 몽땅 남게 되어 항상 생활에 여유가 있었다. 박 서기 댁은 어진 어머니에 아들만 셋을 두고 있어 유복한 가정으로 소문이 났었다. 이런 좋은 환경에 처한 집에서 자살 사건이 일어났으니 온 동네가 떠들썩했다.

소문에 의하면 그날 아침 박 서기 내외는 어머니 문제로 약간의 말다툼이 있었고 박 서기는 아침식사도 하지 않은 채 출근했다. 평생 남편과 말다툼을 해보지 않은 부인은 그걸 예사롭게 넘기지 못하고 집 안에 있는 농약을 마시고 생명을 끊었다. 당시 동네에는 사흘이 멀다 않고 부부싸움을 하는 집이 많았지만 그때만 지나면 아무 일도 없었던 것처럼 대수롭지 않게 지나갔다. 그러나 박 서기 댁은 달랐다. 부부싸움에 면역(?)이 생기지 않아 한번 싸움으로 목숨을 끊어버린 것이다. 이때 박 서기 부인은 30세를 조금 넘은 젊은 아낙네였다. 동네 어른들은 철없는 박 서기 아내의 행위를 수군수군 욕해댔다.

사람이 죽으면 장례는 치러야 하는 것. 늙어 죽으나 젊어 죽으나 장례는 살아남은 자의 몫이다. 늙어서 제 수명을 다하고 죽은 사람의 시신은 동네 어른들이 염습해서 입관하고 젊은이들이 상여를 매고 만장을 펄럭이며 장례를 치르지만 젊은 사람의 경우는 다르다. 특히 자살한 사람의 경우는 선뜻 나서는 사람이 없다. 박 서기 부인은 젊은 여자일 뿐 아니라 자살한 경우라 동네에서 누구도 장례를 주관하겠다고 나서는 사람이 없었다. 노인 시신을 염습하기도 쉽지 않은 일인데 누군들 자살한 젊은 여자의 시신 만지기를 좋아할까?

당시 내 아버지는 동네일에 적극적으로 나서는 분이었다. 특히 초상이 나면 먼저 나서서 시신을 염습하고 장례를 치르는 일에 언제나 앞장서서 그 일을 맡아 해오셨다. 그러나 박 서기 부인의 장례는 아버지도 선뜻 나서지 않으셨다. 그때 아버지도 마흔을 갓 넘긴 나이였으니 젊은 여자의 시신 만지기가 망설여졌던 모양이었다. 아버지가 망설인 이유는 아마도 자살한 시체를 만지면 집안에 부정한 일이 발생한다는 속설 때문에 어머니의 눈치를 보는 듯했다.

박 서기는 아내를 잃은 슬픔에 장례를 치러줄 사람조차 없으니 초조함을 참지 못해 안절부절못했다. 하룻밤을 고민하던 아버지는 이튿날 팔을 걷어붙이고 이웃 어른 한 분을 모시고 박 서기 집으로 향했다. 염습 후 입관 절차를 마치고 집으로 돌아온 아버지는 쇠죽솥에 물을 끓여 몸을 푹 담그셨다. 3일 만에 상여가 나가는데 삼베옷에 버드나무 지팡이를 짚고 상여 뒤를 따라가는 세 아들을 보며 동네 사람들은 혀를 껄껄 찼다. 박 서기는 넋 나간 사람처럼 하늘만 쳐다보며 울지도 못했다.

나는 그때 시신을 염습하는 법을 배우지 못했지만 교회 장로가 되어 목사님을 보필하여 수년간 교인들의 장례를 돕고 있다. 어쩌면 시골 동네에서 장례를 치르던 아버지의 유전자가 나에게 전해져온 것인지도 모른다는 생각이 든다.

"잔칫집에 가는 것보다 초상집에 가는 것이 복이 있다" 라는 성경 말씀이 새삼스럽게 가슴에 와닿는다.

그들은 저주받은 군상일까?

올해에도 추석을 맞았다. 옛날 몇 시간씩 기차나 버스를 타고 고향 가던 생각이 난다. 특별히 생각나는 귀성길은 추석 명절 휴일이 하루뿐인 80년대 어느 날, 추석 전날 오후 고속버스 터미널에서 아내와 딸들을 만나 고향으로 내려갈 약속을 하고 아침 일찍 출근했다. 오전 근무를 마치고 아내가 기다리고 있는 고속버스 터미널을 가려고 사무실을 나섰는데 인사과 직원들이 회사 정문을 지키며 출입을 통제했다. 고속버스 시간에 맞추어 나왔는데 회사를 빠져나갈 수가 없으니 귀성을 포기해야 할 처지가 됐다. 인사과 직원들이 원망스러웠다. 그러나 그들에게 무슨 죄가 있으랴. 그들도 나처럼 고향에 가고 싶겠지만 위에서 시키는 일이니까 할 수 없이 정문을 지키고 있겠지. 편히 생각하고 사무실로 돌아가려고 하는데 마침 정부종합청사를 왕래하는 업무용 셔틀버스가 출발하기에 얼른 그 버스를 타고 정문을 빠져나왔다. 가까스로 버스터미널에 도착하여 고속버스를 탔다. 그날

따라 도로는 주차장처럼 변하여 이튿날 아침 차례 시간을 넘기고서야 영일만 고향 집에 도착했다. 아침 겸 점심을 먹은 후 곧바로 상경 버스를 타고 서울로 되돌아왔다. 지난날 한때의 귀성 풍속도이다.

세월이 흘러 부모님이 모두 돌아가신 뒤로는 귀향할 일이 없어졌다. 내가 맏아들이니 동생들이 우리 집에 모이면 명절 기분이라도 나련만 그들도 자식들을 기다리고 있으니 함께 모이기가 힘들어졌다. 명절을 각자 보내기로 하니 서로가 그렇게 한가할 수가 없다. 그래도 마음은 양손에 선물을 들고 고향 가는 사람들이 부럽기도 하다. 추석날 오후 잠깐 딸네 식구들이 다녀간 후 할 일 없이 시간을 보내던 중 영화채널에서 영화 한 편을 보기 시작했다.

영화는 60년대 온 국민을 열광하게 했던 『벤허』다. 영화의 시작은 로마에서 파견된 유대 총독의 부임을 구경나온 벤허가족이 사소한 실수로 기와 장을 떨어뜨리게 된다. 로마군은 벤허가족이 총독을 위해하려 했다는 누명을 씌워 벤허는 노예 생활을 시작하게 되고 함께 있던 어머니 미리암과 누이동생 디르사는 감옥에 갇히게 된다. 벤허는 4년 동안의 노예 생활 중 로마 아리우스 장군의 목숨을 구해준다. 그 대가로 벤허는 아리우스 장군의 양아들이 되어 유대 땅으로 귀국한다. 귀국한 벤허는 제일 먼저 어머니와 누이동생을 찾아간다. 감옥에서 나온 미리암과 디르사는 본인들이 나병(癩病)에 걸린 것을 알고 벤허를 피하여 '죽음의 계곡'으로 숨어 들어간다.

나는 이 장면을 보면서 옛날 양주군농협에서 근무하던 시절 나병

환자들이 집단으로 거주하던 한 마을을 방문했던 때를 회상했다. 1976년 9월 나는 대리로 승진하여 의정부에 있는 양주군농협으로 발령을 받았다. 나에게 맡겨진 업무는 군납 업무를 비롯한 각종 경제사업 업무였다. 군납 업무는 군부대와 군납업자 간의 이해충돌로 인하여 업무추진이 무척 힘든 업무였다. 그 업무를 맡은 지 일 년쯤이 지난 1977년 12월 청와대에서 이첩된 한 통의 민원을 받았다. 민원을 제출한 사람은 경기도 남양주(당시는 양주시와 남양주시가 양주군으로 같은 행정구역이었음) 마석에 소재한 '성생농장'에 거주하는 나병환자들이었고 내용은 그들이 생산한 계란과 육계, 돼지고기 등을 군용식품으로 납품해달라는 내용이었다.

민원의 말미에는 대통령 부인 육영수 여사가 그 마을을 방문했을 때 군납을 할 수 있도록 약속했다는 내용이 기재되어 있었다. 나는 이 민원을 접하고서 많은 생각을 해봤다. 내 상식으로는 나병이 전염병이 아니기에 그들이 생산한 축산물은 식용으로 아무 이상이 없다는 것을 알고 있었고 실제로 이들이 생산한 축산물은 청량리시장으로 팔려나가고 있었다. 다만 시장 상인들이 이들과 직접 접촉을 피하기 때문에 정상인 집사 한 분을 채용하여 출하와 대금결제를 담당시키고 있었다.

나는 이들의 민원을 긍정적으로 해결하기 위하여 군의 급식업무를 담당하는 병참부대 관계자들을 만났다. 민원내용을 설명하며 어려운 처지에 있는 분들을 도울 길을 찾아보자고 제안했다. 그러나 병참대장은 군인들 사기 때문에 절대 불가하다는 입장이었다. 병사들이 나병 환자들이 생산한 축산물이 공급된다는 사실을 알면 사기가 떨어져 전투력이 약해지고 그것은 곧 이적행위가 된다고 우겨댔다. 나는 군부대의 정식 답변을 듣기 위해 민원서를 첨부한 공문을 들고 다시 병참부대를 찾아갔다. 군부대에서는 공문을 접수조차 하지 않았다. 하는 수 없이 그간 구두협의 내용을 메모하여 민원인들을 설득하기로 하고 사무실로 돌아왔다.

그간의 군부대와의 협의 사항을 근거로 민원답변서를 만들어 그들이 거주하는 성생농장을 찾아갔다. 사무실 승용차를 타고 담당 직원과 함께 마을 입구에 들어가니 나병환자 대표 세 분과 외부업무를 담당하는 집사 분이 마을회관에서 우리를 맞았다. 마을회관에는 연탄난로를 피워두어 무척 더웠다. 크레졸로 바닥을 소독하여 냄새가 엄청 심했다. 얼굴을 찌푸릴 수도 없고 웃으며 눈인사를 했다. 입고 간 오버코트를 벗고 먼저 손을 내밀고 악수를 청했다. 그들은 음성 환자들이지만 손가락이 문드러진 분들도 있었고 아예 손가락이 없는 분들도 있었다. 그런 연유에서인지 그들 스스로가 악수를 정중하게 거절했다. 단단히 마음을 먹었지만 실제로 악수를 했더라면 내 손이 먼저 움츠러들었지 싶다. 얼굴은 더욱 흉했다. 찌그러진 뽀얀 얼굴에 눈썹도 없고 입이 비뚤어진 분도 있었다. 그들은 손님 접대용으로 박카스를 내놓았다. 별로 마시고 싶지 않았지만 그분들이 보는 앞에서 음료수도 거절하면 대화가 잘 풀리지 않을 것 같았다.

민원에 대한 답변을 드리기 전에 농장을 한 바퀴 둘러보았다. 그들은 공동생산 공동판매 형태로 경영했다. 기르고 있는 돼지와 닭은 건실해 보였고 축사 관리는 일반인들의 농장보다도 깨끗하고 청결했다. 마을회관으로 돌아온 후 민원에 관해 설명을 하고 답변서를 전달했다. 그들은 이미 정상인 집사를 통하여 민원에 대한 답변을 전해들었기에 별다른 불만을 표시하지 않았다. 정상인이 출입하기를 꺼리는 그곳까지 직접 찾아와 설명해준 것을 고맙게 생각했다. 승용차를 타고 의정부 사무실로 돌아오면서 여러 가지 생각들이 머리를 스쳐 지나갔다.

나병에 대한 나의 상식과 내가 그 환자들 앞에서 취한 행동에는 매우 괴리가 있는 듯했다. 악수를 청할 때도 음료수를 마실 때도 겉으로는 태연했지만 마음속에는 수많은 갈등이 오갔다. 나병에 대한 일반적인 상식도 막상 내가 환자들과 대면할 때는 상식이 적용되지 않는다는 것을 알았다. 그것을 반증하는 사건이 나의 행동으로 나타났다. 얼마나 그곳은 빨리 벗어나고 싶었으면 벗어둔 오버코트도 잊고 그냥 도망쳐 나오다시피 했을까. 그날 저녁 나는 동네목욕탕에서 살갗이 벗겨지도록 때를 밀었다. 아내는 같은 이불속에서 동침하기를 꺼렸다. 결혼 예복으로 장만해준 오버코트를 하필이면 그곳에 벗어두고 왔다고 몇 날 며칠 앙탈을 부렸다.

영화는 결말을 향하고 있다. 미리암과 디르사는 십자가를 지고 골고다 언덕으로 올라가는 예수님을 보기 위해 죽음의 계곡을 벗어나

예루살렘 거리로 나왔다. 그들을 발견한 군중들은 돌을 집어 던지며 저주한다. 이 장면이 비추자 초등학교 등굣길에서 나병환자에 돌을 던지던 나의 모습이 겹쳤다. 그때 나병에 걸려 거리를 헤매던 여인은 울며불며 살려달라고 애원했지만 나와 우리 동무들은 연신 돌멩이를 던지며 욕지거리를 해댔다.

영화는 미리암과 디르사가 예수님의 은혜로 병 고침을 받으며 끝이 났다. 돌을 던지는 것은 저주하는 행위다. 동서양을 막론하고 나병환자에게 돌을 던지는 이유는 무엇일까? 그들은 저주받은 군상일까? 나병이 풍토병인지, 전염병인지, 아니면 유전병인지? 나는 정확히 알지 못한다. 세상에는 저주받을 병도 없고 저주받을 사람도 없다.

메멘토 모리(Memento mori)

며칠 전 우리 교회의 원로장로 한 분이 돌아가셨다. 10년 전 방광암이 발생하였는데 열심히 치료받아 완치 판정을 받으셨다. 그러나 몇 달 전에 재발하여 항암치료를 받던 중 노쇠한 체력 때문에 고통을 이기지 못하고 2019년 7월 10일 생을 마감하셨다. 장로님은 전라남도 고흥군 조그만 해변마을에서 가난한 어부의 막내아들로 태어나 갖은 고생 끝에 공주사범대학을 졸업하고 중학교 교사가 되셨다.

광주에서 교편생활을 시작한 후 서울로 입성하여 통산 38년을 근무하신 후 교장 선생님으로 정년퇴직하셨다. 한편 교회에서는 장로인 아버지의 믿음을 이어받아 당신도 장로로 선출되어 대를 이어 충성스럽게 교회를 섬기셨다. 가정에서는 아들 하나와 딸 둘을 두셨고 퇴직 무렵부터는 뇌졸중으로 거동이 불편한 아내를 20여 년 보살피며 살았으니 보통 사람이 감히 범접할 수 없는 인격의 소유자라고 해도 과언이 아니다.

나는 1981년 교회에 나가면서 장로님의 신앙지도를 받아가며 교회학교 교사, 재정담당 집사, 성가대 등을 담당해가며 신앙생활을 해왔다. 장로님은 늘 모범적으로 일을 하셨고 모든 면에서 성실하셨다. 학교의 교무부장, 교감, 교장의 바쁜 직책을 수행하면서도 교회의 각종 예배나 행사에 빠진 적이 없으셨다. 내 믿음의 본보기로 삼아 열심히 교회 생활을 한 결과 2000년 말에 장로로 선출됐다.

나는 장로님과 함께 교회를 이끌어가는 당회(목사와 장로들로 구성된 교회 행정기관)의 회원으로 직분을 함께 수행하게 됐다. 나로서는 인격이나 능력에 과분한 직분이었지만 나 나름대로는 최선을 다하여 책무를 감당하려고 노력했다. 나의 신앙심은 장로님을 따라가기엔 역부족이었다. 열심히 배우고 힘껏 노력하며 당회원의 업무를 수행하던 우리는 교회법에 따라 장로님은 2009년에 은퇴를 하시고 나는 2017년도에 은퇴했다.

나와 장로님은 학창 시절 우리가 지니고 있던 꿈을 실현하고자 문학 강좌에 다니면서 수필 공부를 시작했다. 교회에서 이어진 인연은 문학의 길로 이어져 노년을 즐겁게 동행하고 있었다. 이런 인연을 이어가던 장로님이 돌아가시자 내 마음 한구석이 텅 빈 듯했다. 장로님을 보내는 아쉬운 마음을 달래기도 하고 떠나가신 분에 대한 예우를 생각해서 장례 동안 상가(喪家)를 돌봐야 내 마음이 편할 것 같았다.

특히 권사님(장로님의 부인)은 거동이 불편하고 자녀들은 모두 우리 교회를 떠나서 문상객을 맞기가 쉽지 않겠다는 생각이 들었다. 또

한 장로님의 동료 교사분이나 문학회 인사들이 문상을 오면 안내하고 대화할 상대가 없어 민망스러운 마음이 들 것 같았다. 그래서 첫날 정오에 교회 주관으로 위로 예배를 드린 후 모든 교우가 돌아갔지만 나는 혼자 상가에 남았다. 그날 오후 동안은 장로님의 사위 친구 몇 사람이 조문 온 것을 제외하고는 상가는 조용했다.

지루한 시간을 보내려고 장례식장을 배회하다가 병원 웰다잉센터에서 "사전연명의료의향서"를 작성하여 등록했다. 사전연명의료의향서는 회생 가능성이 없고 사망이 임박했을 때 심폐소생술, 혈액투석, 항암제 투여, 인공호흡기 착용 여부를 스스로 결정하는 행위이다. 내 생명에 대하여 나 스스로 연명의료 중단 행위를 결정해두는 것이 아내나 자식들에게 부담을 주지 않을 것 같아서 쉽게 결정하고 서명했다. 자식들에게 한 가지라도 부담을 덜어준 셈이니 잘한 것 같았다.

퇴근 시간이 되자 문상객들이 조금씩 몰려오기 시작했다. 교우들이 많이 오고 장로님의 옛날 동료 교사분들이 여러분 오셔서 지난 시절을 회상하고 돌아갔다. 이어서 문학회 인사들이 문상을 왔다. 장로님의 수필집 『달려라 세발자전거』에 대한 아쉬운 이야기가 시작됐다. 원고가 좀 일찍이 나왔다면 운명하시기 전에 출판된 책을 손수 사인해서 배부했으면 얼마나 좋았을까? 모두 아쉬워했지만 장례식장에서라도 나누어줄 수 있으니 그나마 다행이라고 자위했다.

저녁 늦게 담임목사님이 교회 시무장로들과 함께 문상을 오셔서 간절히 기도하고 돌아갔다. 밤 10시가 넘어서 첫날 조문은 거의 끝난 것 같아 나도 집으로 돌아왔다. 둘째 날 점심시간쯤에 문학회 사람들이 대거 문상을 다녀갔다. 장로님과 별 친분이 없는 분들도 있는 듯했다. 역시 가장 중요한 사람은 지금 내 곁에 있는 사람이란 말이 실감이 났다. 장로님은 38년간 수많은 선생님과 같이 근무했을 것이다. 최근 같이 공부하던 문학회 사람들이 문상 오는 것을 보며 과거의 시간보다는 현재가 중요하다고 생각했다.

오후 늦게 담임목사님을 비롯하여 교우들 50여 명이 입관예배를 하러 왔다. 찬송 소리가 끝나자 목사님의 설교 말씀이 시작됐다. "사람에게 한 번 죽는 것을 정한 이치요 그 후에는 심판이 있다. (성경 히브리서 9장 27절)" 라는 말씀에 힘을 주어 설교했다. 정말 진리의 말씀이다. 목사님의 설교 말씀이 죽음에 대한 내 생각을 다시 일깨워 주었다. 우리가 죽는 것은 누구나 아는데 영원히 살 것처럼 산다.

죽음에 대한 세 가지는 누구나 다 알고 있고, 세 가지는 아무도 모른다고 한다. 누구나 죽는다는 사실 자체를 알고, 혼자서 죽는다는 것을 알고, 죽을 때는 아무것도 갖고 가지 못한다는 것을 안다. 한편 아무도 모르는 것은 언제, 어디서, 어떻게 죽을지 모른다는 것이다. 모두가 영원히 살 것처럼 열심히 살지만 가끔은 죽음을 생각하며 겸손히 살아야 하는 이유인지 모른다.

마지막 날 새벽 발인예배를 드리고 벽제 승화원을 향할 때는 20여 명의 교우가 따라나섰다. 젊은 장로들이 운구하고 찬송을 부르며 천국 가는 길을 환송했다. 나무는 쓰러져야 높이를 알 수 있고 사람은 죽은 후에야 삶의 깊이를 알 수 있다는 말을 실감 나게 했다.

나는 이 장례를 치르면서 나 자신을 다시 한번 되돌아보게 되었다. 수많은 교우들의 장례를 치렀지만 내가 죽는다는 생각은 하지 못했다. 이번에는 나도 곧 이 길을 가게 될 것이라는 생각이 들었다. 하나님 앞에서 경건하고 사람 앞에서 겸손해야겠다는 다짐을 했다. 아침에 일어날 때마다 나 자신에게 "메멘토 모리(Memento mori!)"를 되뇌기로 마음먹었다. 옛날 로마의 개선장군을 뒤따르며 노예가 외쳤던 그 말 "죽음을 기억하라!" 오늘은 개선장군이지만 너도 언젠가는 죽는다. 그러니 겸손하게 행동하라. 사랑하던 장로님도 잃고 죽음이 멀지 않았다고 생각하니 두보(杜甫)의 시 한 수가 마음에 저민다.

昔聞洞庭水(석문동정수)   옛날에 동정호에 대해 들었는데
今上岳陽樓(금상악양루)   이제야 악양루에 오르는구나.
吳楚東南拍(오초동남박)   오나라 땅과 초나라 땅이 동남쪽에 갈라졌고,
乾坤日夜浮(건곤일야부)   하늘과 땅이 밤낮으로 떠있다.
親朋無一字(친붕무일자)   가까운 친구의 편지도 없으니,
老去有孤舟(노거유고주)   늙어 가면서 외로운 배만 있도다.
戎馬關山北(융마관산북)   싸움의 말이 관산 북녘에 있나니,
憑軒涕泗流(빙헌체사류)   난간에 기대어 눈물을 흘리노라.

— 두보(杜甫, 712—770 당나라 시인) 「登 岳陽樓(악양루에 올라)」

홍수

1984년 8월 여름휴가를 끝내고 출근하던 날 인사발령이 났다. 대리
생활 8년 만에 과장급으로 진급되어 전라북도 진안군지부로 발령을
받았다. 서울과 경기도만 근무하다가 수도권을 벗어나 처음으로 지방
으로 가는 곳이 아무 연고도 없는 전라도 땅이라 별로 기분이 좋지
않았지만 회사의 인사가 내 뜻대로 되는 것이 아니니 마음을 추스르
고 현지에 부임했다. 가족이 한꺼번에 이사할 수 없어 혼자 부임하여
가족들이 살 만한 거처를 찾기까지 사택에 머물렀다.

처음으로 가족과 떨어져서 생활하다 보니 현지에서 일요일을 보내
기가 무척 지루했다. 토요일이 되면 빨랫거리를 싸서 들고 버스를 타
고 서울로 향했다. 일주일 만에 만나는 가족은 매일 만날 때보다 더
욱 소중해 보였다. 그러나 토요일 저녁 시간에 도착하여 일요일 주일
예배를 마치면 곧장 가방을 챙겨 남부터미널로 출발해야 했다. 진안
에 부임하여 두어 번 서울을 다녀간 후 달이 바뀌어 9월 1일 토요일

이 돌아왔다. 가방을 챙겨 서울로 올라갈 준비를 하고 있는데 아내에게서 전화가 왔다.

"여보, 서울에 홍수가 나서 한강 다리를 통제한다는 방송이 나오고 있어. 오늘은 서울 오지 말고 거기서 쉬어요."

전북지방은 날씨가 흐리기는 했지만 빗방울도 떨어지지 않는데 서울에는 얼마나 많은 비가 내렸기에 한강을 건널 수 없다는 것인지? 우선 가방을 내려놓고 TV 뉴스를 보아가며 동태를 살피고 있었다. 강원도와 경기지방 홍수로 한강 수위는 계속 높아지고 있었고 중랑천을 비롯한 지류들은 범람 위험이 있다는 뉴스가 계속됐다. 모든 방송이 홍수에 대한 소식뿐이었다.

중랑천 일대가 침수되기 시작했다는 소식을 접하니 도저히 진안에 머물러 있을 수가 없었다. 사는 집이 면목동이니 중랑천이 범람하면 꼼짝없이 물난리를 겪게 되어 있다. 한강을 넘어가지 못하더라도 조금이라도 가족 가까운 곳으로 가고 싶었다. 1959년 사라호 태풍을 몸소 겪어본 나로서는 아내와 어린 두 딸이 눈에 어른거려 도저히 편히 있을 수가 없었다. 그때 아버지는 한길 물속에서 어린 자식들을 치켜업고 뒷담을 부숴가며 안전한 곳으로 대피시키지 않았던가.

아버지처럼 아이들을 업고 대피시키지는 못하더라도 곁에라도 있어 주어야겠다는 마음에 오후 늦게 서울행 버스에 몸을 실었다. 버스 안에서 제발 강을 건너 가족들 곁에 갈 수 있도록 기도했다. 나는 그해 6월에 어린 딸 하나를 잃은 처지라 어떻게 하던 가족을 지켜야 했다. 어둠이 내릴 때쯤에 서울에 도착했다. 비는 조금 소강상태에 들어 갔다. 서초동 남부터미널에 도착하니 다행히도 시내버스가 운행되고 있었다. 몇 번을 갈아타고 한강을 건너 집에 도착했다.

면목동 집 주변 도로는 완전히 침수되어 있었다. 차량은 다니고 있었지만 지나갈 때마다 흙탕물을 튕겼고 인도는 정화조에서 역류한 오물들이 널브러져 있었다. 버스에서 내려 골목길에 들어서니 온통 쓰레기 천지다. 우리 집 거실에는 옆집 지하실에 살던 같은 교회 L 집사 네 식구가 가재도구 몇 개를 챙겨 대피해 있었다. 방이 두 개밖에 없는 이층집에서 여덟 식구가 복닥거렸다. 다행히 수돗물은 단수되지 않았지만 식수를 제외한 다른 용도로는 쓸 수가 없었다. 정화조에 빗물이 가득 차있어 화장실을 쓰면 그대로 넘쳐흘렀다.

온 동네 모든 지하실이 침수되어 갈 곳이 없는 사람들은 학교나 동사무소로 대피해갔다. 우리 집에 모인 여덟 식구는 라면으로 저녁 식사를 대신하고 남녀를 구분하여 방 하나씩을 차지하고 하룻밤을 보냈다. 다음날 아침에 일어나 보니 흙탕물은 줄어들었지만 지하실에 고인 물은 그대로였다. 양수기로 퍼내지 않으면 제대로 빠져나갈 길이 없으니 모두 행정기관의 지원만 기다리고 있었다.

신축 중인 우리 교회는 지하실이 물에 잠겨 교회 출입이 금지됐다. 낡은 구건물에서 겨우 주일예배를 드리고 양수기로 물을 퍼내기에 바빴다. 침수의 원인이 빗물펌프장의 관리 소홀이란 소문이 났다. 배수펌프가 제대로 작동하지 않았다는 발표에 주민들은 구청을 향하여 욕지거리를 해댔다. 매스컴에서 강수량과 피해 상황이 속속 발표되기 시작했다. 나는 물에 잠긴 동네와 교회를 뒤로하고 직장이 있는 곳으로 되돌아가야만 했다. 버스를 타고 진안으로 내려오면서 그해 일어났던 일들을 되돌아보았다. 죽은 딸을 잊기 위해 집을 팔고 이층집으로 전세를 옮긴 것이 물난리를 피한 결과가 됐다.

기록에 의하면 그때 서울에는 9월 1일 하루 동안 268.2mm의 비가 내렸고 주택 2만 채가 침수되어 9만 명이 긴급 대피했다. 주로 성내동·풍납동·망원동 등 한강 유역이 침수됐고 중랑천 주변은 배수펌프장 관리 소홀로 인한 침수가 많았다. 인명피해는 사망·실종 126명, 재산피해 152억 원으로 집계됐다(동아일보 기사). 그러나 전국적으로는 이보다 훨씬 큰 피해가 있었다. 북한은 이를 미끼로 수해 물자 지원을 제안했고 우리 정부는 남북대화 명목으로 쌀 5만 석을 비롯한 시멘트 광목 등의 북한 구호품을 지원받았다.

이 홍수로 인하여 나는 가장 가까운 친구 두 사람을 잃었다. 한 사람은 대학 4년을 같은 캠퍼스에서 공부하고 농협에서 10여 년을 함께 근무하던 이정무(李正茂)를 잃었다. 그는 대학재학 때부터 사법고시를 준비하다가 몇 번을 실패하자 농협에 입사했고 나는 군 복무를 마친 후 그의 권유로 농협에 입사했다. 정무는 당시 관리부에서 소송업무를 전담하던 엘리트 직원이었다. 그는 부천에 살았는데 폭우가 쏟아지던 9월 1일 출근을 위해 서울행 택시를 탔다. 보통 서울 근교에서 서울로 출근하는 택시를 총알택시라 불렀다. 그는 제시간에 출근하기 위해서 총알택시를 탔고 쏟아지는 빗줄기 속에서 길을 잃은 택시 운전사는 전신주를 들이받았다. 정무는 폭우와 함께 처참하게 하늘나라로 갔다. 6·25전쟁 때 월남한 한 가정의 외아들은 어머니와 두 딸을 남겨두고 홀로 저세상으로 가버렸다.

또 한 사람은 우리 집에 대피해왔던 L집사네 가정이다. L집사는 나와 비슷한 시기에 같은 교회를 나가기 시작하여 형제처럼 가까이 지내던 친구였다. 나이가 비슷했고 딸만 둘 키우고 있던 점도 같았다. 그해 6월 저세상으로 간 우리 셋째딸의 장례를 치르고 유해를 처리해준 친구다. L집사는 재주가 많았다. 피아노, 아코디언 등 여러 가지 악기를 다룰 줄 알았고 성경 지식도 상당했다. 다만 시작하는 사업마다 실패를 거듭하여 생활이 궁핍했다. 여느 때는 양식이 없어 내 아내가 쌀을 사다준 일도 있었다.

그는 몇 번의 사업실패를 거듭하면서 지하실 전셋집을 얻게 되었고 공교롭게도 그때 홍수를 만나 우리 집으로 대피하여 며칠을 같이 살았다. 홍수피해가 어느 정도 복구된 후 L집사네 식구들은 소리 소문없이 자취를 감췄다. 어디로 이사를 했는지 아무도 몰랐다. 모든 교인이 수소문했지만 결국은 찾지 못했다. 지금은 그도 나만큼이나 어정쩡한 늙은이가 되었을 것이다. 이 물난리를 겪은 후 우리 식구는 모두 진안으로 이사했고 정무도 잊고 L집사도 잊고 살았다. 나는 진안에서 일 년 육 개월을 근무하고 1986년 2월에 안성교육원으로 인사이동 되었다.

올해 여름은 코로나바이러스와 집중 홍수로 인하여 전국이 난리다. 역사상 최장기간 장마에 국지적인 호우로 인하여 가족과 재산을 잃은 이재민들의 안타까운 모습이 TV 화면을 꽉 채운다. 특히 물에 잠긴 논밭을 바라보며 한숨 짓는 농민들 모습을 보면서 내 마음이 매우 아프다. 내가 농사꾼의 아들로 태어나 농협에서 청춘을 보낸 여파이지 싶다. 자연 앞에 인간은 참으로 미약한 존재일 뿐이란 생각이 든다. (2020년)

흔적

내 몸에는 겉으로 나타난 두 개의 수술 흔적이 있다. 하나는 1994년 위암을 수술받은 흔적이다. 배꼽 위 15㎝ 정도의 개복 자국이 남아 있다. 처음에는 수술 자국이 선명하게 보였으나 많은 세월이 흘러 지금은 자세히 관찰하지 않으면 쉽게 알아보지 못한다. 새로운 피부가 형성되어 수술 자국을 메워서 별 표시가 없다. 또 한곳의 흔적은 그 오른쪽에 빗장처럼 남겨진 담석 수술 흔적이다. 이 흔적은 엉성하게 꿰매져 있어 한 눈으로 보아도 피부가 접혀 있는 것이 완연히 보인다. 쉬운 수술이라 마무리를 인턴 의사에게 맡겨 어설픈 솜씨로 꿰맸기 때문이라 생각된다.

자세히 보면 옛날 내가 이불 홑청 꿰맨 솜씨보다 못한 듯하다. 내 몸이 젊은 의사의 봉합 실습대상이 되었다는 게 꺼림하기도 하지만 그렇게라도 솜씨를 익혀 다른 환자에게는 좋은 솜씨를 발휘했으면 하는 생각이다. 조금 흉하고 보기 싫은 흔적이지만 속병이 없으니 그저 편하게 생각하고 살아간다. 몸 바깥에 남은 자국이나 흔적이야 그 원인을 알고 있으니 걱정할 필요가 없지만 몸속에 있는 흔적은 추적해서 그 원인을 규명해야 한다. 왜냐하면 그것이 치명적인 병일 수 있기 때문이다.

2008년 6월 초 회사의 방침에 의거 수원에 있는 B 병원에서 건강검진을 받았다. 검사 결과 종합소견에 '국소 폐렴 동반 만성기관지염' 증세가 있으니 호흡기내과에서 정밀검사를 받으라는 의견이었다. 그리고 며칠 후 담당 간호사에게서 전화가 왔다. 국소 폐렴이 X―레이 상으로는 폐암과 유사한 증상으로 보이니 반드시 정밀검사를 받으라고 간곡히 당부했다. 폐암이란 말을 들으니 겁이 덜컹 났다. 이런 중요한 내용을 본인을 불러서 알려주든지 아니면 담당 의사가 자세히 설명해 주어야 할 사항이란 생각이 들었지만 전화를 한 간호사에게 뭐라고 나무랄 수도 없었다.

나이가 들면서 제일 먼저 망가지는 장기가 폐라는 어느 의사의 말씀이 머리를 맴돌며 마음이 불안하고 조급해지기 시작했다. 급한 김에 우선 단골로 다니던 내과에 가서 다시 X―레이를 찍었다. 담당 의사는 역시 폐에 병흔이 보이기는 하나 구체적으로 무슨 병인지는 판단이 어렵다며 CT 촬영을 의뢰했다. 자기 병원에는 촬영시설이 없어 방사선 전문병원에 의뢰하여 구급차를 불러서 멀쩡한 사람을 구급차에 태워 보냈다. 갑자기 중환자가 된 기분이었다.

나는 이때까지 CT 촬영을 해본 경험이 없었다. 위암 수술이나 담석중 수술 시에도 내시경이나 조영촬영으로 판독했었다. CT 촬영 전 의사로부터 몇 가지 문진이 있었고 촬영 직전에 혈관에 보조 시약을 주사했다. 주사약이 들어가자 내 몸이 갑자기 이상해지기 시작했다. 정신이 몽롱해지고 온몸이 뒤틀리며 정신을 잃어갔다. 옆에 있던 아내가 놀라 사람이 죽어간다고 소리를 질렀다. 병원에는 큰 소동이 벌어졌고 모든 의사가 몰려왔다. 내과 의사가 진찰하고 간호사들이 온몸을 주무르고 야단법석을 피우고 있는 사이 나도 모르게 대소변이 쏟아졌다. 목구멍에서는 소화되지 않은 음식물을 토해냈다. 약물 부작용으로 내가 죽는가 싶은 생각이 들었다.

거의 30분을 정신을 잃고 있다가 서서히 회복되기 시작했다. CT 촬영보조제의 부작용에 대한 설명이 없어 한바탕 소동이 벌어졌다. 병원에서는 CT 촬영 시 부작용을 겪은 사람은 내가 처음이라며 이상 체질이란 핑계를 댔다. 이런 소동을 거쳐 폐 CT를 찍은 CD를 가지고 진찰받은 내과로 갔다. 담당 의사는 몇 번이나 정밀하게 검토했지만 결론을 내리지 못했다. 병원의 사무장까지 불러 조언을 구했으나 구체적인 병명을 밝히지 못했다. 역시 대학병원으로 사람이 몰리는 이유가 있었다. CT나 MRI는 촬영 기술보다 판독이 훨씬 어렵다는 것을 실감했다. 할 수 없이 S대 병원에 예약하고 진찰 날짜를 기다리고 있었다. 진찰 날이 가까워져 올수록 마음은 자꾸 불안해져갔다.

6월 30일 S대 병원 호흡기내과 Y 교수에게 진찰을 받았다. 폐 CT를 촬영한 영상을 보던 교수는 쉽게 말했다.

"음~ 폐렴입니다. 2주일 치 약을 처방해드릴 테니 잘 복용하고 그때 오십시오."

불안했던 마음이 싹 가시고 하늘을 날 듯한 기분이었다.

처방받은 약을 2주일 동안 열심히 복용하고 7월 14일 다시 진찰실로 들어갔다. 먼저 X—레이 촬영이 있었고 X—레이 필름을 본 의사는 폐렴이 아닌 것 같다며 고개를 살레살레 흔들었다. 보통 폐렴은 처방한 약으로 2주 동안 치료하면 완치가 되는데 X—레이 상 아무 변화가 없다는 것이다. 그리고는 2주일 후 다시 CT 촬영을 예약했다. 다시 불안이 몰려오기 시작했다. 의사의 한마디 한마디가 나를 죽이고 살리는 듯했다. 폐암이라고 판정이 나지도 않았는데 나는 이미 폐암 환자가 되어 있었다. 하루하루가 바늘방석처럼 위태롭고 불안했다. 피를 말리는 나날을 보냈다. 다시 8월 3일 CT 촬영실로 들어갔다. 촬영 보조제 부작용에 대해 이야기 했다. 다행히도 여기서는 보조 주사 없이 곧바로 촬영을 시작했다. 대학병원이 역시 다르다는 생각이 들었다. 일주일 동안 제발 폐암이 아니기를 기도했다. 내가 할 수 없는 일은 하나님의 몫이다. 일주일 후인 8월 11일 결과를 보러 진찰실로 들어갔다. 진찰실로 들어가면서 먼저 의사의 표정부터 봤다. 표정이 좋아 보였다.

"CT상에는 폐암으로 보이는 흔적은 없습니다. 걱정 안 하셔도 될 것 같습니다."

그리고는 결핵을 앓은 적이 있느냐고 물었다. 나는 그런 적이 없다고 대답했다.

"폐에 결핵을 앓은 흔적이 보입니다. 본인도 모르는 사이 앓고 지나가는 경우도 있습니다."

또다시 반전이 일어났다. 그동안 불안했던 마음이 이번에는 완전히 물러갔다. 집으로 돌아오는 발걸음이 하늘을 날 것 같았다. 그 후 9월 8일 최종적으로 X—레이 촬영을 하고 폐암의 불안에서 완전히 벗어났다. 결핵의 흔적이 나를 3개월 동안 냉탕과 온탕을 들락거리게 했다.

한 번 암을 겪어본 나는 솔직히 평생을 그 공포에서 벗어날 수가 없다. 암이란 말만 들어도 가슴이 벌벌 떨릴 때가 많다. 이제는 나이도 먹을 만큼 먹었으니 오라면 감사하게 갈 준비가 되어 있어야 하는데 그것이 쉽지 않다. 천국이 있다고 믿으면서도 병과 죽음의 공포에 떨고 있는 내가 지극히 인간적인 듯싶다. 한번 왔다 한번 가는 인생, 부디 좋은 흔적을 남기고 싶은 마음이다.

나를 지독한 놈이라 부르지 말라

육십 대 후반에 들어서자 눈이 자꾸만 흐려져 글씨가 잘 보이지 않았다. 병원에서는 백내장이란 진단을 내렸지만 오기로 최대한 버티어 보기로 하고 불편함을 참아왔다. 그러나 신문조차도 읽기가 어려워지니 세상 돌아가는 형편을 제대로 알 수가 없어 결국 2015년 초에 백내장 수술을 받았다. 수술을 받고 나니 오른쪽 눈은 시력이 매우 좋아졌으나 왼쪽은 시력도 오른쪽만 못하고 보이는 물체가 찌그러진 듯이 보였다.

대학병원 안과에서 CT 촬영을 한 결과 황반원공이란 진단이 나왔다. 황반원공은 망막에 동공이 생겨 시력이 떨어지고 물체가 정상적으로 보이지 않는 병이라 했다. 그동안 황반변성이란 병명은 자주 들어보았으나 황반원공은 처음 듣는 생소한 병명이라 의사 선생님의 지시대로 빨리 수술 날짜를 정하여 그해 3월 25일 입원했다. 입원하던 날 종일 수술 전 기본검사(심전도, X레이, 혈액검사, 안구 초음파 등)

를 마치고 다음날 오전 수술을 받았다. 수술은 한 시간 정도 시행됐고 곧바로 입원실로 이동했다.

황반원공은 수술보다도 회복 기간이 길고 힘들었다. 수술 후 일주일 동안은 하루 24시간을 엎드려 있어야 했다. 식사 시간과 화장실 가는 시간을 빼고는 이마를 베개에 대고 고개를 숙이고 있어야 했다. 아무런 후속 치료도 없고 단순히 엎드려 있는 것이 치료의 전부였다. 수술 후 일주일 동안 죽을힘을 다해 참고 견뎌냈다. 퇴원하면 엎드리는 고통이 끝나는 줄 알았지만 그것이 아니었다. 퇴원 후에도 처음 일주일은 하루에 12시간, 다음 일주일은 8시간, 그다음 일주일은 4시간 도합 3주일을 엎드려 있어야 한다는 엄명이 내려졌다.

나는 당시 교회에서 교육부장이란 직책을 맡고 있었다. 교육부장은 교회학교 학생들과 이들을 지도하는 교사들의 신앙과 교회 생활을 지도 관리하는 직책이다. 당시 우리 교회의 교회학교 학생은 약 300명 정도였고 이들을 지도하는 선생님은 130명 정도였다. 나는 교회학교 학생들의 신앙교육은 선생님들의 열정과 헌신이 중요하다고 믿고 매 토요일 130여 명의 선생님에게 문자 메시지를 보내어 주일은 무슨 일이 있더라도 교회에 출석하여 학생들의 모범이 되도록 독려했다.

나 역시도 주일은 빠지지 않고 일찍 출석하여 각 교회학교 교실을 돌아다니며 선생님들을 일일이 격려하고 학생들의 동태를 살펴보곤 했다. 주일마다 이런 일을 계속하다가 갑자기 입원하여 교회에 갈 수 없게 되니 마음 한구석이 허전하기도 하고 선생님들에게 미안하기도 하여 최대한 빨리 퇴원했다.

수술을 집도한 의사 선생님은 퇴원 후에도 엎드려 있는 시간을 지키라고 단단히 당부했다. 그러나 집에 와서 하루에 8시간을 엎드려 있기란 쉬운 일이 아니었다. 종일 눈을 감고 엎드려 있으려니 여러 가지 잡다한 생각이 머리를 어지럽게 했다. 교회 달력을 보니 다가오는 주일이 기독교 최대명절인 부활절이었다. 갑자기 뻔득이는 아이디어 하나가 생각났다. 무료한 시간을 이용하여 부활주일에 교회학교 선생님들에게 깜짝 놀라게 할 선물을 준비해야겠다는 생각이 들었다.

어떤 선물이 좋을까?

130여 명이 함께 기뻐할 선물이 뭘까?

기분이 좋으면서 부담 없고 값싼 선물이 없을까?

우선 기분이 좋아지려면 달콤하게 먹을 수 있는 것… 초콜릿 당첨.

깜짝 놀라게 감동을 주려면… 손편지 OK.

이렇게 해서 인터넷으로 초콜릿을 주문했다. 내 평생 인터넷으로 물건을 사보기는 처음이다. 다이소 문구 코너로 가서 예쁜 카드 130장을 사서 어떤 내용의 문구를 쓸까를 생각하기 시작했다. 이때부터 나에게는 하루에 8시간을 엎드려 지내야 한다는 의사 선생님의 당부는 머릿속에서 떠나갔다.

카드 한 장씩을 펼쳐놓고 쓰기 시작했다.

OOO 선생님께!

선생님 우리 그리스도인의 최대명절인 부활절을 맞아 주님의 은혜와 사랑이 넘치기를 기도합니다. 선생님의 노고로 우리 학생들이 진실한 그리스도인으로 자라가게 됨을 진심으로 감사를 드립니다. 선생님의 수고와 헌신은 하늘에서 해같이 빛날 것입니다. 선생님과 선생님의 가정에 하나님의 평화가 함께하기를 기도합니다.

샬롬!교육부장 김 재 원 장로

짧은 내용이지만 한 장 한 장 써가는 데 많은 시간이 걸렸다. 손도 아프고 눈은 더 아팠다. 아내는 짜증을 내기 시작했다. 의사 선생님의 당부는 간곳없고 책상머리에 앉아 손편지를 쓰는 꼴을 보니 속이 많이 상한 듯했다. 나중에는 자기가 대신 써줄 테니 나는 엎드려 눈이나 치료하라고 다그쳤다. 그러나 나는 완강히 거부했다. 다른 사람이 대신 써준 편지가 감동이 있을까? 내가 직접 써야 내 마음이 전해질 것이다. 사람은 영적 동물이기 때문에 가식이 끼어들면 상대방이 금방 알게 된다는 것이 내 나름의 판단이다.

일일이 쓴 손편지를 초콜릿과 함께 개인별로 포장했다. 편지와 초콜릿을 포장하는 것도 쉬운 일이 아니었다. 포장하는 일을 도와주던 아내가 내 얼굴을 빤히 쳐다보며 내 가슴 깊숙이 한마디를 내뱉었다.

"당신 참 지독한 사람이다."

부활절 오후 선물을 받은 선생님들로부터 메시지가 오기 시작했다. 쉴새없이 울려대는 핸폰 경고음에 아내도 즐거운 듯 싱긋 웃었다. 그때 받은 메시지 하나만 싣는다.

김재원 장로님
Happy Easter 행복한 부활주일 아침에 초콜릿과 카드까지 챙겨 주시니 너무 감사합니다. 일일이 손으로 카드까지 챙기셨을 장로님 생각에 마음이 따뜻해 지내요. 감사하고 사랑합니다. 장로님!

사실 나는 모든 일에 그렇게 지독한 사람은 못 된다. 아픈 눈을 부릅뜨고 손편지를 쓸 때는 특수한 경우였고 평소에는 대충대충 사는 사람이다. 이제는 아내로부터 '지독한 사람'이란 말 대신에 '부드러운 사람'이란 평을 듣고 싶다.

네가 세상의 소금이라고?

나는 1981년 2월 둘째 주일부터 교회에 나가기 시작하여 2000년 10월 셋째 주일에 장로 임명을 받고 17년 동안 그 직을 수행하다가 2017년 말에 은퇴했다. 교회의 은퇴제도는 교회를 떠나는 것이 아니고 수행하던 직책을 내려놓고 편안한 마음으로 교회를 다니라는 배려라고 할 수 있다. 평균 수명이 늘어나 70세에 은퇴하는 것을 아쉬워하는 사람도 있으나 나의 경우는 모든 짐을 내려놓은 듯 마음이 편안했다.

한편으로는 갑자기 모든 일을 놓아버리면 나 자신이 너무 나태해질 것 같아서 시무장로들의 직무를 침해하지 않고 그들을 도와줄 수 있는 몇 가지 일을 계속하고 있다. 그것은 상(喪) 당한 교우들을 위로하는 일과 믿지 않는 사람에게 예수 그리스도를 전도하는 일이다. 사람이 죽는 것은 정해진 날짜가 없으므로 교우들의 상(喪)이 나면 나의 개인적인 스케줄은 모두 취소된다. 교회가 장례를 주관할 때는 보통 3일간 아무 일도 못 하고 여기에 매달려야 한다. 가끔 지방으로 문상 갈 때는 종일 승합차를 타야 하므로 피곤함에 지쳐 떨어지기도 한다. 전도하는 일은 매 수요일 날짜가 정해져 있어 조금 가벼운 마음으로 참여할 수 있다.

수요일 전도는 시간을 낼 수 있는 교인들이 아침 10시 30분 교회에 모여서 찬송가를 몇 곡 힘차게 부르고 담임목사님의 설교 말씀을 듣고 뜨겁게 기도한 후 각자 전도용품(성경을 인쇄한 전도용지와 작은 포장의 물티슈)을 챙겨 맡은 장소로 이동한다. 내가 맡은 장소는 면목동 동부시장 입구 횡단보도 앞이다.

2020년 1월 셋째 수요일, 이날도 우리 전도 팀은 함께 모여 찬송과 기도와 말씀으로 무장하고 각자의 장소로 이동했다. 날씨는 꽤 쌀쌀했지만 용기를 내어 씩씩하게 현장에 도착했다. 보자기에 담긴 전도 용품을 꺼내 나누어주기 시작했다.

"예수 믿고 천국 가세요."

반응은 가지각색이다. 고맙다고 인사를 건네며 받는 사람, 무덤덤하게 전도용품만 챙겨가는 사람, 아예 손을 뿌리치고 눈을 흘기고 지나가는 사람…. 손님을 기다리던 택시 운전사는 창문을 열고 손을 내밀어 물티슈만 달라고 했다. 물티슈로 택시 안의 먼지를 닦으려는 줄 알면서도 모른 척하고 전도지와 함께 공손히 넘겨줬다. 가끔 우리 교인들을 만나기도 한다. 얼굴을 다 알 수 없으니 전도지를 건네려고 하면 상대방이 먼저 알아보고 인사를 한다. 이때는 내가 민망스러워

더 공손히 인사를 한다. 이처럼 전도할 때는 상대방의 반응을 살피느라 다른 데 신경 쓸 여유가 없다.

이날 전도지를 거의 다 나누어줄 즈음에 앞의 횡단보도에서 갑자기 자동차 브레이크 밟는 소리가 요란하게 귓전을 스쳤다. 반사적으로 내 눈이 그쪽을 향했다. 자동차 앞에 젊은 여인이 넘어져 주저앉았다. 무척 놀란 듯, 한동안 고개를 떨어뜨리고 있다가 일어나서 차량 운전자와 말싸움이 시작됐다. 운전자는 차에서 내리지도 않고 운전석에서 윈도어만 열고 변명을 하고 있었다. 운전자로서는 피해자가 자동차와 충돌해서 넘어진 것이 아니고 급브레이크를 밟으니 놀라서 스스로 주저앉은 것이니 굳이 차에서 내려 사과할 사건이 아니라는 생각을 한 듯했다.

내가 보기에도 분명히 자동차와 사람은 충돌하지 않았다. 그 여인은 악다구니하며 덤벼들었고 차량 운전자는 차량에 받치지도 않고 넘어진 사람이 억지를 부린다고 태연하게 운전석에 앉아있었다. 횡단보도에서 차가 정차된 상태에서 30분 이상을 말싸움한 후에야 운전자가 차량을 인도 쪽으로 옮기고 운전석에서 내려왔다. 아마도 운전자가 처음부터 운전석에서 내려와 잘못을 빌었으면 조용히 끝났을지도 모를 일이었다.

두 사람은 횡단보도의 신호등이 빨간색이었는지 아니면 파란색이었는지를 따져가며 목소리를 높여가고 있었다. 차량에는 블랙박스가 없었다. 두 사람의 싸움이 결론이 나지 않으니 피해 여인이 112에 신고하여 교통경찰이 출두했다. 경찰이 와서 두 사람의 진술을 들었으나 현장에서 결론을 내리기가 쉽지 않은 듯 두 사람을 경찰서로 동행토록 순찰차에 태웠다. 이때 멀쩡하던 피해 여인이 허리가 아프다며 119구급차를 불렀다. 드디어 구급차까지 출동하여 차량 운전자는 경찰순찰차에 타고 피해 여인은 구급차를 타고 현장을 떠났다.

나는 이 사건을 처음부터 끝까지 목격했다. 다만 한 가지 확실히 보지 못한 것은 피해 여인이 넘어질 순간 횡단보도의 신호등이 파란색인지 아니면 빨강색인지를 확인하지 못했다. 경찰이 현장에 와서 조사하면서 목격자를 찾았다. 나는 신호등 색깔을 확실히 보지 못했다는 이유로 목격자로 나서지 않았다. 솔직히 말하면 30대 젊은 여인과 50대 중년 운전자의 싸움에 말려들기가 겁이 났다. 피해 여인의 행동을 보면 목격자로 자처한 사람에게도 심한 화살이 돌아올 것이 분명했다. 피해 여인을 태운 앰뷸런스가 순찰차를 따라갔다. 주위의 사람들은 웅성거리다 하나둘 흩어졌다. 길가에 한 사람이 멍하니 서 있었다. 비겁한 크리스천 한 사람이….

성경에는 그리스도인들을 향하여 "너희는 세상에 빛이라, 너희는 세상의 소금이라." 기록하고 있다. 어두운 세상을 밝히고 썩어가는 세상을 막으라는 사명이다. 소금이 맛을 잃으면 길가에 버려져 사람들에게 밟힐 뿐이다. 나이가 들어가니 맛 잃은 소금으로 변해간다. 소금은 오래될수록 간수가 빠져 더 맛있는 소금이 되는 것을 그대는 정녕 모른다고 변명하지 말라.

카르페 디엠(carpe diem)

    세월의 흐름이 빠르다. 시간이 흘러가는 속도는 나이에 비례한다는 말이 유행처럼 번졌었다. 흔히 60대는 시속 60km, 70대는 시속 70km로 지나간다는 말을 많이 한다. 내가 1994년 위암 수술을 받을 때는 5년만 더 살게 해달라고 간절히 기도했었다. 당시 의술로는 위암이 발병하면 암의 진행 여부와 관계없이 위장의 70%를 절제했다. 쓰라린 배를 움켜잡고 퇴원해서 간신히 6개월을 보낸 후에야 수술로 인한 통증이 가시는 듯했다. 5년 동안을 치료 겸 추적검사를 받았다. 다행히도 남은 위장은 건강했고 재발은 하지 않았다.

    이제는 수술을 받은 지 25년이 지났고 내 나이도 고희(古稀)를 넘겼다. 모든 것을 내려놓고 마음을 비우기로 결심을 해보지만 쉽지 않다. 평균수명을 들먹이며 아직도 10여 년을 더 살아야겠다고 생각할 때가 많다. 과욕인 것을 알지만 생에 대한 욕심은 어쩔 수 없는 듯싶다. 한낱 필부인 내가 오래 살고 싶다는 생각을 가지는 것은 당연한 일이라고 자위한다.

고희를 넘기면서 지난 세월보다는 조금 더 보람된 삶을 살고 싶어졌다. 지난 삶이 헛된 것은 아니었지만 생활에 만족을 주는 일이면 삶이 더 즐겁고 보람되지 않을까? 그래서 앞으로는 일 년 단위의 삶을 살기로 하고 연중 실천해야 할 몇 가지 일을 결심했다.

먼저 평생을 믿고 다니던 교회를 섬기는 일에 대하여 생각을 정리했다.

첫째 일 년 52주를 빠지지 않고 교회에 나가 예배드리기로 작정했다. 무척 어려운 일이다. 우선 몸이 건강해야 하고 집안이 평안해야 한다. 그리고 일가친척들이 주일날 특별한 행사가 없어야 한다. 내 결심보다는 하나님의 도움이 필요하므로 매일 기도해야 한다. 감사하게도 지금까지는 해외여행 기간을 제외하면 어긴 적이 거의 없는 듯하다.

둘째는 매주 수요일마다 전도하는 일에 동참하는 일이다. 아침 10시 30분 교회에 모여 잠시 기도와 찬양을 하고 전도물품을 챙겨 거리로 나간다. 각양각색의 사람들을 만난다. 스스로 다가와서 전도용지를 달라는 사람에서부터 내미는 손을 뿌리치며 욕지거리를 하는 사람도 있다. 그렇다고 화를 내거나 불편한 표정을 지어서는 안 된다. 자신을 컨트롤하는 능력 즉 성령의 열매인 온유와 절제가 필요하다. 수요전도는 주일을 지키는 것보다 더 힘들다. 전도는 예수님의 지상명령이지만 세상일보다 후순위로 밀릴 때가 많기 때문이다.

셋째는 교우들의 장례를 돕는 일이다. 물론 장례 집례는 목사님이 주관하지만 입관예배, 발인예배 등에 참석하여 유가족을 위로하고 운구를 돕고 매장이나 화장하는 일에 동참하여 함께 슬픔을 나누는 일은 그 어떤 일보다 보람된 일로 여겨지기에 모든 일에 우선해서 참석하고 있다. 장례는 미리 예견할 수가 없으므로 닥치면 모든 계획을 포기해야 한다. 이 또한 쉬운 일이 아니다.

마지막으로 한 가지가 더 있다면 성경을 읽고 쓰는 일이다. 나 자신의 믿음을 더욱 공고히 하고 하나님의 말씀대로 살려면 성경을 부지런히 읽는 길밖에 없다는 생각에 읽고 쓰기를 계속하고 있지만 몇 년 전부터 오른쪽 어깨의 통증으로 성경 필사는 쉬고 있다.

다음은 교회 생활 외의 내 개인적인 한해의 해야 할 일을 정리했다. 교회에 대한 일은 나에게 주어진 책무지만 개인적인 일은 비교적 자유로운 일이다. 내가 좋아하고 재미있고 즐거운 일들로 정했다.

첫째는 코리아싱어즈 합창단원으로 정기연주회 무대에 서는 일이다. 물론 합창단은 10여 년을 계속하고 있지만 해마다 힘들어진다. 연주곡이 어려워지고 내 기억력은 자꾸 쇠퇴해져 젊은 후배들을 따라가기가 무척 힘들지만 오기로 버틴다. 올해에는 모차르트의 〈레퀴엠(Requiem 진혼미사곡)〉을 연주한다. 도레미파의 음 자리도 제대로 못 읽어가는 내가 〈레퀴엠〉을 완벽하게 부르기는 너무 벅찬 일이지만 연초부터 유튜브를 들어가며 안간힘을 쓰고 있다. 합창의 아름다운 하모니는 나를 이곳에 오래도록 머물게 할 것 같다. 올해는 10월 13일 영산아트홀에서 정기연주회를 한다. 관객들의 감동적인 얼굴을 상상하며 오늘도 악보를 뒤적인다.

둘째는 내 지난 생애를 글로 남기는 일이다. 나는 퇴직 후 줄곧 수필 공부를 해왔다. 그리고 2016년 1월에 격월간지인 『에세이스트』에서 신인상을 받아 등단했다. 2018년 10월에 첫 번째 수필집 『아버지의 눈물』을 출간했다. 기성작가들처럼 인기는 없었지만 참신하고 진솔한 내용이란 평가를 받았다. 에세이스트의 '올해의 작품상'도 받았다. 이제는 좀 더 우아하고 세련된 글을 쓰기 위하여 일주일에 하루는 수필 공부를 계속하고 한 달에 두 편 정도의 새로운 글을 쓰고 있다. 내가 합창곡을 익히는 일이나 글을 쓰는 일은 모두 벅찬 일이다. 글을 쓰는 것은 기록을 남긴다는 의미도 있지만 글쓰기를 통하여 나 자신이 힐링 되는 효과가 있어서 눈시울을 붉혀가며 컴퓨터 자판을 두들기고 있다. 멀지 않은 장래에 두 번째 수필집을 내놓을 작정이다.

셋째는 문학서적 읽기다. 글을 쓰려면 많은 연습이 필요하지만 좋은 글을 쓰려면 많은 작품을 읽어야 한다. 글쓰기와 동시에 고전문학 읽기를 작정했다. 일 년에 일만 페이지를 읽기로 하고 러시아 문학부터 시작했다. '러시아 문학의 아침'이라고 불리는 푸시킨에서부터 톨스토이, 도스토옙스키, 투르게네프, 보리스 파스테르나크의 작품에 이르기까지 통독을 하고 최근에는 카뮈, 카프카의 소설까지 끝냈다. 이런 작품들을 단순히 읽는 것만이 아니고 작품 속의 아름다운 문장을 골라 수첩에 메모해두는 것이다. 그래야만 필요할 때 내 글에 인용할 수 있기 때문이다. 부지런히 읽으면 일 년에 일만 오천 페이지는 읽을 수 있을 것 같지만 안구건조증이 있는 내 눈이 감당하기가 쉽지 않아 보인다.

마지막으로 하루 일만 보 걷기 운동이다. 나이를 먹으면 지구력이 떨어질 뿐 아니라 몸의 균형감각을 유지하기도 어렵다. 모든 성인병은 운동 부족에서 오는 경우가 많다. 특히 고혈압 당뇨병 등은 열심히 운동하면 예방과 치료를 할 수 있다. 노인들에게 가장 좋은 운동이 걷기라고 알려져 있다. 따라서 나도 되도록 하루에 일만 보를 걷기로 작정하고 웬만한 거리는 걸어서 다닌다.

교회를 오가는 길이나 전철역까지는 걷는 것이 습관화되어 있다. 스마트폰에 헬스 앱을 깔아놓고 체크를 하지만 매일 일만 보를 채우는 일은 쉽지 않다. 일주일 단위로 평균해서 계산해 보지만 역시 하루에 일만 보 걷기는 힘들다. 국민 MC 송해 씨의 건강 비결이 BMW(Bus, Metro, Walk)라는 것을 거울삼아 부지런히 실천하려고 노력하고 있다.

나는 내 삶이 일 년 단위의 삶이라고 생각하며 살고 있다. 아니 하루 단위의 삶이라고 해야 맞을 것 같다. 내 나름대로 매일 매일의 계획을 세우고 점검하며 즐겁게 살려고 노력한다. 자신에게 죽음이 언제 닥칠지는 아무도 모른다. 사는 동안은 즐겁게 사는 것만큼 행복한 일이 없다는 생각이 든다. 오늘도 나는 나 자신에게 카르페 디엠, 카르페 디엠하고 최면을 건다. 오늘의 삶을 즐긴다는 것은 말처럼 쉽지 않다. 마음 다짐은 쉬우나 실천은 어렵다. 작심삼일이란 말이 달리 생긴 말이 아니다. (2019년)

제7부 은퇴한 세상에서

망우공원에 묻힌 두 일본인

건강을 유지하는 데는 걷기만큼 좋은 운동이 없다고 한다. 언젠가 나에게도 닥칠 성인병 예방을 위하여 하루에 일만(一萬) 보를 걷기로 작정하고 되도록 지키려고 노력하고 있다. 그러나 이것이 말처럼 쉽지 않다. 일요일은 종일 교회에서 보내고 저녁에는 합창단 연습을 하고 밤 10시가 넘어야 집에 들어온다. 그래서 월요일은 특별한 경우를 제외하고는 되도록 집에서 쉰다. 핑곗김에 걷기 운동도 포기하고 아무 생각 없이 하루를 보낸다. 정신 놓고 하루를 보내면 일요일 쌓인 피로가 회복되는 듯하다.

오늘은 무척 날씨가 깨끗하고 맑다. 거실 창문을 통하여 남산이 보이고 북한산이 보인다. 요즘 들어 바로 코앞에 있는 봉화산 꼭대기도 잘 보이지 않는데 오늘은 유난히 깨끗하게 보인다. 봄을 아껴두고 싶은 것이 내 마음이지만 계절의 변화가 어찌 내 마음대로 되겠는가? 종일 집에서 쉬기로 한 날이지만 그냥 머물러 있기엔 무언가 손해 보는 심정이라 견딜 수가 없다. 자리를 떨치고 일어나 망우산으로 향했다. 둘레길 입구부터 벚꽃이 흐드러지게 만발했다. 곳곳에 개나리와 진달래도 활짝 피었다. 꽃들은 피어나는 나뭇잎과 어울리어 한 폭의 그림처럼 아름답다. 진한 물감을 군데군데 쏟아놓은 듯하다. 어느 화가가 이처럼 아름다운 수채화를 그릴 수 있으랴. 인간의 작품이 아무리 아름답다 해도 자연을 능가할 수 없다.

해가 갈수록 나에게 봄은 더욱 찬란하게 다가온다. 몇 번 남지 않은 탓인가 보다. 여느 때와 마찬가지로 스마트폰으로 몇 컷을 찍어 아내에게 보냈다. 둘레길에는 많은 사람이 오갔다. 젊은 아낙네들은 활짝 핀 꽃송이를 배경으로 사진 촬영에 분주하고 자전거를 타고 짝지어 나온 중학생들은 봄바람을 즐기며 씽씽 날았다. 한 무리의 고등학생들이 체육복 차림으로 달려간다. 백발의 노부부가 손잡고 걷는 모습에서 삶의 아름다움을 본다. 공동묘지라는 을씨년스럽게만 생각되던 망우산이 아니다.

나는 1977년부터 줄곧 이 근처에 살았기에 이곳에 수백 번은 왔을 것이다. 그렇게 다녀도 이곳에 일본인 두 사람이 잠들고 있다는 사실을 몰랐다. 내 무관심의 소치로 묘지관리소에서 만들어놓은 안내판을 무심코 지나친 탓이다. 망우산에는 아직도 50여 명의 유명 선열들이 묻혀있다. 일제강점기 독립운동가를 비롯하여 유명정치인, 문인들, 대중가요 가수도 있다. 구청에서는 '인문학 사잇길'을 조성하여 자연경관과 묘지 사이를 걸어가며 삶과 죽음을 함께 생각할 공간을 조성해 두었다. 오늘 나는 이 묘지 중에 일본인 두 사람이 묻혀있는 사실을 알고 이분들의 묘지를 찾아 나섰다.

먼저 아사카와 다꾸미(淺川 巧)씨의 묘소를 찾았다. 망우산 둘레길의 길이가 4, 7Km인데 3Km 지점쯤에 있었다. 둘레길에서 묘지로 오르는 길이 대리석 11계단으로 만들어져 있었다. 묘지는 넓게 조성되어 있고 묘지 왼쪽에 묘지 넓이만큼의 잔디밭이 조성되어 있었다. 묘소는 높이 60cm의 둘레석으로 감싸여 있으며 묘소 둘레는 약 8m 30cm 정도였고 앞에는 상석(좌우 113cm, 앞뒤 76cm, 두께 28cm)이 있었다. 묘지 오른쪽에는 대리석으로 된 커다란 항아리 조각품이 서있었는데, 항아리의 둘레는 240cm, 높이는 130cm의 8각형 형태를 갖추고 있었다. 그리고 묘비에는 "한국의 산과 민예를 사랑하고 한국인의 마음속에 살다간 일본인 여기 한국의 흙이 되다" 라는 문구가 새겨져 있었다.

그리고 안내판에는 이런 글귀가 있었다.

아사카와 다쿠미 (1891~1931)

민예 연구가

일본 야마나시현 출생.

한국에 먼저 건너온 그의 형 노라다카 (1884~1964)를 따라 1914년에 건너와 총독부 산림과 임업시험장에 근무하며 한국의 산림녹화에 힘썼고 개인적으로는 한국의 민예를 수집하고 연구해 『조선의 소반』 『조선도자 명고』를 출간했다. 아사카와 형제는 야나기 무네요시의 한국 예술관에 큰 영향을 끼쳤고 그들은 함께 조선 민족 미술관을 설립했다. 식목일 기념행사 준비 중 급성폐렴으로 타계했는데, 당시 이 땅에서 그들만의 속에서 살다 돌아간 일본인 대다수와는 달리 그는 기독교 정신에 근거한 코스모포리턴으로 한국말을 하고 한복을 입고 한국인의 이웃으로 살며 진정으로 한국의 마음속에 살다간 사람이었기에 죽어서도 이 땅의 흙이 됐다. 오른쪽의 항아리(청화백자추초문 각호) 조각품은 노리다카가 조각하여 1주기 때 세웠다. 산림과학원 퇴직자 모임인 홍림회가 당시 선배의 뜻을 이어 묘를 돌보고 있고 최근 한일 우호의 상징으로 크게 부각되어 매해 기일 전후로 한일 양국민이 참석한 추도회가 열리고 있으며 2015년 설립된 청리은하숙 세계시민학교는 시대와 민족, 국경을 초월한 그의 인류애적 삶을 기리고 교육하고 있다.

다음은 사이토 오토사쿠(齋藤音作)씨의 묘소를 찾았다. 아사카와 다쿠미 묘소에서 100m쯤 떨어진 곳에 있었다. 죽산 조봉암 선생의 묘소에서 조금 떨어진 곳에 자리 잡고 있다. 묘지 봉분은 없고 비석 아래 유골을 묻어둔 일본식 무덤이었다. 비석은 좌우 88cm, 앞뒤 58cm 높이 100cm 크기의 대리석으로 만들어져 있었다. 비석에는 "齋藤音作之墓" 이름이 새겨져 있고 위에는 십자가가 새겨져 있었는데 누군가가 비석의 첫 글자를 훼손하여 이름을 제대로 알아볼 수가 없었다. 묘지의 크기는 한 평도 안 되었고 입구에는 널찍한 한국인 묘지가 있어 비석이 없으면 묘지를 찾기가 힘든 처지였다. 묘지 뒤에는 진달래가 군락을 이루고 있었고 근처에는 말라빠진 잡초들만 무성했다. 묘지는 돌본 흔적이 없고 방치된 상태로 버려져 있었다. 비석 옆에 세워진 안내판에는 이런 글귀가 있었다.

사이토 오토사쿠 (1866~1936)

총독부 초대 산림과장

식목일을 제정하고 미루나무와 아까시 나무를 이 땅에 도입하는 등 일제 초기 총독부의 산림정책을 담당한 고위 기술 관료였다. 도쿄대 임학과를 나온 후 농상무성 산림국에 들어가 대만, 야마나시 현을 거쳐 북해도 임정과장으로 재직하던 1909년에 대한제국의 농공상부 기사로 부임했다. 1910년 일제의 한국 강점 후 총독부 초대 산림과장이 되었고 1915년 영림창장을 거쳐 1918년에 퇴직했으나 한국에 남아 사이토임업사무소를 세워 산림위탁경영 사업을 통한 녹화사업에 전념했다. 아직도 그에 대해서는 임업 근대화 및 녹화에 기여했다는 평가와 함께 산림 수탈의 지휘자라는 비난이 동시에 존재하지만 그는 책임관(차관·국장급) 이상의 관료로서 이 땅에 묻힌 유일한 일본인이 되었다. 야마나시 현 출신의 아사카와 다쿠미는 그의 영향으로 임업계에 투신했고 경성에서도 사제의 정을 이어갔다. 이 묘는 봉분이 없이 비석 아래에 화장된 유골을 묻는 전형적인 일본식 묘의 형태이다.

같은 일본인으로 한국 땅에 묻히기는 마찬가지인데 묘소의 형태와 관리는 판이하게 차이가 났다. 두 사람 모두 한국을 사랑했기에 본인의 뜻에 따라 한국 땅에 묻혔을 것이다. 묘지 관리가 안 되고 있는 사이토 오토사쿠씨의 묘소도 아사카와 다쿠미씨의 묘소처럼 관리하고 훼손된 묘비도 다시 새겨주는 것이 옳다는 생각이 든다. 공로는 공로대로 인정해주는 것이 미래를 지향하는 우리 국민의 긍지가 아닐까? 관리하지 않을 바에야 차라리 둘레길에 세워진 안내판을 철거하는 것이 옳은 듯싶다. 그래야 죽은 넋이라도 위로받지 않을까? 돌아오는 발걸음이 산을 오를 때만큼 가볍지 않다.

나지막한 언덕에 있는 배 밭에는 아낙네 두 명이 쑥을 캐고 있었다. 봄은 이렇게 짙어간다. 어릴 때 먹던 쑥국 생각이 나며 어머니가 보고 싶은 오후다.

천자문(千字文)

우리 집에는 내가 태어나기 전부터 골동품 두 가지가 있었다. 하나는 안방구석에 점잖게 자리 잡고 있던 재봉틀이었고 다른 하나는 사랑방에 놓인 앉은뱅이책상이었다. 재봉틀은 어머니가 식구들의 옷가지를 만들어 입히는 데 중요한 역할을 했다. 물론 삼베나 무명옷도 만들어 입혔지만 나일론이 나온 후로는 바느질이 쉬워져 이웃집에서도 옷감을 가지고 와서 바느질을 부탁하는 경우가 많았다. 어머니가 재봉틀 앞에 앉아서 재단한 천을 박아내어 옷을 만드는 모습을 보면 큰 재주를 가진 기술자처럼 보였다. 그 재봉틀 몸통에 'SINGER' 라는 상표가 있는 것으로 보아 일제강점기 때 사들인 것으로 보인다.

한편 사랑방에 있던 앉은뱅이책상은 니스 칠을 한 듯 반짝반짝 윤이 났고 책상 아래에는 두 개의 서랍이 달려 있었다. 서랍 하나에는 아버지가 가끔 붓글씨를 쓰시던 벼루와 먹 그리고 붓이 몇 자루 들어있었고 또 한 서랍에는 천자문 책을 비롯하여 두툼한 옥편(玉篇)

한 권과 인주를 비롯한 잡다한 서류들이 들어있었다. 천자문 책은 창호지에 붓글씨로 쓴 책이었는데 기름칠을 하여 종이가 변질되지 않고 오래도록 보관할 수 있도록 만들어져 있었다. 벼루와 붓은 제삿날이 되면 아버지가 지방(紙榜)을 쓰기 위하여 사용하셨으니 일 년에 네댓 번 먹을 갈았을 것이다. 그리고 천자문은 아버지가 서당에서 읽으시던 책으로 당시도 잠이 오지 않을 때는 심심풀이로 책장을 넘기며 흥얼거리셨으니 당신의 손때가 묻어있던 소장품이라 해도 과언이 아니었다.

우리 형제들은 학교에 들어가면서 앉은뱅이책상을 사용하기 시작했다. 책상 앞에서 오랜 시간을 앉아있어도 책상 서랍 속에 들어있는 물품엔 별 관심이 없었다. 그러나 내가 중학교에 들어가니 교과목 중에 한문 과목이 있었다. 한문 선생님은 정규 선생님이 아니고 근처 동네에서 한문을 가르치는 훈장분이 시간제 강사로 나오는 분이었다. 그 선생님은 일주일에 한 시간 배정된 수업 시간을 혼자서 읽고 해석하고 끝냈다. 학생들은 무슨 뜻인지도 모르고 선생님은 혼자 중얼거리다 수업 시간이 끝났다. 나 역시도 처음 접하는 한문이라 무슨 뜻인지 어떻게 쓰는지 알 수가 없어 궁금하던 차에 어느 날 밤늦게 책상 서랍 속에서 천자문 책을 꺼냈다.

천자문 책을 꺼내 보았지만 그 책은 더 어려웠다. 한자(漢字)만 나열되어 있지 음도 뜻도 기록이 없는 두꺼운 창호지 책이었다. 읽지도 못하고 쓰지도 못하면서 책장만 넘기는 것을 보신 아버지가 빙그레 웃으시며 "하늘 천, 따 지, 검을 현, 누루 황" 하시며 천자문 배우기를 제안하셨다. 내가 천자문 읽기를 시작한 것이 중학교 1학년 겨울방학 때였다. 처음에는 아버지와 내가 둘이서 읽기를 시작했는데 초등학교에 다니던 두 동생이 합류하여 삼 형제가 함께 읽기 시작했다. 아버지는 천자문 쓰기는 시간이 오래 걸리고 아직도 우리 형제에게는 어려운 일이라며 우선 읽기만 가르쳤다.

우리 삼 형제는 천자문 읽는 것이 재미도 있고 빨리 익히려고 경쟁이 붙어 서로 먼저 천자문 책을 들고 아버지를 졸라댔다. 삼 형제가 서로 경쟁하는 모습을 보신 아버지는 저녁마다 우릴 불러 놓고는 "하늘 천, 따 지"를 선창하고 우리 삼 형제는 서로 뒤질세라 큰소리로 복창했다. 희미한 등잔불을 중앙에 두고 사 부자(父子)간 둘러앉아 천자문 읽는 소리는 겨울밤의 삭풍을 타고 안방으로 전달됐다.

어머니는 보리쌀 단지에 감추어두었던 홍시를 몇 개 꺼내와 우리를 격려했다. 사 부자간 함께 글 읽는 모습을 보신 어머니 얼굴엔 흐뭇한 미소가 피어났다. 우리는 천자문의 음은 익혔지만 뜻은 제대로 몰랐다. 천자문의 마지막 네 글자인 焉·哉·乎·也(언·재·호·야)는 모두 어조사로 쓰이는 한자지만 잇기 언, 잇기 재, 언 호, 잇기 야로 배우고 읽었다. 아버지가 제대로 알지 못하였으니 배우는 우리가 어찌 알았겠는가? 우리는 한해 겨울에 천자문 읽기를 끝마쳤다. 삼 형제가 서로 경쟁했는데 초등학교 1학년인 셋째동생이 제일 먼저 외우고 다음 둘째동생 그리고 내가 꼴찌였다. 아마도 이것이 우리 삼 형제의

IQ 순서인지 모르겠다. 나의 한문 공부는 그 후 쓰기로 이어졌고 옥편(玉篇) 찾기, 획수(劃數) 세기 등을 거쳐 혼자서 공부할 수 있는 단계에 이르렀다. 옛날 아버지 세대였으면 동몽선습(童蒙先習)이나 명심보감(明心寶鑑)으로 이어져 차원 높은 한문 공부를 했을 것이다.

비록 천자문으로 끝났지만 한문을 익힌 이점은 수없이 많았다. 고등학교에 들어가니 국어 시간에 논어에 관한 공부가 있었다. "君子는 食無求飽하고 居無求安하며…" 이런 정도의 한문은 혼자서 거뜬히 배우고 익힐 수가 있었다. 일상의 신문읽기 뿐만 아니라 대학에서는 일본어 원서(原書)를 읽는 데도 큰 도움이 되었다. 대학재학 때는 일본 원서들이 거의 다 한자로 써 있어 일본어 기초만 알면 어떤 책이든지 공부할 수 있었다. 지금도 일본이나 중국을 여행할 때 웬만한 한자만 알면 의사소통할 수 있다. 한문교육의 필요성은 예나 지금이나 마찬가지인 듯싶다.

이제 나는 할아버지가 되었고 국어정책도 바뀌어 국한문 혼용에서 한글전용 정책으로 바뀌었다. 나에게 남아있는 구시대의 유물 같은 한문교육의 필요성이 살아나서 2015년 1월 초등학교 입학을 앞둔 손자에게 한문교육을 제안했다. 사위와 딸은 쌍수를 들어 환영했다. 에미 에비가 못하는 일을 할아버지가 해준다고 하니 싫어할 리 없고 손자 녀석도 호기심이 생겨 열심히 배우기 시작했다. 획수가 적은 쉬운 글자부터 골라 하루에 다섯 자씩을 읽고 쓰기를 시도했다. 신문의 한자교육 란에 실린 글자를 중심으로 읽고 쓰기를 한꺼번에 가르쳤다. 한글도 제대로 쓸 줄 모르는 어린 손자에게 한자를 쓰게 하기는 쉽지 않았다. 연필을 잡은 손을 내 손으로 감아쥐고 획을 그어가며 글자를 써갈 때는 할아버지와 손자의 몸이 겹쳐지고 숨소리도 함께 하는 듯했다. 글자가 제대로 써지지 않을 때는 짜증을 내기도 했다. 내가 지쳐 무관심할 때는 손자는 좋아서 필기도구를 팽개치고 곧바로 TV에 눈을 돌렸다. 할아버지와 손자가 같은 일을 함께한다는 것은 또 다른 의미가 있었다. 나와 손자는 한자 공부를 통해서 서로의 머릿속에 추억의 공간을 만들어가고 있었다.

우리는 우여곡절을 겪어가며 삼 개월가량을 보냈다. 아마도 손자가 한자 삼백여 자는 읽고 쓸 즈음, 갈수록 싫증을 내는가 싶었는데 사위가 인도네시아로 해외발령이 났다. 딸과 손자 둘도 함께 떠나갔다. 한자 교육이 중단됨은 물론 얼굴을 마주하기도 힘들게 됐다. 부디 손자에게 심어진 한자 교육이 밑거름되어 국제학교에서도 공부 잘하고 건강하게 생활하다가 돌아오기를 빌었다.

인도네시아로 떠난 딸은 일 년에 한 번씩 손자들을 데리고 잠시 귀국했다. 떠난 지 4년 차가 된 2019년 여름에도 사위만 현지에 남겨두고 세 식구가 귀국했다. 딸은 귀국해 있는 동안에도 손자들에게 여러 가지 공부를 시켰다. 국제학교 4학년이 된 손자에게 물었다.

"은찬이 지금도 한자 공부 열심히 하지?"

은찬이는 한자 공부는 시시하다는 듯이 쑥 한마디 던졌다.

"할아버지, 나 중국어 배우고 있어요."

이화우(梨花雨) 흩뿌릴 제

　실없이 또다시 한해의 가을을 맞았다. 희수(喜壽)를 앞에 두니 오는 겨울 반갑지 않고 가는 가을 붙잡고 싶다. 혹시나 가을을 붙잡을 수 있으려나 채비를 차려 도봉산 등산길에 나섰다. 11월 하순이지만 날씨는 이외로 따뜻했다. 오늘은 나 홀로 나섰으니 구석구석을 살펴보리라 작정하고 쉬엄쉬엄 걷기 시작했다.

　도봉서원을 지나 문사동계곡을 거쳐 거북바위 앞에서 잠시 휴식을 취한 후 칼바위능선에서 인증샷을 하고 마당바위를 거쳐 하산했다. 하산 길에 다시 각종 노점상이 빽빽한 등산로 입구에 도착했다. 시간은 오후 4시를 조금 넘긴 시간이다. 각종 상점이 늘어선 한쪽 구석에 "李梅窓 劉希慶 詩碑" 안내판이 설치돼 있었다. 도봉산을 수백 번을 오르내렸는데 왜 오늘에야 이 시비가 보였는지? 여행이든 산행이든 관심을 가져야 새로운 지식을 얻는다. 통행로 아래 개천을 따라 조성된 둘레길에 세워진 시비 앞에서 부안 기생 이매창의 시비가 왜 멀리 이곳 도봉산에 세워져 있나 궁금하기 시작했다. 우선 시비에 새긴 글을 카메라에 담아 곧장 집으로 와 인터넷을 뒤지기 시작했다.

1. 이매창의 생애

이매창(1573~1610)은 1573년 부안의 아전인 이탕종의 서녀로 태어났다. 그해가 계유년이기에 계량 혹은 계생이라 불리기도 한다. 향금이란 고운 이름도 있었고, 자는 천향, 호는 매창이라 했으며 어려서 어머니를 잃고 아버지로부터 배운 문장과 거문고, 그리고 시에 능하였다. 이렇게 자란 이매창은 송도의 황진이, 평양의 김부용과 함께 조선3대 시기(詩妓)로 평가받고 있다. 이매창은 시문과 거문고에 뛰어나 당대의 큰 명성을 얻으면서, 천민 출신의 시인 유희경(劉希慶)과 『홍길동전』을 지은 허균(許筠), 인조반정의 공신 이귀(李貴) 같은 문인·관료들과 교류했다. 이매창은 많은 사람을 만나기는 했지만, 거의 모든 경우 다른 문인들이 그녀의 이름을 듣고 그녀를 찾아온 것이지 그녀가 누군가를 만나기 위해 찾아갔다는 기록은 없다. 이매창이 미천한 천민 신분임에도 당대의 학자들과 두터운 교분을 유지했지만 그녀는 불행하게도 1610년 38세의 나이로 세상을 떠났다.

이매창은 평생토록 노래를 잘하여 지은 시 수백 편이 그 당시 사람들의 입에 오르내렸지만 그녀가 죽은 후 서서히 잊히고 사라져 갔다. 그것을 안타까워했던 부안의 아전들이 1668년 그녀가 남긴 시 58수를 구해 『매창집』을 간행하여 지금까지 전해지고 있다. 현재 매창집을 통해 전해지는 그녀의 시에는 잠깐 만났던 유희경을 그리워하는 마음을 담은 시들이 대부분이다. 한편 허균과 이매창이 처음 만난 인연은 1601년 7월 허균이 전운판관(轉運判官)이 되어 전라도로 내려가던 중 비가 많이 내려 부안에 머물게 되었고 이곳에서 이매창을 만나게 되었다. 그 당시 상황이 허균의 문집에 남아있다.

'거문고를 뜯으며 시를 읊는 데 생김새는 시원치 않으나 재주와 정감이 있어 함께 이야기할 만하여 종일토록 술잔을 놓고 서로 시를 읊으며 화답하였다.'

2. 유희경과 이매창

유희경(1545~1636)은 조선 중기의 문신이자 시인이다. 천민 출신이나 한시를 잘 지어 당시의 사대부들과 교유했으며 나라의 큰 장례나 사대부가의 장례를 예법에 맞게 지도하는 것으로 이름이 높았다. 13세때 부친이 세상을 떠났는데 어린 나이에 홀로 흙을 날라 장사지내고 묘를 지켰다. 마침 당시 명유이던 서경덕(徐敬德)의 문인이었던 남언경(南彦經)에게 발탁되어 후일 도봉서원을 창건하는 일을 맡게 됐다. 유희경은 남언경이 도봉서원을 창건하는 데 도움을 주고 실질적으로 서원을 다스려 나갔는데 후일 그가 죽은 뒤 도봉서원 아래에 부인과 함께 묻히게 됐다. 유희경은 천민 신분으로 시문학을 하면서 일정한 정처 없이 떠돌아다니던 중 부안에서 이매창을 만났다. 유희경과 이매창은 시와 거문고로 화답하며 장진주(獎進酒)를 부르곤 했다.

열아홉 꽃 같은 이매창과 50줄의 유희경의 사랑이 시작됐다. 세상은 불같은 사랑을 질투하는 것인가? 두 사람이 헤어져야 할 사건이 터졌다. 임진왜란이 일어난 것이다. 이매창과 유희경의 사랑은 오래가지 못했다. 원수 같은 임진왜란이 두 사람을 갈라놓았다. 이매창이 유희경을 떠나보내고 오매불망 그리워하며 지은 시가 이화우(梨花雨)다.

이화우(梨花雨) 흩뿌릴 제 울며잡고 이별한 님
추풍낙엽(秋風落葉)에 저도 날 생각는가
천리에 외로운 꿈만 오락가락 하노매

서울로 돌아온 유희경은 의병으로 임진왜란에 참여하게 되면서 더 이상 이매창을 만나지 못했다. 그는 임진왜란에 의병으로 나가 싸운 공으로 선조로부터 포상과 교지를 받았다. 이때 조정에서는 사신들의 잦은 왕래로 호조의 비용이 고갈되자 그가 계책을 내놓아 그 공로로 통정대부(通政大夫)의 품계를 받았다. 이후 인목대비로부터 여러 번 술과 안주를 받을 정도로 위상 높은 인물이 됐다. 유희경이 벼슬이 높아지면 높아질수록 이매창을 만날 기회는 멀어져갔다. 이제는 먼 거리가 서로의 만남을 가로막는 것이 아니라 신분의 차이가 두 사람을 갈라놓았다. 애간장이 끊어지는 이매창의 그리움에 유희경은 이런 시로 답했다.

그대 집은 부안에 있고

나의 집은 서울에 있어

그리움 사무쳐도 못 보고

오동비 뿌릴 젠 애가 끓겨라

이매창의 이화우에 유희경이 오동비로 답했다. 애가 끊어지게 그리워하는 두 사람의 마음이 담긴 사랑의 연가답다.

천민 출신이었지만 시문학에 뛰어난 문장가. 나라의 위태로움에 발 벗고 나섰던 충성스러운 백성. 그리고 한 여자를 끔찍이 사랑했던 남자 유희경. 그는 80세에 금강산을 유람하고 92살의 나이에 숨을 거두었다.

예부터 남녀 간의 사랑에는 나이도 국경도 없다는 말이 실감이 난다. 유희경과 이매창은 28살 차이에도 평생을 그리워하며 사랑했다. 커피숍에서 커피잔을 바꿔 마시듯 사랑을 바꿔 가는 요즘 세상에 한 번쯤 음미해봄직한 이야기다. (2021. 12. 4.)

눈(雪)에 홀리다

2021.1.28. 눈이 내린다는 예보와 함께 오후에는 태풍경보가 발효됐다.

올해 들어 갑자기 눈 덮인 겨울 산이 보고 싶어졌다. 눈 덮인 겨울 산을 들라면 태백산, 오대산, 설악산, 선자령이 먼저다. 그러나 갑자기 먼 곳까지 갈 준비가 안 돼 가까운 춘천 삼악산(三岳山)으로 향했다. 경춘선 전철을 타고 강촌역에 도착하니 함박눈이 쏟아지기 시작했다. 눈이 얼마나 많이 내리는지 앞을 가늠하기 힘들다. 강촌 시내에는 사람이라곤 없다. 모두 집안에 꼼짝없이 갇힌 듯하다. 백설의 나라에 혼자만의 세상이 펼쳐졌다. 쌓인 눈에 남겨진 흔적이라곤 내 발자국이 유일하다.

태초의 세상에 나 홀로 서있는 기분이다. 천지간에 들리는 소리라곤 뽀드득거리는 내 발소리가 전부다. 온전한 설국에 잠입했다. 소공원에 설치된 출렁다리를 건너간다. 목조다리 위에 오롯이 남은 발자국을 보며 내 삶의 지난 모습을 뒤돌아본다. 살아온 흔적이 저렇게 선명히 남는다면 어느 한 시간인들 허투루 살겠는가? 그러나 계속 내리는 눈이 발자국을 지우듯 시간이란 요물이 흘러가면 삶의 다짐도 허물어지기 마련이다. 강촌 소공원에 새겨진 노래비에 덮인 눈을 쓸어내리며 노랫말을 읽어본다. 노래비의 강촌이 지금 내가 서있는 '강촌'인지? 아니면 강을 끼고 있는 어떤 다른 농촌을 일컫는지?

눈은 계속 내리고 있다. 강촌 대교를 건너간다. 강물 위에 휘날리는 눈의 군무(群舞)를 본다. 다리 중간에 서서 한동안 물끄러미 강물을 내려다봤다. 옛날 고교 시절 배웠던 김진섭의 『백설부』의 한 구절이 떠오른다. "편연한 백설이 경쾌한 윤무를 가지고 공중에서 편편히 지상으로 내려올 때, 이 순치할 수 없는 고공의 무용" 눈은 화려하고 우아함 그 자체다.

이제 경춘 국도를 따라 삼악산 등선폭포를 향하여 걸어간다. 눈은 계속 흩날리고 있다. 발길은 앞으로 나아지고 있지만 내 눈은 오른쪽 강물에 가있다. 강물 위로 떨어지는 눈송이는 봄바람에 흩날리는 벚꽃 송이보다 황홀하다. 강촌에서 등선폭포 입구까지 5Km의 거리다. 조금씩 바람이 불기 시작했다. 백설은 바람을 타고 더 큰 윤무를 해댄다. 기온이 내려가기 시작하자 한기가 몰려온다. 국도를 지나가는 차들은 눈길을 비웃기라도 한 듯 속도를 높여 생생거리며 달려간다. 한 시간을 걸어 삼악산 등선폭포 입구에 도착했다.

등선폭포 매표소에는 직원이 없었다. 폭설로 인하여 매표소 문을 닫았다. 주위의 몇 개의 음식점도 모두 철시했다. 눈은 계속 내리고 있다. 먼저 매표소 왼쪽 언덕에 있는 금선사로 향했다. 언덕을 오르는 계단에 쌓인 눈이 발목까지 차오른다. 꼿꼿이 허리를 펴고 걸어서 오르기가 힘들다. 계단 손잡이를 붙들고 엉금엉금 기어올랐다. 볼품없는 암자다. 스님도 보살도 보이지 않고 하얀 바둑이만 쉴새없이 짖어댄다. 하늘 높이 솟은 불상에도 흰 눈이 가득하다.

불상도 희고 바둑이도 희고 천지도 희다. 그 하얀 불전 앞에 내가 섰다. 세상 번뇌를 잊은 듯 마음이 경건하다. 종교가 나를 경건하게 하는 것이 아니라 새하얀 세상이 나를 경건하게 했다. 이제 등선폭포 입구에 들어섰다. 하늘을 쳐다본다. 동굴 같은 하늘 절벽에서 흰 눈이 내려온다. 바람에 이리저리 휘날리는 눈은 완전히 군무(群舞)다. 하늘을 쳐다보고 걷는다.

나는 이미 눈에 홀린 듯하다. 발길에 돌부리가 자꾸 걸린다. 눈 덮인 자갈길에 인공계단도 많다. 이러다가 낙상사고라도 날지 모르겠다. 정신을 가다듬고 땅을 보고 걷자고 마음먹지만 내 눈은 자꾸 하늘을 쳐다본다. 이제는 계곡에 감추어진 비경인 폭포를 감상할 차례다. 폭포 다섯 개에 담(潭)이 하나가 있다. 맨 처음 등선폭포 이어서 승학·백련·비룡·주렴폭포와 옥녀담이다. 폭포와 담은 모두 얼어붙었고 그 위에 눈이 덮여 제 모습을 온전히 뽐내지 못했다. 무어라 해도 계곡에는 물이 시원스럽게 흘러야 제맛이다. 얼음 속으로 흐르는 물소리는 대지가 살아있다는 속삭임처럼 들린다.

폭포 길을 지나 시야가 확 트이는 산길로 들어섰다. 이제 눈은 그쳤다. 산은 온통 흰 옷으로 갈아입었다. 나무도 바위도 은백색이다. 내리는 눈이 동적이라면 내린 눈은 정적이다. 내리는 눈이 신비로움이라면 내린 눈은 신비로움에 아름다움을 더한 자태다. 눈에 홀렸던 내가 아예 정신을 놓아버렸다. 벌린 입을 다물지 못하고 먼 산만 바라보며 걸어가던 내 앞에 두 명의 아리따운 처녀들이 나타났다. 오늘 산행하는 길에 처음으로 만나는 반가운 분들이다.

"아저씨, 뒤돌아가시는 것이 좋겠어요."

허술한 등산 차림에 아이젠도 착용하지 않은 내가 걱정되는 모양이다. 눈 덮인 삼악산을 배경으로 사진 한 컷을 부탁하고 계속 전진하는 나에게 또 다른 조언을 했다.

"아저씨, 정상에 가시더라도 의암댐 쪽으로는 내려가지 마세요, 위험해요."

위험한 등산로를 피하라는 충고도 고마웠지만 아저씨라 불러 주는 것이 더 좋았다. 산에서는 어쩌다 마주치는 사람들이라도 서로 격려하고 배려한다. 회색의 도시에서는 옷깃만 스쳐도 서로 눈들을 부라린다. 참 이상한 일이다. 옷깃만 스쳐도 인연이란 말씀은 설법에서나 필요한 말씀처럼 됐다. 산행은 육체의 건강만을 위한 운동이 아닌 듯싶다. 인격 수양에도 도움이 되는 가보다. 그래서 어느 방송국에서 방영하는 〈나는 자연인이다〉라는 프로를 즐기는 중년들이 많은가?

오늘 목적지는 흥국사까지다. 쉬엄쉬엄 천천히 걸어 흥국사 입구에 닿았다. 산비탈에 우뚝 선 낙락장송에 흰 눈이 덮였다. 소나무야말로 나무 중에 으뜸이다. 늠름한 기상에 눈까지 덮였으니 그야말로 장관이다. 흥국사 경내는 쥐 죽은 듯 조용했다. 눈 내린 산사엔 돌확에 흐르는 물소리만 졸졸거리며 적막을 깨뜨리고 있었다.

목표 지점을 찍었으니 하산 길에 접어들었다. 시간은 오후 두 시를 넘어간다. 점심은 돌아오는 길에 강촌에서 먹으려고 했다. 그러나 시장기를 참을 수 없어 흥국사 아래 산막에서 라면을 판다는 문구를 보고 그곳에 들어갔다. 비닐로 둘러친 내부는 따뜻했다. 산장지기는 오대산 노인봉 털보 성량수 씨였다. 라면이라야 컵라면뿐이다. 라면을 먹는 내 앞에서 성량수 씨의 인생 이야기가 시작됐다.

「1952년생인 성 씨는 교대를 졸업하고 초등학교 교사로 8년을 근무한 후 관광회사에 잠시 근무했다. 그 후 1986년부터 20년 동안 오대산 노인봉 산장지기로 산을 지켰다. 노인봉을 내려온 후에는 북한산 구조 활동을 하다 중상을 입었고 다시 몸을 회복한 후 이곳 삼악산 산막에 거주하면서 양봉업으로 생활하고 있다. 그는 국내 유명한 산맥을 종주하였을 뿐 아니라 나이 쉰에 백두대간을 18일 만에 종주했다」

이런 인생 이야기를 들으며 식은 라면 하나로 배를 채우고 그의 인생 이야기를 담은 책 『노인봉 털보』 한 권을 샀다. 그는 책머리에 이렇게 썼다.

김 재원님께!
마지막 겨울눈이 내린 듯 산이 온통 雪山이구나. 그렇게 한해가 흘
러가고 산 나이를 먹누나. 세상살이 잘못이라면 갈림길로 온 것뿐,
山만이 남았구나. 山처럼 건강하세요.

산에서 내려와 다시 국도를 따라 강촌역으로 향했다. 일기예보대로
태풍이 불어오고 있었다. 바람을 안고 걸어오는데 몸이 날려갈 듯하
다. 발을 옮겨놓기가 힘들다. 센 바람이 휘몰아칠 때는 철제 난간을 붙
잡고 납죽 엎드려야 했다. 어릴 때 겪은 사라호 태풍보다 센 바람이었
다. 다행히도 바람에 날려가지 않고 강촌역에 도착하여 전철을 탔다.

가끔 성량수 씨가 책머리에 써준 글 "세상살이 잘못이라면 갈림
길로 온 것 뿐"이란 문장이 생각난다. 그 문장이 로버트 프로스트의
시(詩) 「가지 않은 길」에 겹치면서 지난날 나의 삶을 반추해본다.

이별하오니 그립습니다

　『채근담(菜根譚)』에 이르기를 "기생도 늘그막에 남편을 따르면 한평생 분 냄새가 사라지고, 열녀라도 머리가 센 뒤에 정조를 잃으면 반평생의 절개가 물거품이 된다" 라는 말씀이 있다. 한편 "사람을 보려거든 그 후반생을 보라" 는 옛말도 있다. 한 번쯤 새겨볼 말씀이라 생각된다.

　조선 시대 기생들의 삶은 어땠을까? 기생의 신분으로 늙은 지아비를 따라간 운초(雲楚) 김부용(金芙蓉)의 생애를 더듬어 보자. 송도의 황진이, 부안의 이매창과 함께 조선 3대 시기(詩妓)로 알려진 김부용은 평안도 성천에서 가난한 선비의 무남독녀로 태어났다. 4살 때 글을 배우기 시작해 11살 때는 당시(唐詩)와 사서삼경을 익힐 정도의 문재로 알려졌다. 그러나 11살 때 부친을 여의고 그다음해 어머니마저 잃은 후 어쩔 수 없이 퇴기의 수양딸로 들어가 기생의 길을 걷게 되었다.

시명(詩名)을 운초라고 불리는 부용은 영특하면서 용모도 뛰어나 뭇 사내들의 가슴을 태웠다. 시문과 노래와 춤에 능통할 뿐만 아니라 얼굴마저 고와 천하의 명기로 이름을 날리게 됐다. 부용의 나이 19살되던 해 평양감사로 부임해온 연천(淵泉) 김이양(金履陽)에게 소개되었다. 이때 부용의 나이 19세, 김이양의 나이 77세였다. 김이양이 본인의 나이가 많음을 이유로 부용의 청을 거절하자 부용이 "뜻이 같고 마음이 통한다면 연세가 무슨 상관이겠습니까. 세상에는 삼십객 노인이 있는 반면 팔십객 청춘도 있는 법입니다" 라고 응수하여 김이양이 부용을 거두게 되었다. 이것이 운초와 연천의 첫 만남이다.

김이양(1755~1845)의 원래 초명은 김이영(金履永)이었으나 예종과 이름이 비슷하여 피휘(避諱: 임금의 이름을 피함)하기 위하여 김이양이라 개명할 것을 청해 왕의 허락을 받았다. 1795년 (정조19)에 생원으로 정시 문과에 급제하였으며 1812년 (순조12) 함경도 관찰사로 있으면서 지방의 기강 확립에 힘쓰는 한편 주민들의 민생고 해결에 노력했다. 1815년 차대(次對:임금의 요청에 의한 임금과의 대좌)에서 함경감사 때의 경험을 들어 국경지방 군사제도 개선을 주장하여 임금의 신임을 얻게 됐다.

그 후 예조판서와 이조판서를 지냈고 호조판서 때는 토지측량 실시와 세제 군제의 개혁, 화폐제도의 개선을 강력히 주장하였다. 1919년 홍문관제학(弘文館提學)이 되었고 이듬해 판의금부사를 거쳐 좌참찬에 올랐다. 1844년(헌종 10) 90세가 되어 궤장(几杖)이 하사되었으며 그 이듬해 봉조하(奉朝賀)로 있다가 세상을 떠났다. 사후 영중추부사(領中樞府事)에 추증되었다.

이제 부용의 작품세계로 들어가 보자. 부용은 자부심이 대단해 자신은 천상에서 내려온 선녀라고 했다. 발랄하고 다채로운 작품을 써서 남자들을 무색하게 했다는 평을 들었다. 그의 작품집인 『운초집』에 실려 있는 대부분의 시는 규수문학의 정수로 꼽히고 있다. 우선 자존심이 하늘을 찌르는 부용의 시 한 수를 감상해보자.

芙蓉花發滿之弘(부용화발만지홍)
人道芙蓉勝妾容(인도부용승첩용)
朝日妾從堤上過(조일첩종제상과)
如何人不看芙蓉(여하인불간부용)

부용꽃이 피어올라 연못 가득 붉어지니
사람들 부용꽃이 나보다 예쁘다 해서
아침에 제방 둑 걸었더니
사람들이 부용꽃은 보지도 않네.

김부용(1800년대 초—1850년대까지 생몰연대 추정)의 시, 「희제(戲題)」 전문

한편 김이양이 부용을 만난 후 그에 대한 애정을 담은 시 한 수를 보자.

門前連理樹(문전연리수)	문 앞에 연리수가 서있는데
樹上雙鵲巢(수상쌍작소)	까치 한 쌍 나무위에 둥지를 트네
戶牖相隱映(호편상은영)	지게 창문 서로 그윽이 비추는데
枝幹密締交(지간밀제교)	가지와 줄기 은밀히 사귀고 있네

김이양(1755년(영조 31)—1845년(헌종 11))의 시 「戲贈 雲楚(희롱삼아 운초에 주다」

시간이 흘러 김이양은 평양감사에서 호조판서가 되어 한양으로 부임하게 되었다. 어쩔 수 없이 이별을 하게 되자 김이양은 부용을 기적에서 빼내 양인의 신분으로 만들어 정식 부실(副室)로 삼았다. 그러나 입궐하는 선비가 첩을 데리고 갈 수 없어 혼자서 한양으로 떠났다. 이별이란 누구에게나 애타고 눈물겹다. 김이양과 생이별한 부용은 멀리 있는 임을 생각하며 애절한 마음으로 시 한 편을 써서 인편으로 보냈다. 그 시가 유명한 「부용 상사곡(芙蓉相思曲)」이란 보탑시(寶塔詩)**다.

**부용의 보탑 시는 두 행마다 한 자씩 추가되어 18자 36행으로 구성되어 있음. 시의 형태가 탑 모양 같다고 해서 보탑 시로 불린다.

別(별)　　　　　헤어져

思(사)　　　　　그립고

路遠(로원)　　　　길은 멀고

信遲(신지)　　　　소식 늦어

念在彼(염재피)　　맘은 거기 있고

身留玆(신류자)　　몸은 여기 있고

紗巾有淚(사건유루)　비단수건은 눈물에 젖고

雁書無期(안서무기)　　　반가운 소식 기약 없고

香閣鍾鳴夜(향각종명야)　향각에서 종소리 우는 이 밤

練亭月上時(연정월상시)　연광정에 달이 뜨는 이 때

依孤枕驚殘夢(의고침경잔몽)　악몽에 놀라 외롭게 베게 껴안을 때

望歸雲帳遠離(망귀운장원리)　오는 구름 보며 먼 이별 슬퍼하네

(하략)

　　많은 시간이 흐른 후 김이양은 관직에서 물러났다. 순조가 하사한 남산 아래 땅에 저택을 짓고 그 뒤편에 녹천정(綠泉亭)이란 정자를 지었다. 그리고 부용을 데리고 와 녹천정에서 연회를 베풀며 시문을 짓는 등 즐거운 생을 함께했다.

　　1843년 김이양이 사마회갑(司馬回甲 과거급제 후 60년이 되는 해)을 맞이하여 부용과 함께 본인이 묻힐 천안 광덕산 장원(莊園)을 다녀왔다. 그리고 다음해 91세의 일기로 세상을 떠나 광덕산에 장사됐

다. 한편 부용은 김이양이 세상을 떠난 13년 후 나이 58세에 세상을 떠났다. 부용은 김이양이 묻힌 광덕산에 묻어 달라는 유언을 남겼으나 본처와 합장된 김이양 묘소 가까이 가지 못했다.

부용의 유언에 따라 그의 시신이 광덕산에 묻히기는 했지만 정확한 장소는 잊혀갔다. 부용의 묘소를 찾아낸 사람은 소설가 정비석 씨다. 1974년 『명기열전』을 집필하던 정비석은 광덕사 근처에서 부용의 묘를 발견했다. 그 후 천안 문인협회에서 묘비를 세우고 무너진 봉분을 수습했다고 한다.

19세의 기생과 77세의 노 정객이 만난 사랑 이야기는 이렇게 막을 내렸다. 열녀도 아닌 젊은 기생이 노 정객을 만나 일평생 정조를 지키고 살았으니 정경부인 못지않은 올바른 삶을 살았다 할 것이다.

욕망이 있으면 살 만한 가치가 있다

언제부터인가 내가 늙어간다는 생각이 들기 시작했다. 사람은 태어날 때부터 늙어가는 것이지만 몸이 성장하고 있는 동안은 잘 체휼하지 못한다. 내가 처음으로 늙어간다는 것을 느꼈을 때는 40대 초반 금융연수원 강의실에서였다. 사무실 책상머리에서 일할 때는 컴퓨터나 인쇄된 활자가 또렷이 잘 보였으나 강의실 뒷자리에서 보는 흑판의 글씨는 전혀 읽을 수가 없었다. 눈에 이상이 있나 싶어 안과 병원을 찾아 시력검사를 한 결과 노안이 시작됐다는 진단을 받았다.

너무나 당황스러워 40대 초반에 무슨 노안이냐고 항의성 질문을 했으나 의사는 태연하게 대답했다.

"노화가 제일 먼저 시작되는 부위가 눈입니다."

그날부터 안경을 쓰기 시작했고 내 몸이 늙어간다는 것을 실감나게 깨닫게 됐다. 노화는 빨리 진행됐다. 먼저 머리카락이 빠지기 시작했다. 그 많던 머리숱이 자고 나면 한 움큼씩 빠져나와 방바닥을 어지럽혔다. 급기야는 성인병이란 위암이 찾아왔고 귀에서는 이명이 들리기 시작했다.

오른쪽 엄지발톱엔 무좀이 생겼다. 어찌 발톱무좀까지 아버지를 닮았는지 양말을 신고 벗을 때마다 조물주의 섬세한 창조 능력이 신비스럽다는 생각이 든다. 건강해지려고 아니 조금이라도 젊어지려고 등산을 시작하여 설악산, 지리산, 한라산도 오르며 몸 관리를 했다. 체력은 좋아지는 듯했지만 늙어가는 모습은 어떻게 할 수가 없었다.

60대에 들어서니 쓸개에 돌이 생겨 수술을 받아 '쓸개 빠진 놈'이 되었다. 5~6년 전부터는 몸의 이곳저곳에서 검버섯과 점이 생기고 어떤 곳에는 사마귀도 돋아났다. 오른쪽 옆구리 뒷부분에 피부암이 발생하여 수술을 받았다. 감추어진 곳에서 돋아나는 검버섯이나 점이야 별로 신경 쓸 일이 아니지만 얼굴에 생긴 이놈들은 사람들 보기에도 흉할 뿐더러 나의 자존감에 상처를 주기 시작했다. 하필 얼굴에 사마귀가 돋아 매일 아침 면도할 때마다 신경이 쓰였다. 조심조심 면도질해도 가끔 그놈들을 건드려 얼굴에 피가 흐른 때가 많아 휴짓조각을 붙이고 화장실을 나오곤 했다.

가끔 내 얼굴을 찬찬히 들여다보던 아내가 피부과에서 시행하는 레이저 시술을 권했지만 나이 먹은 남자라는 핑계로 거절했다. 취준생도 아니고 맞선을 보고 장가갈 나이도 아닌데 새삼스럽게 얼굴에 시술을 받느냐며 몇 달을 버티어왔다. 그러나 시술 이야기를 듣고 나니 거울을 볼 때마다 신경이 쓰여 얼굴을 꼼꼼히 관찰하는 때가 많아졌다. 그리고 주변 사람들, 특히 젊은 친구들의 얼굴도 유심히 보게 되었다. 지금은 인간 백세시대라고들 하는데 만약 내가 여기에 해당한다면 아직도 20여 년은 족히 살아야 할 것이다. 한편 UN이 정한 나이 분류표에 의하면 아직도 나는 중년이다. 최근에 교회의 동료 중에 시술받은 친구의 얼굴을 유심히 관찰하였다. 얼굴이 말끔하게 변한 것을 보고 용기를 내어 아내와 함께 피부과 병원을 찾았다.

먼저 내 얼굴을 살펴본 의사 선생님은 얼굴에 마취 크림을 바르고 30분 후에 시술한다고 설명했다. 시술 시간은 30분 정도 소요되며 사마귀와 같이 살점을 떼어내는 부분에는 소량의 마취 주사를 놓아가며 시술하니 조금 따끔할 것이라고 미리 설명했다. 간호사는 병원 대기실에 앉아있는 나에게 마취 크림을 발랐다. 주사실이나 시술실이 따로 마련이 되어있음에도 대기실에서 크림을 바르고 앉아있으려니 좀 겸연쩍다는 생각이 들었지만 30여 분을 참고 기다렸다가 시술실로 들어갔다.

시술 침대에 눕힌 후 의사 선생님은 의료용 솜으로 눈 주위를 가리고 레이저 빔을 들고 얼굴의 시술할 부분들을 태워나갔다. 살갗을 태우는 역겨운 냄새가 코를 찔렀다. 검버섯을 태울 때는 간지럽기도 하고 따끔하게 느껴졌지만 사마귀를 떼어낼 때는 마취 주사를 놓았는데도 따가운 통증이 있었다. 의사 선생님은 얼굴 구석구석을 열심히 관찰해가며 정성껏 시술했다. 시간이 갈수록 얼굴이 땅기고 뻣뻣해져 갔다. 눈물이 메말라 눈을 뜨기가 불편했다. 시술을 마치고 침대에서 일어나 거울을 보았다. 내 얼굴은 화상 환자처럼 시뻘건 상처투성이였다.

모자를 눌러쓰고 마스크로 얼굴을 가린 체 병원을 빠져나왔다. 꼼짝없이 2주일은 집 안에만 머물게 생겼다. 최소한 10일은 지나야 얼굴에 생긴 딱지가 떨어진다고 하니 그사이에 잡혀있던 모든 약속을 취소했다. 이틀을 집안에 갇혀있다 보니 갑갑해서 견딜 수가 없었다. 스스로 집안에 머무르는 것과 억지로 갇혀있는 것은 엄청난 차이가 있었다. 이틀을 버틴 후 사람들의 발걸음이 뜸한 망우산 산길을 골라 산책하러 나갔다.

박인환 시인의 묘소에 이르렀다. 조그만 비석 하나만이 초라하게 서있었다. 「세월이 가면」을 흥얼거리며 30년 짧은 생을 살고 간 시인 앞에서 70을 넘긴 내가 젊어 보이겠다고 얼굴에 레이저를 쏘아댄 욕심이 부끄러웠다. 더 걷고 싶은 발걸음을 돌려 얼른 집으로 돌아왔다. 세수도 못 하고 머리도 못 감고 3일을 견디고 있으려니 머릿속에서 벌레가 스멀스멀 기어다니는 것만 같았다. 사람과의 약속은 모두 취소할 수가 있지만 주일날 예배드리러 교회가는 것은 취소할 수가 없다.

모자와 마스크로 무장하고 교인들이 가장 적게 참석하는 1부 예배 시간(아침 7시)에 맨 뒷자리에 몰래 들어가 앉았다. 예배가 끝난 후 부리나케 교회당 밖으로 나왔다. 목사님이 무슨 일이냐고 물으셨다. 자초지종을 말씀드리고 다른 교인들을 만나기 전에 쏜살같이 집에 와 온종일을 보냈다. 일요일을 집에서 보낸 경험이 없던 나는 참으로 지루한 하루를 보내야 했다.

시술한 지 여드레가 지난 후부터 얼굴에 붙은 딱지가 떨어지기 시작했다. 작은 것부터 서서히 떨어지기 시작하더니만 이삼 일 사이에 모두 떨어지고 사마귀를 뗀 자리에만 딱지가 남아있었다. 얼굴이 고와지기도 했지만 딱지로 인해 얼굴이 땅기든 불편함이 사라져 기분이 훨씬 좋아졌다. 보들보들한 감촉이 좋아 얼굴에 자꾸 손이 갔다. 그러나 나만의 만족일 뿐 알아보는 사람이 없었다.

내 딴에는 용기를 내고 돈 들여 치료했는데 다른 사람이 몰라주니 괜히 그것도 섭섭했다. 창피함을 무릅쓰고 만나는 친구마다 "나 달라진 것 뭐 없어?" 하고 억지 관심을 유도했다. 그때서야 "응~ 얼굴이 깨끗해졌네" 하고 히죽 웃었다. 얼굴이 부드러워지고 깨끗해지니 거울 앞에 설 때도 자신감이 생겼다. 이제는 많은 사람들이 얼굴이 고와졌다고 한마디씩 한다. 그리고 한참씩 내 얼굴을 빤히 들여다본다. 왠지 싫지 않다.

사람은 누구나 젊고 아름다워지기를 소망한다. 그러기에 요즘 가장 성행하는 병원이 성형외과로 알려져 있다. 옛날에도 신언서판(身言書判)이라 하여 사람을 평가할 때 제일 먼저 몸(身)을 본다고 했다. 얼굴은 몸 중에서도 가장 주목받는 부분이니 아름답게 꾸미고 싶은 것은 극히 당연한 일로 여겨진다. 이런 변신이라도 하고픈 욕망이 있으니 나는 아직도 살만한 가치 있는 사람이란 자부심이 든다.

동짓달 기나긴 밤을

조선 시대 3대 시기(詩妓)의 한 사람인 황진이(黃眞伊)는 서경덕(徐敬德) 박연폭포와 함께 송도삼절로 불리기도 한다. 그녀의 생존연대는 정확히 알 수 없으나 조선 중종 때 한 시대를 풍미한 기생이었던 것만은 사실이다. 본명은 황진, 일명 진랑, 기명은 명월이다. 송도 (개성) 출신으로 알려지고 있으나 그녀의 출생과 활동에 대한 정확한 기록은 없는 상태다. 그녀의 사료는 직접적인 기록이 없기 때문에 간접사료인 야사에 의존하는 수밖에 없다. 황진이는 황 진사(進士)의 서녀라는 설도 있고 이름 없는 맹인(盲人)의 딸이라는 설도 있다.

황진이가 기생이 된 동기는 15세 경에 이웃 총각이 혼자 황진이를 연모하다 병들어 죽게 되자 서둘러서 기계(妓界)에 투신하였다고 한다. 사실 여부를 떠나 그녀는 용모가 출중하며 뛰어난 총명과 민감한 예술적 재능을 갖추었다는 것은 부정할 수 없는 사실이었다. 미모와 가창뿐만 아니라 서사(書史)에도 정통하고 시가에도 능하였다. 그녀가 남긴 작품으로는 한시 4수가 있고, 시조 6수가 『청구영언』에 전해지고 있다. 황진이가 남긴 시조는 대부분이 남녀 간의 사랑과 이별을 다루고 있다. 당시의 문학작품이 자신의 진솔한 감정을 드러내는 수단으로 삼기보다 교화의 수단으로 생각했던 사대부들의 시조와는 달리 여성 특유의 섬세한 정서를 진솔하게 표현하고 있다는 평가를 받고 있다. 이제 그녀의 작품과 그 작품에 얽힌 남자들 속으로 들어가 보자.

1. 벽계수(碧溪水)

> 청산리 벽계수야 수이 감을 자랑마라
> 일도창해하면 다시 오기 어려우니
> 명월이 만공산 하니 쉬어간들 어떠리

이 시조는 우리가 잘 알고 있는 시조로 황진이가 벽계수를 꼬드기는 시조다.

벽계수는 세종대왕의 17번째 아들인 영해군의 손자, 즉 세종대왕의 증손자다. 영해군의 아들 이의(李義)의 다섯째아들로 본명이 이종숙(李琮淑)이다. 벽계수는 거문고에 능하고 성격이 호방하여 풍류를 즐겼든 것으로 전해진다. 벽계수가 황진이를 만났을 때는 정4품의 수(守) 관직에 있을 때였다.

왕족인 벽계수가 황진이의 재주와 미모가 뛰어나 많은 사람이 그녀를 찬미하고 만나기를 원한다는 말을 듣고 자기는 그런 기생 따위의 유혹에는 넘어가지 않겠다고 호언장담했다. 이 말을 들은 황진이가 벽계수의 사람됨을 시험하기 위해 그가 지나가는 것을 기다렸다가 위의 시조를 읊었다고 한다. 시조를 읊는 황진이의 아름다운 모습에 놀란 벽계수가 타고 가던 나귀에서 떨어졌다는 것이다. 큰소리친 것과는 달리 별로 대범하고 군자답지 못한 벽계수를 보고 실망한 황진이는 다시는 그를 만나주지 않았다고 한다.

2. 지족선사(知足禪師)

지족선사는 평생 참선으로 마음을 닦아 무아경에 들어있는 도인이라는 소문이 퍼져 있었다. 천하의 남자들이 황진이를 품지 못해 안달이었는데 지족선사는 이 소문을 듣고 탄식하며 자신의 의지를 장담했다.

"우매한 중생들은 그저 더러운 수컷 짐승이더니… 하지만 나는 황진이가 벗은 알몸으로 내 앞에 나타나 유혹한다 해도 참나무 막대기 보듯 하리라."

이 말을 전해들은 황진이는 지족선사를 무너뜨리기로 작정하고 그를 찾아가 넙죽 절하며 제자로서 수도하기를 청하였다. 선사는 여자를 가까이하고 싶지 않다고 한마디로 거절했다. 황진이는 하는 수 없이 그냥 돌아올 수밖에 없었다. 그렇다고 쉽게 물러날 황진이가 아니었다. 두 번째는 꾀를 내어 소복단장 청춘과부의 복색을 하고 다시 지족선사를 찾아갔다. 그리고는 죽은 남편을 위해 백일 불공을 드리러 왔다고 거짓말을 했다. 황진이는 지족선사 바로 옆방에 거처를 정하고 매일 밤 축원문을 지어서 아주 청아한 목청으로 불공 축원을 드렸다. 지족선사는 낮이면 농익은 여인의 소복한 아름다운 자태에 눈이 어지럽고, 밤이면 그 아름다운 목소리에 마음이 흔들리기 시작했다. 결국 지족선사는 어찌할 수 없이 욕망이 솟구쳐 무너지고 말았다. 황진이의 능란한 수법에 지족선사는 결국 파계하고 말았다. 20년을 수도하고 10년을 공부한 지족선사. 따지고 보면 부처의 경지에서 볼 때 영육(靈肉)과 속진(俗塵)의 나눔이 어디 있는가? 들이닥치면 겪고 물러나면 그만 아닌가? 그때부터 우리나라 속담에 "10년 공부 나무아미타불" 이란 말이 나오게 되었다고 한다.

3. 화담 서경덕(花談 徐敬德)

서경덕(1489~1546)은 당시 과거에 급제하고도 부패한 조정에 염증을 느껴 벼슬을 마다하고 학문에만 정진해온 은둔거사이자 대학자였다. 평생을 산속에 은거하며 세상에 뜻이 없는 듯 했지만 정치가 타락하면 상소를 올려 정치를 바로잡고자 노력했다. 서경덕이 성거산(聖居山)에 은둔하고 있을 때 벽계수와 지족선사를 무너뜨린 황진이가 서경덕에게 도전했다. 하루 종일 장맛비가 쏟아지던 날, 속이 훤히 들여다보이는 하얀 치마저고리만 입고 서경덕을 찾아왔다. 비에 젖은 비단 속옷은 알몸에 밀착되어 그녀의 요염한 몸매가 그대로 나타났다. 조용히 글을 읽고 있던 서경덕은 반갑게 맞으며 비에 젖은 황진이를 홀딱 벗겼다. 그리고는 황진이 몸의 물기를 닦아내고 마른 이부자리를 펴 눕혔다. 알몸이 된 황진이는 온갖 교태를 부리며 서경덕을 유혹했지만 그는 꼿꼿한 자세로 글 읽기를 계속했다. 한밤중이 되자 오기가 발동한 황진이는 이불을 걷어차고 나와 벌거벗은 몸으로 아양을 떨기 시작했다. 서경덕이 못 이기는 척하고 옷을 벗고 황진이 옆에 누웠다. 그러나 그는 황진이의 기대와는 달리 이내 코를 골며 잠에 떨어졌다. 아침에 일어난 황진이는 부끄럽고 창피스러워 도망치다시피 산에서 내려오고 말았다. 며칠 후 황진이는 처음과는 달리 요조숙녀처럼 정장을 갖춰 입고 서경덕을 찾아가 큰절을 올리며 제자로 삼아달라는 간청을 했다. 이렇게 해서 둘은 사제 간이 되었고 황진이는 평생 서경덕을 사모하며 살았다고 한다. 여자치고는 뜻이 크고 기개가 높아 대장부 못지않았던 황진이. 그녀도 서경덕의 큰 기개 앞에서는 두 손을 들고 말았다. 그리고는 서경덕에게 "선생님은 송도의 3절이십니다" 하고 찬사를 했다. 서경덕이 무엇이 3절이냐고 물으니 황진이 대답이 "첫째가 서경덕, 둘째는 황진이, 셋째는 박연폭포"라고 했다.

　평생 서경덕을 사모하며 살았던 황진이, 그가 임을 기다리는 애절한 마음을 담아낸 시가 「동짓달 기나긴 밤을」이다. 수필가 피천득 선생은 "영국인들은 인도를 다 주어도 셰익스피어와 바꾸지 않겠다고 했지만 나는 셰익스피어의 소네트 수 천 편을 가져와도 황진이의 이 시 한 편과 바꾸지 않겠다" 할 정도로 우리의 애간장을 끊게 하는 시다.

동짓달 기나긴 밤을 한 허리를 베어내어
봄바람 이불 아래 서리서리 넣었다가
정든 님 오시는 날 밤이거든 굽이굽이 펴리라

― 황진이 시 「동짓달 기나긴 밤을」

커밍아웃(Coming out)

1964년 12월 며칠인지 기억할 수는 없지만 마감 날이 임박하여 대학입학원서를 접수하러 K 대학교로 갔다. 그해 9월에 이미 서울에 올라와 있었기 때문에 원서를 작성하여 우편으로 내가 다니던 고등학교로 보내어 학교장 직인을 찍은 지원서를 들고 접수창구로 갔다. 내가 지원한 학과의 접수창구 앞에 이런 안내 문구가 있었다.

"농화학과는 색맹은 지원할 수 없습니다."

나는 고등학교 때 적록색맹이라고 했으나 반신반의하고 있었다. 적록색맹은 감나무에 달린 감을 따 먹지 못한다고 했으나 나는 붉은색과 초록색뿐만 아니라 무지개 일곱 색도 또렷이 구분할 수 있었다. 그래도 굳이 안 된다는 학과에 지원할 필요가 있나 싶어 그 자리에서 학과를 바꾸어 제출하려고 하니 학교장 날인이 없는 정정은 안 된다고 했다. 사정해 보았지만 유리창으로 둘러싸인 접수실에 앉은 직원은 두 번 다시 말을 붙이지 못하게 했다. 원서를 들고 포항으로 내려가면 모를까 우편으로는 도저히 시간을 맞추기가 힘들었다. 포항을 내려가려고 해도 차비가 없어 고모에게 사정을 말씀드려야 하는데 너무 폐를 끼치는 것 같아 그냥 농화학과에 접수하고 말았다.

불합격에 대비하여 후기원서를 함께 접수해둔 상태니까 후기시험을 치를 각오를 하고 일단 접수를 마쳤다. 무모한 짓인 줄 알면서도 담임 선생님이 원망스러웠다. 입학원서를 써주면서 학생 생활기록부도 보지 않고 대강 써주다니 내 무지보다는 선생님의 무심함에 화살을 돌려 스스로를 위로했다.

불행인지 다행인지는 몰라도 1차 필기시험에 합격했다. 2차는 신체검사와 면접시험이다. 신체검사에 대비해야 했다. 내가 정말로 적록색맹인지 고종사촌 동생과 함께 동네병원으로 갔다. 색맹 테스트 북을 앞에 두고 동생과 내가 페이지를 넘기며 숫자를 읽어보니 나는 틀림없는 색맹이었다. 고종사촌 동생은 남의 속사정도 모르고 엉뚱한 숫자를 읽어대는 나를 보고 히죽히죽 웃어댔다. 어쩔 수 없어 내 눈에 보이는 숫자와 실제 숫자를 머릿속에 입력했다.

몇 번씩 철저히 연습하여 구구단 외우듯이 입에서 저절로 나오도록 완벽하게 준비하고 신체검사실로 들어갔다. 신체검사는 색맹 테스트뿐이었다. 테스트 북을 넘길 때마다 바로 읽어내어 검사 요원을 완벽하게 속이고 정상 판정을 받았다. 면접시험은 학과장 교수가 고등학교 성적과 입학시험 성적 중 점수가 좋지 않은 과목을 열심히 공부하라는 당부를 하고 끝났다. 신체검사와 면접시험을 거쳐 최종합격을 했다. 나는 가능하면 후기로 지원한 색맹과 관계없는 사학과(史學科)에 시험을 치르려고 대기하고 있었다. 전기 합격자는 등록금을 미리 내야 했고 후기시험에 합격하면 전기 등록금을 포기하고 다시 등록금을 내야 했다. 후기에 꼭 합격한다는 보장도 없고 합격을 하더라도 다시 등록금을 낼 형편도 못 되어 먼저 합격한 농화학과에 등록하고 고향으로 내려갔다.

입학식이 끝나고 신입생 오리엔테이션을 마친 후 본격적인 수업이 시작됐다. 강의실에서 배우는 이론 강의는 구애받을 것이 없지만 실험 시간은 은근히 겁이 났다. 매 학기 일주일에 4시간에서 8시간까지 실험 시간이 있는데 무사히 넘어갈 수 있을지, 실험시약(實驗試藥)을 잘못 구별하여 조교(助敎)들에게 발각이나 안 될지, 곰곰이 생각하면 할수록 걱정이 쌓여갔다. 그래서 후일에야 어떻게 되든 휴학할 생각도 했지만, 부모님께 말씀드릴 면목이 없어서 모든 수업에 들어갔다.

실험실에서 각종 시약(試藥)을 보아도 색깔을 구별 못해서 화학실험을 못 할 경우는 없었다. 실험은 개인별로 하는 것이 아니고 4명씩 한 조가 되어 공동으로 진행하니 더욱 문제가 될 것이 없었다. 늦게서야 알았지만 1학년을 수료하고 2학년 올라갈 때는 전과(轉科) 제도가 있었는데 정보를 몰라 그 기회도 놓치고 그냥 묵묵히 4년을 다녔다. 비록 색맹인 것을 감추고 입학했지만 열심히 공부해서 장학금을 받기도 했다. 내가 4년의 모든 과정을 마치고 졸업할 때까지 누구도 내가 색맹이란 사실을 몰랐다. 가끔은 살얼음판을 걷는 것 같은 기분이었지만 졸업은했다. 4년 동안 열심히 공부했어도 대학원을 진학하여 연구직으로 나가지 않으면 별 전망이 없어 보였다.

졸업 후 입영 통지를 받아 바로 입대했다. 36개월의 군 생활을 마치고 제대해서 취업준비를 했다. 친구 원기가 자기 외삼촌이 교장으로 재직하는 원주에 있는 J고등학교 화학 교사로 추천했다. 동기 중에서 내가 가장 쓸 만한 인물로 평가된 것이 고마웠다. 마음에 갈등이 생겼다. 그냥 친구도 속이고 화학 교사로 가서 얼마쯤 근무하다 다른 과목으로 바꾸면 되지 않을까 생각도 했다. 그때는 나도 조금 성숙해 있었던 것 같았다.

나와 친구를 속이고 교사로 간다면 학생들에게도 양심을 속이는 선생님이 될 것이라는 생각에서 승낙할 수가 없었다. 원기에게 고맙지만 내가 색맹이라 갈 수 없다고 고백했다. 최초의 커밍아웃을 했다. 원기가 놀라기도 했지만 솔직히 이야기해 준 나를 위로했다. 취직을 못 하고 있으니 마음에 갈등이 심했다. 이번에는 과천에 있는 H고등학교에서 추천이 왔다. 교장 선생님이 대학 선배였다. 눈을 꾹 감고 양심을 접고 출근할까? 며칠을 고민하다 다른 핑계를 대고 포기하고 말았다. 이제는 색맹이란 짐을 벗고 근무할 수 있는 직장을 찾기로 마음을 고쳐먹었다.

색맹인 내가 아무런 제약 없이 갈 수 있는 직장이 어딜까? 가장 확실한 곳이 금융기관이었다. 그해 9월 금융기관 공동 채용 고시 준비에 들어갔다. 모교 앞 제기동에 하숙집을 정하고 하루에 도시락 두

개를 싸서 도서관에서 혼자 공부를 시작했다. 3년 동안 군대에서 녹슨 머리는 쉽게 돌아오지 않았다.

금융기관 입사 시험 과목은 내가 4년 동안 배운 과목과는 다른 경제학, 경영학 등 사회과학이나 법과 계통의 과목을 선택해야 했다. 한 번도 배우지 않은 과목을 혼자서 공부하는 것은 재학시절 강의를 듣고 배운 과목보다 몇 배의 노력을 기울여야 했다. 저녁 늦게 도서관에서 공부하다 국가비상사태가 선포되었다고 군인들이 도서관에 들어와 학생들을 모두 돌려보냈다. 학생 중에는 군인들에게 붙잡혀 갈까 봐 도서관 2층 창문에서 뛰어내려 도망가는 학생도 있었다.

다음날 10월유신이 선포된 것을 알았다. 학교 출입이 금지되어 도서관조차 갈 수 없게 됐다. 시험 때까지 싫든 좋든 하숙집에서 종일 머물러야 했다. 도서관에서처럼 공부가 집중되지 않았으나 책상머리에 앉아있어야 위안이 됐다. 시험 날짜가 다가오자 농협중앙회에 입사원서를 냈다. 용산고등학교에서 시험을 치렀는데 지원자가 무척 많았다. 여기도 떨어질까 싶어 마음이 불안했다. 다행히 합격통지를 받았다. 농협은 내 젊음을 불태우는 직장이 됐다.

나는 어릴 때 뱀이 왜 허물을 벗는지 몰랐다. 나이를 먹다 보니 뱀은 살기 위해 허물을 벗는다는 것을 알았다. 허물을 벗어야 할 때 그것을 벗지 못하는 뱀은 죽는다. 나도 이제는 마음 편히 살기 위하여 지난날의 허물을 하나씩 벗고자 한다. 이제는 온 천하에 내 몸을 발가 벗겨져도 겁날 게 없다. 흐흐~

성(誠)과 경(敬)으로 엮은 일상의 세계

김종완 (문학평론가)

작가론을 시작하려 할 때마다 내 심정은 일엽편주로 망망대해를 건너야 하는 막막함에 싸인다. 한 사람은 한 우주라는 말이 실감난다. 나더러 한 우주를 건너라고? 말이 안 된다. 다른 사람들은 바로바로 잘도 쓰던데, 나는 재주가 없어 한 작가론을 쓸 때마다 한 번씩 죽는다. 야 임마, 엄살떨지 마! 이 말을 속으로 수없이 반복하면서 스스로를 독려하여 간신히 마무리 짓는다. 이렇게 끙끙거리는 글이 어디 온전하겠는가. 나에게 평을 맡긴 작가분들에게 감사와 함께 큰 미안함을 느낀다.

「김재원론」은 그의 첫 번째 작품집 『아버지의 눈물』에서 쓴 적이 있다. 저는 한 번 썼으니까, 이번에는 다른 평론가의 평을 받아보시지요, 라고 사양했어야 했다. 그러나 그러지 못했다. 근 2년 넘게 내가 병상에 있는 동안, "꼭 당신 평을 붙여 책을 내겠으니 어서 병을 극복하고 올라오라" 고 격려하며 기다려주셨다. 고마워서라. 세 번의 죽을 고비를 넘기는 동안 우리 동네는 이미 파장의 분위기가 깊었고, 이젠 모두가 떠나가는 판에 아직도 날 믿고 기다려주는 분이 계신다는 게 너무 고마웠다. 이런 분 때문에 20년의 나의 문학운동이 헛것은 아니었다고 자위할 수 있었고, 그 힘으로 살아서 돌아올 수 있었다.

김재원의 두 번째 수필집 『봄날은 간다』를 읽으면서 내내 유학에서 말하는 성(誠)과 경(敬)을 생각했다. 나라는 놈이 워낙 밑천이 짧아서 심오하고 복잡한 것들을 본래대로 심오하고 복잡하게 받아들이기가 벅차서, 매사를 그냥 내 식으로 단순화해서 이해하고 해석하는 엉터리인지라 나의 성(誠)과 경(敬)은 쉽고 단순하다. 성(誠)은 정성(精誠)을 다해 성실(誠實)히 노력하는 것이고, 그러면 거기에서 저절로 경(敬)이 생긴다는 식이다. 우주 삼라만상의 운행도, 봄 여름 가을 겨울이 순서가 뒤바뀌지 않고 차례대로 오는 것도 성이다.

그 성실함에 어찌 존경치 않으리오. 어찌 흠모하지 않으리오. 정성이 쌓이고 기도가 쌓이면 경(敬)이 된다. 경에는 신묘한 힘이 있다. 동학의 최수운이 세상의 유학자들에게 일갈했던 말, '자연은 알지만 귀신을 알지 못한다' 는 말에서 귀신, 그 귀신은 서양의 고스트(ghost)가 아니라 경의 신묘한 힘(자연이치)이다. 동네 당산나무가 효험을 가진 것도 바로 이 이치다. 토템의 발생원리다. 아니 모든 종교의 발생원리다. 누군가 가장 자연스러운 종교가 애니미즘이라 했을 때, 공감되는 바가 컸다. 신의 존재를 부정하는 유교가 종교가 될 수 있었던 것은 유교에 바로 이 성(誠)과 경(敬)이 있었기 때문이다. 성과 경은 원시 유교에서부터 있었던 것이 아니다. 유교 사상의 최절정기인, 공자의 손자, 자사의 중용(中庸)에서 나왔다.

김재원의 성과 경의 대상은 아버지다. 그렇다고 그 아버지가 거룩하게 그려진 건 아니다. 다만 가정에 충실했고 동네일을 맡으면 거기에 최선을 다했다. 그 이상의 세계는 살아보지 못했다. 그러나 그는 자식들의 삶의 사표가 되었다.

사는 집이 면목동이니 중랑천이 범람하면 꼼짝없이 물난리를 겪게 되어 있다. 한강을 넘어가지 못하더라도 조금이라도 가족 가까운 곳으로 가고 싶었다. 1959년 사라호 태풍을 몸소 겪어본 나로서는 아내와 어린 두 딸이 눈에 어른거려 도저히 편히 있을 수가 없었다. 그때 아버지는 한길 물속에서 어린 자식들을 치켜 업고 뒷담을 부숴가며 안전한 곳으로 대피시키지 않았던가. 아버지처럼 아이들을 업고 대피시키지는 못하더라도 곁에라도 있어주어야겠다는 마음에 오후 늦게 서울행 버스에 몸을 실었다. 버스 안에서 제발 강을 건너 가족들 곁에 갈 수 있도록 기도했다. (「홍수」 중에서)

『봄날은 간다』에서 재미있고 황당하기도 한 에피소드가 「부전자전」이다.

"응~ 니 목에 편두선 수술할라고." (…) 여러 가지가 궁금했지만 아버지가 어련히 알아서 하시려니 하고 아버지를 따라나섰다. (…) 아버지는 몇 년 전에 지독한 감기로 편도염이 부어올라 목소리도 제대로 낼 수가 없었다. 매번 감기만 걸리면 심한 편도염을 앓던 아버지는 여기저기 수소문하여 이 약방을 알았고 여기서 당신이 먼저 수술을 받으셨다. 그리고는 똑같은 체질을 타고난 당신의 맏아들을 데리고 간 것이었다.

시골 한약방에서의 편도선 수술이라는 게 황당하기만 하다.

목젖 밑에 물고 있던 약은 녹아서 침과 함께 자꾸 목구멍으로 넘어갔다. 그때마다 약방의원은 새로운 약을 넣었고 나는 몸이 움직이지 않도록 꼼짝 없이 누워있어야 했다. (…)

다음날 오후, 기침하는데 목에서 콩알보다 큰 군은살이 튀어나왔다. 약방의원은 이것이 편도선의 뿌리라며 나에게 내밀었다. 편도선의 뿌리는 매우 단단했다. 이것으로 수술은 끝났다. 찬물로 입안을 행구어낸 후 약방에서 주는 흰죽을 한 그릇 먹고 집으로 향했다.

난 이 에피소드가 한없이 아름답다. 아버지의 아들에 대한 관심과 사랑, 아들의 아버지에 대한 무조건적 신뢰… 난 이게 생활 속에서 구현된 성(誠)과 경(敬)의 전형으로 본다. 과장되게 표현하지 않으면 건너가지 못하는 오늘날의 사랑 표현 풍조가 빈 깡통의 요란스러움으로만 느껴진다.

(…) 아버지는 끈질긴 집념으로 쑥즙과 쑥뜸 요법으로 당신의 병을 이기셨다. 그리고 돌아가실 때까지 건강하셨다. (…) 쑥즙과 쑥뜸으로 치료를 받으신 아버지는 69세가 되던 해 5월 봄날에 쑥떡을 잡수시다 돌아가셨다. (…) 그 후 몇 년의 시간이 흐른 후 아들도 아버지처럼 위장병에 걸리어 큰 수술을 받았다. (…) 돌아보면 아들은 아버지의 복제품이란 생각이 든다. 삶의 방식도 사랑을 표현하는 방법도 그리고 병력(病歷)도 그렇다.(「부전자전」 중에서)

스스로를 당신의 복제품이라고, "삶의 방식도 사랑을 표현하는 방법도 그리고 병력(病歷)까지도" 당신을 닮아 행복하다는 아들을 둔 아버지는 이 세상에서 가장 행복한 아버지다. 또한 티끌만큼의 의심도 없이 신뢰하는 아버지를 둔 아들 또한 그렇다.

부모님이 흘린 땀방울과 내 고모(김정출 여사)의 희생 덕분에 아무나 다닐 수 없는 대학도 다니고 번듯한 직장도 잡았습니다. 그러나 이때부터 부모님과 동생들에 대한 중압감이 내 어깨를 누르기 시작했습니다. (…)
너무도 건강하던 아버지가 갑자기 돌아가셨습니다. 이제부터는 홀로 남은 어머니와 다섯 명의 동생이 내 책임이 됐습니다. 아버지를 보낸 후 곧바로 아랫동생이 아버지를 따라갔습니다. 어린 조카 둘과 제수씨가 걱정거리에 추가됐습니다. (「책머리에」 중에서)

이렇게 가장(家長)이라는 직은 아버지에서 장남으로 이어진다. 이

직분이야말로 성과 경 아니고서는 성공하기 힘들다. 그럴진대 어찌 이 직이 성스럽지 아니한가. 성(誠)을 배울 때 성의 예시로 천지의 운행을 들었을 때, 나는 나의 어머니를 떠올리며 목이 칼칼해졌다. 산간벽지로 무거운 젓동이를 이고 행상을 해서 육남매를 키웠던 분, 쫄쫄 굶는 자식들이 눈에 밟혀 한 걸음 한 걸음을 두려움 없이, 아니 두려움으로 떼었을 분…, 천지가 그런 두려움으로 운행을 하기에 개벽의 그날부터 지금까지 한 치의 오차도 없이 운행한다는 이 발상, 난 우선 이 발상의 스케일에 놀랐다. 그리고 그 발상이 전적으로 인간적임에 경탄했다. 만물을 진정 사랑하지 않고는 하루도 빠지지 않고 해가 뜨고 달이 뜰 수 없다는 것이다. 바로 이것이 성이다! 성은 절절한 사랑의 다른 이름이다.

내가 초등학교 시절 우리 동무들은 여름밤만 되면 앞내 다리에 모였다. 집안에서 모기와 씨름하기보다는 냇물이 흐르는 다리 곁에서 밤이 늦도록 노는 것이 훨씬 좋았다. 어린 우리 몇 사람이 모이면 "내 고향 뒷동산 잔디밭에서 손가락을 걸면서 약속한 순정 옥녀야 잊을쏘냐…" (영화 《카츄샤》의 삽입곡, 제목 〈원일의 노래〉) 유행가를 부르고 만식이 형은 신나게 하모니카를 불어댔다. 하모니카 소리가 나오면 우리는 손뼉을 치며 발을 굴러가며 음정 박자가 제대로 맞지도 않는 노래를 더욱 힘차게 불렀다.

저 멀리 흘러가는 은하수를 쳐다보며 별자리 찾기에 정신이 빨려 들어 북두칠성, 오리온자리 등을 찾느라고 야단법석을 떨었다. 어느 것이 북두칠성이고 어느 것이 오리온자리인지 제대로 알지도 못하면서 서로들 하늘을 향하여 손가락질하며 자기의 주장이 옳다고 우겼댔다. 누구도 제대로 아는 아이가 없으니 결국은 목소리 큰 놈의 주장이 정답이 되고 말았다. 수많은 별이 흘러가는 은하수 외에는 누구도 별자리를 제대로 알지 못했다. 밤늦게까지 별을 쳐다보며 냇물 소리를 듣던 우리는 무척 감상적이고 서정적인 마음으로 변해갔다. (「별 star」 중에서)

근면과 성실이 몸에 밴 아버지를 존경하며 자란 아들은 아버지를 닮아 근면하고 성실할 수밖에 없다. 물론 그도 여느 촌놈들처럼 동네 여학생을 짝사랑하기도 했고 동네 어귀에서 유행가를 고성방가하면서 자랐다.

나는 이때(가족들이 잠자리에 들 때)부터 앉은뱅이책상에 호롱불을 켜고 공부를 시작했다. 공부를 좀 하는가 싶으면 초저녁에 한숨을 주무신 아버지는 누운 채 "석유 닳는다, 그만 불 끄고 자그라" 하고 채근하셨고, 나는 "숙제가 남아서 안 됩니다" 하고는 계속 불을 켜두고 책을 읽었다.
공부가 좀 되는가 싶으면 아버지가 또 잠에서 깨어 일어나 앉으셨다. (…) 아버지가 잠을 깨어 두어 번 담배를 피우고 나면 이제는 내가 잠자리에 들었다. (「한겨울밤의 미션」 중에서)

이런 성실함 때문에 홍안리에서 처음으로 4년제 대학, 그것도 명문 고려대학교에 합격했다. 그의 합격기에는 김재원다운 어떤 요소가 있다. 고 3학년 2학기 전부를 학교에 결석하고 서울 재수생 학원에서 입시 대비를 한 것이었다. 사전 학교의 허락을 받은 것도 아니었다. 명문대 합격증을 가지고 가면 어찌 받아주지 않겠는가? 라는 위험한 도박을 한 것이었다. 시세(時世)를 정확히 읽고, 일단 판단이 서면 과감하게 실행에 옮기는 승부사적 기질이다. 적중했다. 학교도 가족 친지도 마을도 경사가 났다.

어깨에 잔뜩 힘을 주고 동네에 들어섰다. (…) 집안으로 들어섰다. 어머니는 버선발로 뛰어나오고 아버지는 멀리서 빙그레 웃으셨다.

"아부지, 다녀 왔습더."

"욕봤다."

아버지로부터 듣는 최고의 찬사다. 아들의 눈에서 눈물이 핑 돌았다.

하나밖에 없는 여동생은 대문 밖에 나가 지나가는 사람마다 자랑을 해댔다.

"우리 오빠야 서울 가서 K 대학에 합격했심더."

대문 앞을 지나는 사람은 모두 축하 인사차 들렀다. 어머니는 부엌에서 계속 막걸리를 거르고 있었다. 축하차 들른 어른들은 막걸리 한 사발을 드시면서 이것저것 물어보며 칭찬을 아끼지 않았다.

(…) "어~ 광촌이(아버지의 택호) 잔치 한번 해야제."

"저녁 먹고 오소~ 안주 좀 맹글어 노을께요."

(…) 드디어 방안에서 장구 소리에 맞춰 노랫가락이 흘러나오기 시작했다.

(…)

우리 아버지는 이분저분 권하는 대로 다 마셔댔다. 드디어 인고 댁 아재께서 아버지를 부추겼다.

"허이 광초이 이 사람아, 오늘 춤 한번 추지~."

나는 이때까지 아버지가 노래한다거나 춤을 추는 것을 보지 못했다. 그러나 그날은 내 예상이 완전히 빗나갔다. 아버지는 안방 벽장에 보관해두었던 목침을 꺼냈다. 목침은 할아버지의 유일한 유품이다. (…)

아버지는 꺼낸 목침을 등허리에 넣고 춤을 추기 시작했다. 소위 곱사춤이 시작됐다. 아버지는 원래 키가 작으셨다. 작은 키에 등허리에 목침을 넣고 허리를 꾸부리고 팔을 흔들어 대는 아버지는 영락없는 곱사등이였다. 모두가 술에 취해 정신없이 흔들어 댔다. 집안 일가 간의 촌수도 없고 위아래도 없는 완전 난장판이 됐다. 나는 아버지가 보기 싫어 방에서 뛰쳐나오고 말았다. 그날 밤은 그렇게 깊어만 갔다. (…) 아마도 자식을 키운 기쁨에 취한 것이 아니었을까.

세월은 많이 흘러 아버지의 회갑 잔치가 열렸다. 따뜻한 봄날 꽃피는 좋은 시절에 우리 육남매는 집안 어른들을 모시고 푸짐한 잔치를 벌였다. 그날도 아버지는 술에 취해 온종일을 보내셨다. 그러나 집안 친척들의 끈질긴 권유에도 끝내 춤을 추지는 않으셨다. 살아보니 알겠다. 부모의 기쁨은 자식한테서 온다는 것을…(「아버지의 춤」 중에서)

경사가 났다. 이 경사를 치르는 그날, 그 사람들, 아름다움의 극치를 보여주고 있다. 그날 자식 때문에 부모가 자긍심을 갖고 맘껏 기뻐셨다니 이 세상에서 가장 큰 효도를 했다. 곱사춤을 추는 아버지는 속으로 외치셨을 것이다. 자식 키운 보람이 있네! 아버지는 왜 하필 선비춤이 아닌 곱사춤이었을까? 당신 아버지의 유일한 유품인 목침을 등에 없고 영락없는 곱사가 되어 곱사춤을 추었을까? 그것은 대대로 당당하게 살지 못하고 곱사로 살아온 한을 드디어 내 아들 덕분에 떨치게 되었다는 해방의 춤, 비나리의 춤에 다름아니었을 것이다. 이것이 진정 저절로 우러나온 춤이 아닌가.

나는 1974년 결혼을 하고 세월이 가는 사이 두 딸의 아버지가 되었다. 딸들이 자라 고등학생이 될 때까지는 어딜 가든 가족과 함께 살았다. 지방으로 발령이 났어도 가족들을 데리고 의정부로, 전라북도 진안으로 이사하며 함께 생활했다. 그 후 1992년 3월 지점장으로 진급하여 대구로 발령을 받았다. 이때는 딸들이 대학 진학을 앞에 두고 있어 함께 이사하지 못하고 혼자 지낼 수밖에 없었다. (…) 마음을 단단히 다잡고 홀아비 생활을 시작했다.

혼자 사는 집에 먼지가 쌓인들 얼마나 쌓일까 하는 생각이 들면서 청소하기를 멈춰버렸다. 혼자 산다는 것은 의욕을 잃어 과정인 듯했다. 청소하기를 멈추니 아침에 일어나 이불을 개는 것도 싫어졌다. 몇 시간 후면 다시 펴야 할 이불을 지금 갠들 무슨 소용이 있을까 하는 생각이 들면서 자꾸만 모든 것이 귀찮아졌다. (…)

나는 비겁한 남자라는 소리를 들어도 전기에는 손대지 않았다. 결혼 후에도 형광등 갈아 끼우는 일은 아내가 담당해 왔다. 지금은 내 손으로 형광등을 갈아 끼우지 않으면 안 되는 처지가 됐다. 의자 위에 올라 형광등

커버를 열고 목숨이 끊어진 전등을 빼내는데 다리는 후들거리고 양손은 사시나무처럼 떨렸다. 이마에 흐르는 식은땀을 훔쳐 가며 겨우겨우 새것으로 갈아 끼우고 한숨을 몰아쉬었다. 나로서는 엄청나게 큰 모험을 감행한 일이었다. 이 모든 게으름은 처음 지점장 업무를 수행하는 일이 힘들어서 퇴근하면 만사가 귀찮은 것이 당연한 심사라고 자위하며 지냈다. (…)

나는 이때부터 처가 식구들로부터 세상에 둘도 없는 게으름뱅이로 낙인 찍혔다. 나는 회사에 출근할 때마다 아내에게 이런 말을 했다.

"나는 오늘도 독립운동을 하러 나간다. 독립군은 자기 집안을 돌볼 여유가 없다."

물론 이것이 농담이란 것을 아내도 안다. 그러나 나는 나름대로 의미를 담고 하는 말이었다. 집안일은 전적으로 아내의 몫이라는 의미가 내포되어 있고 또 내가 회사에서 어려운 일을 당했을 때 나 스스로 최면을 걸기 위한 말이었다. 독립군의 심정이면 세상에 겁날 일이 무엇이 있겠는가?

대구에 지점장으로 부임해서도 회사에서는 이런 정신으로 무장했다. 비록 집안 생활은 게으름꾼이었지만 회사에서는 최선을 다해 일했다. 그 결과 일 년을 보낸 1993년 당시 전국의 150여 개 지점 중에서 3개 지점을 시상하는 '총화상'을 받았다. (…)

이제 시간은 흘러 퇴직한 지도 오래되었고 딸들은 출가하고 아내와 둘만 남았다. 젊어서 그렇게 게으름을 피우던 청소, 빨래, 설거지는 모두 내몫이 되었다. 가끔 형광등도 갈아 끼운다.

"내가 아니면 누가 살피랴? 나 하나만을 의지하고 살아온 당신을."

유행가 가사가 문득 머리를 스치고 지나간다.

(「홀아비로 살아보니」 중에서)

이 길게 인용한 글로 작가가 얼마나 성실하게 직장생활과 사회생활을 했는지를 보여주는 걸로 가름하기로 하자.

세월은 흐르고 흘러서 그도 할아버지가 되었다. 어디 세월이 그냥 흐르기만 하는가? 혹독한 대가를 치루고 넘어갔고 넘어갈 것이다. 여고 배구선수 출신으로 키가 훤칠한 미인인 아내의 넋두리부터 들어 보자.

"결혼 초부터 신장하수로 병원에 다니기 시작하여 고관절수술에다 최근에는 공황장애까지, 병이란 병은 겪어보지 않은 것이 없는 몸뚱이에 또다시 결핵이 웬 말이냐" 면서 훌쩍거리기 시작했다.

"여보, 살다 보면 이런저런 병들이 찾아오기 마련이지, 특별한 이유가 어디 있나 죽을병이 아닌 걸 감사하게 생각해야지."

아내의 눈치를 보아가며 또 다른 위로의 말을 건넸다.

"우리도 이젠 늙었잖아, 늙음은 병과의 싸움이거나 아니면 같이 사는 거야."

나로서는 최고 위로의 말이라고 다정하게 건넸으나 아내는 별 반응이 없었다. 나 역시도 말은 그렇게 했지만 속은 쓰리고 아팠다. (「길고도 초조한 시간」 중에서)

올해 이 작가의 나이가 77 회수(喜壽)다. 많은 작가들이 이 무렵 기념문집을 낸다. 지금까지 살아온 삶을 정리하고 싶은 듯하다. 이 작가도 책머리에 이렇게 밝히고 있다.

이제 나는 내 인생을 마무리해가는 과정에 접어들었습니다. 이 세상을 떠나 다음 세상으로 들어갈 준비를 해야 하는 시간을 맞았습니다. 다음 세상에 들어가기 위해서는 이 세상에 여한을 남기지 말아야 함을 알기에 이 글을 쓰는 것입니다. 이번 기록은 2018년 출간한 『아버지의 눈물』에서 못다 한 이야기를 담았습니다. (「책머리에」 중에서)

죽음에 대한 세 가지는 누구나 다 알고 있고, 세 가지는 아무도 모른다고 한다. 누구나 죽는다는 사실 자체를 알고, 혼자서 죽는다는 것을 알고, 죽을 때는 아무것도 갖고 가지 못한다는 것을 안다. 한편 아무도 모르는 것은 언제, 어디서, 어떻게 죽을지 모른다는 것이다. 모두가 영원히 살 것처럼 열심히 살지만 가끔은 죽음을 생각하며 겸손히 살아야 하는 이유인지 모른다.
(「메멘토 모리」 중에서)
마음을 먹었으면 바로 실천하는 사람이 김재원이다.

그러나 고희를 넘기면서 이런 생각을 해보았다. 지난 세월보다는 조금 더 보람된 삶을 살 수 없을까? 아니 더 즐거운 삶을 살 수 없을까? 지난 삶이 헛된 것은 아니었지만 그래도 생활에 만족을 주는 일이면 삶이 더 즐겁고 보람되지 않을까? 그래서 앞으로는 일 년 단위의 삶을 살기로 하고 연중 실천해야 할 몇 가지 일을 결심했다. (「카르페 디엠」 중에서)

먼저 평생을 믿고 다니던 교회를 섬기는 일에 대하여(빠짐없이 주일 지키기. 전도. 교우들의 장례 돕기. 성경 읽고 쓰기.)

그리고 교회생활 외에 개인적으로 지킬 일에 대하여 미리 다 계획을 세웠다. (1. 합창단원으로 정기연주회 무대에 설 것. 2. 내 지난 일을 글로 남기는 일. 3. 일 년에 1만 페이지 문학서적 읽기. 4. 하루 만보 걷기.)

나는 내 삶이 일 년 단위의 삶이라고 생각하며 살고 있다. 아니 하루 단위의 삶이라고 해야 맞을 것 같다. 내 나름대로 매일 매일의 계획을 세우고 점검하며 즐겁게 살려고 노력한다. 자신에게 죽음이 언제 닥칠지는 아무도 모른다. 하지만 사는 동안은 즐겁게 사는 것만큼 행복한 일이 없다는 생각이든다. 오늘도 나는 나 자신에게 카르페 디엠, 카르페 디엠하고 최면을 건다. 그러나 오늘의 삶을 즐긴다는 것은 말처럼 쉽지 않다. 마음 다짐은 쉬우나 실천은 어렵다. 작심삼일이란 말이 달리 생긴 말이 아니다.

(「카르페 디엠(carpe diem)」 중에서)

내가 워낙 눈치가 없는 사람이어서, 인생 이쯤에서 파장 분위기로 가자는 판에 엉뚱한 제안을 한다. 내 기억이 생생하다. 하루는 수업시간에 두꺼운 책을 가져오셨다. 푸시킨 전집이었던가. 그리고 나를 붙들고 설명하셨다. 1년에 1만 페이지를 읽겠다는 것이다. 그리고 나온 작품이 「마이 인디스크리트 와이프」였다. "아, 이 분이 셰익스피어 「말괄량이 길들이기」를 읽으셨구나!" 인디스크리트

(indicreet)란 단어가 지각(조심성) 없는(특히 남을 곤란하게 하거나 마음에 상처를 줄 수 있는)이라는 형용사이다. 각설하고 대단한 작품이다. 나의 견해로는 한국명수필로 기록될 작품이다. 『봄날은 간다』라는 김재원의 두 번째 수필집의 의의는 김재원의 4편의 걸작이 수록됐다는 데 있다고 말해도 무리는 없을 것이다. 「아버지의 춤」, 「마이 인디스크리트 와이프」, 「봄날은 간다」, 그리고 「눈에 홀리다」이다. 네 편의 작품을 읽고 나서 나온 나의 결론인데, 77 희수(喜壽)라는 나이는 김재원에게 문학판에서 은퇴해야 할 나이가 아니고, 이제 문학다운 문학을 본격화시킬 나이라는 것이다. 왜냐고? 이 나이쯤 되어야 삶과 죽음을 논해도 비로소 가볍지 않을 것이니까. 수필계의 잘못된 풍조 중 하나가 삶과 죽음을 다룬다고만 하면 한결같이 관념화, 추상화하려드는 현상이다. 관념화 추상화란 인류문명의 발생 이후 먹물들의 전유물인데, 추상(抽象)의 사전적 정의는 '여러 가지 사물이나 개념에서 공통되는 특성이나 속성 따위를 추출하여 파악하는 작용'이다. 추(抽)가 뽑다, 빼다, 없애다라는 뜻이다. 상(이미지)에서 뽑아 무엇을 없애는가? 구체성이다. 아름다움이란 관념(추상)에서 나오는 것이 아니라 구체성에서 나온다. 정말? 내가 본 영화를 주제로 기억하는가? 아니다. 주제가 무슨 상관인가? 두 주인공이 우여곡절 끝에 극적으로 키스하는 바로 그 장면을 기억한다. 끝내주는 배경 화면에 주제가가 짝 깔리고… 그때 누가 먼저라 할 것 없이 스르르 눈을 감고… 그때 주제를 찾아 헤매는 사람이 있다면 조용히 극장

을 나가 주세요다. 그래서 관념(추상)은 예술의 적이다. 그런데 김재원은 체질적으로 사실적인 사람이다. 결코 구체성을 놓치지 않는다. 성(誠)과 경(敬)이 체질화된 사람의 특성이다. 성이 극진하면 자연스럽게 경이 발생한다. 앞에서 경이 극진하면 신앙이 된다고 했다. 신앙이 교육이며 훈련이니 경이 교육이라는 말도 이해가 된다. 그래서 나는 김재원이 삶과 죽음을 논한다면 충분히 귀 기울일 만하다고 믿는 것이다.

나는 앞에서 '김재원의 4가지 걸작'이라 명명했다. 「아버지의 춤」은 이미 논했고, 이제 세 작품을 논하고자 한다.

「눈(雪)에 홀리다」

자연과 합일이 되었던 경험을 썼다. 자연 예찬의 글쓰기는 생각보다 쉽지 않다. 잘못하면 감격이다, 감격이다, 또 감격이다, 라고 쓸 공산이 크다. 이렇게 한두 편은 감격이 너무 커서 읽을 만한데 그 횟수를 넘으면 결국 동어반복의 지루함에 빠지고 만다. 이 글이 저 글 같고 저 글이 이 글 같다. 한국100대 명산을 완등하신 분이 우리 수업에 들어왔고, 등단까지 하셨다. 직접 등반을 하신 분이라 숨차고 땀 냄새 나는 산 이야기를 실감나게 잘 쓰셨다. 난 이 신인에게 홀딱 반해서 「한국의 100대 명산」을 연재하자고 제안했다. 그러면서 연재가 가능할 수 있는 팁을 넌지시 알려주었다. 세상의 모든 산들이 흙과 바위와 나무와 물과 바람으로 되어 있다. 산을 그림으로 그리겠다는 생각은 애당초 깨라. 모든 산들은 다 아름답다. 아름다움만 보아서는 절대로 산을 구분할 수 없다. 그 산에서의 나의 경험을 써라. 그것이 내가 그 산을 만나는 방법이다. 그 분이 경주 남산 등반기를 썼는데, 남산과 북산을 그 산 자체의 생김새 등의 특색으로 구별 지으려 하지 말고, 인문적 자료는 글의 바탕으로 깔 뿐 그걸 나열하는 글을 쓰지 마라, 남산의 인문적 자료가 얼마나 많은가. 인문적 자료의 내용을 내가 독특하게 해석했거나 비트는 경우가 아니면 사용하지 마라. 그 분은 등반 초입에서 만난 여인과 동반하는 새로운 경험을 쌓음으로써 "남산? 하면, 아무개가 그 여인을 만난 아무개의 산이 된 것이다. 경험을 쌓고 추억을 쌓으면 그 산이 내 산이 된다.

갑자기 눈 덮인 겨울 산이 보고 싶어져서 삼악산을 향했다. 경춘선 전철을 타고 강촌역에 도착하니 함박눈이 쏟아지기 시작했다. 눈이 얼마나 많이 내리는지 앞을 가늠하기 힘들다.

다리 위에 오롯이 남은 발자국을 보며 내 삶의 지난 모습을 뒤돌아본다. 살아온 흔적이 저렇게 선명히 남는다면 어느 한 시간인들 허투루 살겠는가? 그러나 계속 내리는 눈이 발자국을 지우듯 시간이란 요물이 흘러가면 삶의 다짐도 허물어지기 마련이다.(…)

불상도 희고 바둑이도 희고 천지도 희다. 그 하얀 불전 앞에 내가 섰다. 세상 번뇌를 잊은 듯 마음이 경건하다. 종교가 나를 경건하게 하는 것이 아니라 새하얀 세상이 나를 경건하게 했다. 이제 등선폭포 입구에 들어섰다. 하늘을 쳐다본다. 동굴 같은 하늘 절벽에서 흰 눈이 내려온다. 바람에 이리저리 휘날리는 눈은 완전히 군무(群舞)다. 하늘을 쳐다보고 걷는다. 나는 이미 눈에 홀린 듯하다.

문학이란 철저히 인간 이야기다. 우화라는 것마저 인간에게 교훈을 주기 위해 동물을 빌려왔을 뿐이다. 그래서 문학에선 반듯이 인간이 등장해야 한다. 너의 출현이다. 그때 너는 나와 동등한 너다. 나와 직접적으로 상관이 없는 3인칭 그가 아니다.

두 명의 아리따운 처녀들이 나타났다. 오늘 산행하는 길에 처음으로 만나는 반가운 분들이다.

"아저씨, 뒤돌아가시는 것이 좋겠어요."

허술한 등산 차림에 아이젠도 착용하지 않은 내가 걱정되는 모양이다. 눈 덮인 삼악산을 배경으로 사진 한 컷을 부탁하고 계속 전진하는 나에게 또 다른 조언을 했다.

"아저씨, 정상에 가시더라도 의암댐 쪽으로는 내려가지 마세요, 위험해요."

처음 본 낯선 사람에게 진심을 다해서 염려하는 너는 이미 나와 상관없는 너가 아니다. 행여 내가 이 눈길에서 다치기라도 한다면 "내가 경고했는데도 괜히 고집을 부리더라니, 내 그럴 줄 알아봤다. 우리 책임이 아냐." 라며 손을 탈탈 털 사람이 아니다. 그가 진정으로 너를 만났다.

또 한 사람을 만난다.

산장지기는 오대산 노인봉 털보 성량수 씨였다. 라면이라야 컵라면뿐이다. 라면을 먹는 내 앞에서 성량수 씨의 인생 이야기가 시작됐다. (…)
이런 인생 이야기를 들으며 식은 라면 하나로 배를 채우고 그의 인생 이야기를 담은 책 『노인봉 털보』 한 권을 샀다. 그는 책머리에 이렇게 썼다.

김재원 님께!
마지막 겨울눈이 내린 듯 산이 온통 雪山이구나. 그렇게 한해가 흘러가고 산 나이를 먹누나. 세상살이 잘못이라면 갈림길로 온 것뿐, 山만이 남았구나. 山처럼 건강하세요.

성량수 씨의 도사 연(然)하는 모양새가 좀 찜찜하다. 시인은 되었지만 리얼리즘을 잃고 감상주의자가 되었다고 할까. 그러려면 뭐 하러 그렇게 긴 시간을 산에 있었을까? 서구가 6.8 혁명으로 대변혁의 진통을 겪고 있을 때, 라깡의 말이 새삼 실감난다. 그래보았자 너희는 (당대의 젊은이들, 좁혀 말하면 미국과 유럽의 대학생들) 이미 실패한 거야. 너희는 이미 미국자본주의의 소비주의에 물들고 말았어! 50년 전 그가 그런 예언을 할 때 누구도 그걸 심각하게 받아들이지 않았다. 외려 소비가 우리에게 드디어 낙원을 제공해주리라고 믿었다. 소비주의, 물신주의는 일단 감염되고 말면 다시는 치유 회복이 불가능한 치명적인 질병인 것이다. 다만 시대를 탄하노라. 이 치명적인 질병은 치료의 특효약은 있을 수 없고 다만 공감과 연민의 작은 행동으로부터 출발하여야 한다는 것, 타자를 나의 무게와 똑같이 대하는 사랑 운동으로만이 가능하다는 것이다. 그래서 작가가 두 아가씨와 성량수 씨를 만난 것은 중요하다. 서로를 공감하고 연민할 때 사랑회복운동의 출발의 사건이 될 수 있기 때문이다. 다시 한번 일상에서의 성(誠)과 경(敬)의 중요성을 실감한다. 그런 의미에서 김재원의 수필이 이 시대에 갖는 의의는 심대하다.

「마이 인디스크리트 와이프」

"여보, 나 시니어 모델로 나가볼까 해."
해머로 뒤통수를 한 대 얻어맞은 듯했다. 내 입에서 터져 나온 말은 이랬다.
"아니 그 나이에, 그 뱃살에 모델? 지나가는 개가 웃겠다."

(「마이 인디스크리트 와이프」 중에서)

그 아내가 어떤 아내였던가. 1974년 11월 결혼하던 날 신부 화장을 한 아내의 모습을 그는 이렇게 표현했다. '하늘에 있는 아프로디테가 강림하여 내게 온 듯하다.' 그랬던 그녀가 결혼 45년이 지난 지금은 완전히 변형됐다. 뿐만 아니라 각종 질병을 앓아 '움직이는 종합병원'이란 별명이 붙었다.
여기 현대의 부부간의 역학관계에 대한 보고서가 있다. 남편들이여, 인생 현명하게 살아라. 남편이 일단 강하게 나아가 보지만 이미 엎어진 물일 땐 빨리 수습할 줄 알아야 한다. 그게 지혜다.

아내는 몇 번을 망설이던 끝에 겨우 말을 꺼냈는데 자존심이 매우 상한 듯했다. 그러나 그때는 이미 K 대학 사회교육원에서 실시하는 시니어 모델 수강생 모집에 등록한 상태였다. 더 이상 핀잔을 주면 아내가 가출할지도 모른다는 생각이 들었다. 흥분된 내 마음을 진정시킨 후 아내를 격려했다.

"이왕에 시작했으니 열심히 해서 패션쇼에도 나가고 CF도 찍어."

흥분된 마음을 진정시킨 후 바로 아내를 격려하라. 왜? 행여 가출할지도 모르기 때문. 갈라설 수도 없는 거라면 한집에서 서로 얼굴 보고 살아야 하는 마당에 굳이 불편하게 살 필요가 없다. 편한 게 장땡이다.

그러나 아내의 장도(壯途)는 쉬운 길이 아니라 험난한 가시밭길이다.

그러나 첫날 강의에 참석한 아내는 완전히 기가 죽어 어깨가 축 처진 모습으로 돌아왔다. (…)

강의가 진행될수록 아내의 실망은 더해갔다. 우선 체중을 10% 정도 감량하고 헤어스타일도 바꾸고 워킹 때 가슴을 펴고 고개를 들고 시선을 위로 고정하는 등 몸매 관리에 대한 지적을 받았다고 했다. (…)

"여보, 70을 앞둔 나이에 모델을 한다는 것이 그리 쉽겠어? 너무 조급하게 생각 말고 천천히 하나씩 익히도록 노력해봐, 당신은 잘할 수 있을 거야."

그러나 첫날 강의에 참석한 아내는 완전히 기가 죽어 어깨가 축 처진 모습으로 돌아왔다. 강의가 진행될수록 아내의 실망은 더해갔다. 여러 가지 지적을 받은 거였다. 우선 체중을 10% 감량하라. 헤어스타일도 바꾸고 워킹 때 가슴을 펴고 고개를 들고 시선을 위로 고정하라는 등등 그리고 몸매 관리에 대한 지적이었다. 포토샵 강좌 때는 표정, 각도, 어깨 등이 제대로 되지 않아 수없이 반복하여 촬영했다고 실토했다. 그때마다 남편은 용기를 주는 말을 건네야 했다.

"여보, 70을 앞둔 나이에 모델을 한다는 것이 그리 쉽겠어? 너무 조급하게 생각 말고 천천히 하나씩 익히도록 노력해봐, 당신은 잘할 수 있을 거야."

일주일에 하루씩 진행되는 강좌는 한 달도 되지 않아 아내에게 큰 변화를 가져왔다. 우선 미용실을 바꿨다. 인터넷을 뒤져 대학생들이 이용하는 미용실로 바꾸고 헤어스타일 자체를 바꿨다. 다음으로 다이어트를 시작했다. (…) 다음으로는 홈쇼핑을 통하여 패션을 하던 방향을 백화점으로 돌렸다. (…) 그리고 하루에도 몇 번씩 셀카를 찍어댄다. (…) 거기에다 거실을 오가며 워킹 연습을 한다. (…) 이곳저곳 성형외과를 찾고 있다. 더 젊어진 아내와 살게 될 기분에 아마도 수술비는 내 포켓에서 나가지 싶다.(…)

이런 과정을 거쳐 아내는 그해 8월 말 K 대학 사회교육원 시니어 모델 과정을 수료했다.

그런데 이게 끝이 아니다. 이제 겨우 초급과정이 끝난 것이고 고급과정이 기다리고 있었다.

10월부터 시작하는 고급과정에 등록하려고 열심히 준비했다. 그런데 워킹이 중요하다며 좁은 구두를 신고 매일같이 워킹 연습을 하던 중 양발에 병이 나기 시작했다. 결국은 걸음을 제대로 걸을 수 없는 처지가 됐다. 어쩔수 없이 집중적으로 정형외과 치료를 받아야 했다.

이제 아내의 꿈은 셰익스피어의 『한여름 밤의 꿈』처럼 사라지고 말았다.

그래도 미련은 버릴 수 없는 듯 "중단했을 뿐 포기한 것은 아니다" 라고 강변한다.

이리하여 아내의 한여름 밤의 꿈은 사라지고 말았다. 나는 이 작품을 당대(當代)수필의 대표작의 하나로 꼽는다. 무슨 근거로? 우선은 재미있다. 스토리를 끌고 가는 솜씨가 대단하다. 처음 시작을, 결혼식때 보니 내 아내는 하늘의 아프로디테가 강림하여 내게 온 것이 틀림없다고 주장한다. 세상 사람들이 팔불출이라 해도 할 수 없다. 왜 사실이니까. 키가 170인 여고 배구부 출신으로 옷을 입으면 그 맵시가 다른 사람과는 차원이 다르다. 눈이 부시다. 이 남편 확실히 팔불출이다. 이후 계속 강공이다. 지성과 감성 또한 갖췄으며 거기에 리더쉽도 탁월하다. 당신들 눈엔 아프로디테가 아니겠지만—그건 몰라서 그런 거니, 내 충분히 이해한다— 함께 살아봐라, 아프로디테의 현현이 분명하다. 그런데 아프로디테도 늙는다. 아프로디테도 늙는다고? 여러분이 모르신 건 당연한데 그것은 단테 선생이 너무 이른 나이의 아프로디테를 죽여서이다.

왜 선생은 이른 나이의 그녀를 죽였을까? 늙은 아프로디테를 그리기가 정말 싫었기 때문이다. 그런데 말입니다. 단테가 피했던 아픔을 내가 고스란히 겪고 있다면요? 이후 이야기는 절대 순수가 세월이라는 독약에 서서히 녹아드는 슬픈 이야기다. 그런데 녹아드는 순수 자신보다 대책 없이 그것을 보아야 하는 자의 아픔이 더 크다. 대신 할 수만 있다면… 여보, 당신도 마찬가지예요. 슬퍼하지 마세요. 우리는 함께 가고 있지 않아요. 함께 가는 길! 저는 함께여서 행복해요(아프로디테의 말). 이게 사랑이다.

알랭 바디우는 서양 동화 속 사랑 이야기는 틀렸다고 한다. 사랑하는 남녀가 여러 가지 역경을 극복하고 결혼에 골인하면 그것으로 사랑이 완성되었다고 끝나는데, 그건 단지 사랑의 시작일 뿐 완성이 아니라는 것이다. 진정한 사랑은 시작에 있는 게 아니라 그 이후 곧 지속성에 있다는데 정작 그 지속성이라는 게 어렵다. 일심동체(一心同體)가 되면 한 성(性)은 다른 성에 이미 흡수되었으니 그건 사랑이 아니라 사랑의 죽음이다. 사랑이란 두 성(性)이 독립된 개체로서 만나서 둘이 함께 여는 세상이다. 오래된 관계여서 "그 사람, 내 안 봐도 다 알아"의 상태가 되면 그건 이미 사랑이 아니다. 그런 상태라면 상대는 이미 가구화되었다. 항상 그 자리에 그렇게 있어서 더 이상 관심이 가지 않는다. 사랑의 관계를 유지하기 위해서는 상대에게 모든 것이 파악되어서는 안 된다. 상대가 파악하지 못할 신비한 요소를 지녀야 한다. 그러기 위해서는 계속해서 변화되어야 한다. 향상되는 변화, 그래서 공부하고 노력해야 한다. 변화하지 못하면 그 상태를 그대로 유지하는 게 아니라 침체되고, 그러면 가구가 된다. 가구는 먼지가 묻으면 가끔 닦아주기는 하지만 안녕이라고 인사하지 않는다. 가구는 가구에게 서로 인사할 줄도 모른다. 사랑은 아량과 배려와 존경 없이는 불가능하다.

「나의 인디스크리트 와이프」는 사랑의 지속에 관한 진정한 러브 스토리다. 배우자에 대한 아량과 배려와 존경에 대한 실천적 이야기다. 현대에서 사랑은 위기에 처해 있다. 사랑은 끊임없이 새롭게 창조되어야 한다. 청춘의 사랑법이 있는 것처럼 희수(喜壽)의 사랑법도 새롭게 창조되어야 한다. 늙으면 사랑이 끝나고 마는 게 아니라 늙음에 맞는 사랑법이 각자에 맞게 새롭게 창조되어야 한다. 새로운 창조, 얼마나 어려운 일인가! 그걸 김재원은 해냈다. 그리고 그걸 글로 옮겼다. 그런 면에서 이 글은 실용적이기도 하다. 사랑의 위기에 처한 이 시대에 구체적이고 실천적인, 새롭게 창조된 사랑 이야기는 정말 귀한 소득임에 분명하다. 귀한 글이다.

「봄날은 간다」

「봄날은 간다」는 김재원 식 「낭만에 대해서」다. 한국인 애창곡 1위가 「봄날은 간다」라는 조사를 본 적이 있다. 그런데 난 이 노래를 부르지 못한다. 몇 번이나 시도해 보았는데 톤을 맞추지 못한다. 저음으로 시작해 보지만 곧 높아져 꿱꿱거리다 포기하고 만다. 사실은 가사가 선명하게 이해되지도 않는다. 가사에 대한 많은 이야기가 있는 걸 보면 그건 나만 그러는 게 아닌가 보다. 그런데도 국민애창곡 1위라? 모더니즘 예술의 경향 중의 하나가 각 장르는 그 장르만의 본질에 충실코자 하는 경향이다. 미술은 오로지 색으로만, 음악은 소리만으로, 무용은 동작으로, 한마디로 이 모든 것들이 한결같이 의미로 해석되는 걸 거부하는 것이다. 의미화의 거부란 언어의 거부고, 문학의 거부고, 철학의 거부다. 예를 들면 미술을 오직 색을 보고 색이 주는 느낌만으로 받아들이라는 것인데, 절실한 그들의 꿈은 십분 이해하지만, 인간 두뇌 작동의 메커니즘에서 그게 정말 가능한 일일까? 왜 저런데요? 라는 질문을 하지 말고, 지금 가슴속의 그 느낌으로 만족하라는 것이다. 괜히 말이 장황해졌는데, 팝송을 들을 때 외국어 가사를 알아듣지 못해도 즐기듯이, 아이돌 가수들이 부르는 노래의 가사는 들리지 않는데도 노래 감상에 큰 지장을 겪지 않듯이…. 「봄날은 간다」에서 가사는 보조적인 역할이면 충분하고, 아니 그래서 노래가 더 살았던 것이다.

동네 아낙네들이 <u>연분홍 치마를 휘날리며</u> 삼삼오오 짝을 지어 청하(淸河) 보경사(寶鏡寺)로 화전놀이를 갈 즈음 봄은 이미 모춘(暮春)에 접어들었다.

밑줄 친 부분의 연분홍 치마가 이글과 「봄날은 간다」와 연결하는 다리이다. 모춘(暮春)을 우리말로 하면 가는 봄, 시든 봄이고, 이걸 문장으로 쓰면 봄날은 간다이다.

우리의 봄은 논둑길을 타고 왔다. 해동이 되면 아버지는 자루가 기다란 가래를 꺼내 손질을 하고 나와 동생을 데리고 논둑 손질에 나섰다.
아버지는 긴 가래를 잡고 두 아들은 좌우에서 가래 줄을 당겨가며 흙을 퍼냈다. 이때만큼 삼부자의 마음이 척척 들어맞는 때가 없었다. (…) 얼마의 시간이 지나면 어머니는 막걸리에 삶은 국수를 머리에 이고 날랜 발걸음으로 달려온다. 막걸리 한 사발을 들이켠 아버지와 잔치 국수 한 그릇씩을 비우면 정겨운 봄은 뒷산 중턱쯤에 온 듯했다.

부지런한 농부에게 봄은 농사 준비로 시작한다. 봄은 누구에게나 왔다 가는 게 분명하지만 그들은 적극적으로 봄을 경영한다. 경영하는 농사꾼에게 고된 농사일은 힘들지만 그만큼 기쁨이기도 하다. 땅은 농부뿐 아니라 그 자식들에게도 근면과 성실과 인내심 등 땅의 미덕을 몸에 배게 했다. 성장기를 지나 대도시의 시민으로 살아도 그의 내면은 농부의 미덕을 간직하고 있다.

T.S 엘리어트가 《황무지》에서 1차세계대전의 폐허 위에 라일락이 피는 걸 보고 4월을 가장 잔인한 달이라고 했다.

4월은 가장 잔인한 달/죽은 땅에서 라일락을 피우며/추억과 욕망을 뒤섞고/봄비로 잠든 뿌리를 깨운다

지금까지의 이야기가 앞 두 행(4월은 가장 잔인한 달/죽은 땅에서 라일락을 피우며/)에 해당된다면, 다음 이야기는 잔인함의 또 한 이유, 바로 그다음 두 행(추억과 욕망을 뒤섞고/봄비로 잠든 뿌리를 깨운다)에 해당되는 이야기다.

초가집 처마 밑에는 강남 갔던 제비가 돌아와 새끼 키울 집을 짓기 시작했고 앞마당에 매여있는 황소는 헤픈 울음을 토해냈다.(…) 보리가 성큼 자라 이삭을 패기 시작할 즈음이면 넓은 보리밭 중간쯤에 두어 사람 누울 만큼의 널브러진 보리를 발견하게 된다. (…) 이제는 자연에 머물렀던 봄이 청춘남녀의 가슴으로 들어왔다는 신호다. 대나무 집 큰딸 분조는 태수와의 사랑을 이룰 수 없어 농약을 마시고 저세상으로 갔다. (…) 분조 아버지는 슬퍼하는 기색도 없었다. "같은 동네에서 연애질하다 죽은 년"이라고

중얼거리며 가마니로 시체를 둘둘 말아 밤중에 공동묘지에 갖다 묻고 말았다. (…)

이 생원 댁 큰아들 병걸이가 미쳤다는 소문이 났다.(…)

신께서 만물을 창조하시고 축복했다. 생육하고 번성하여 땅에 충만하라. 봄이 되면 젊은이들이 이렇게 미치는 이유는 봄비가 겨우내 잠든 뿌리를 깨웠기 때문이다. 그 뿌리는 추억과 욕망의 뿌리이기 때문이다.

보리 벨 때가 다가오자 우리의 봄은 훌쩍 멀리 가버렸다.

영랑 시인은 "모란이 피기까지는 나는 아직 기다리고 있을 테요, 찬란한 슬픔의 봄을" 노래했다. 그러나 나는 봄이 오는 것이 곱지만 않다. 잔인한 봄으로 다가온 기억을 지운다 해도 내 생애 남은 봄은 많지 않기 때문이다. 차라리 봄을 아껴두고 싶다.

영랑은 봄이 찬란해서 슬프다고 했다. 역설이다. 아이러니다. 아이러니는 그때까지 했던 말을 돌연 뒤엎어버림(전복시킴)으로써 새로운 차원이 전개되도록 만들어내는 기법이다. 작가는 봄이 좋다고 기껏 말하다가 맨 끝에 와서 돌연 싫단다. 왜? "내 생애 남은 봄은 많지 않기 때문이다. 차라리 봄을 아껴두고 싶다." 이제부터 전과는 정반대의 주제로 본격적으로 다시 말을 해야 할 처지가 되고 말았다. 그런데 작가는 그다음엔 침묵이다. 알겠지? 모르겠다고? 팁을 줄게. 앞에 했던 방식 그대로, 그러나 결과는 정반대로. 아이러니는 작가도 독자도 머리를 써야 한다. 수수께끼니까.

「봄날은 간다」는 작가가 자기의 문장력을 맘껏 발휘한 작품이다. 글 쓰는 재미를 톡톡히 느끼면서 쓴 글, 즉 문학의 오락성에 성공한 작품이다. 문학의 오락성은 완숙한 테크닉에서 나온다. 테크닉하면 예쁜 문장만을 떠올리기 쉬운 오늘의 풍조에서 지성에서 우러난 오락성이 무엇인지를 보여준 수작이다.

수술 후 회복기에 김재원과 함께하게 되어 큰 위로가 되었고, 회복에도 도움이 되었음에 틀림없다. 생이란 기적의 연속이란 생각을 곰곰하는 요즘, 그를 만난 것 또한 내 생의 한가운데 일어난 기적이었다.
최선을 다했다. 그 이상의 세계는 살아보지 못했다. 그러나 그는 자식들의 삶의 사표가 되었다.